dtv

KATRIN EINHORN

Eine Postkarte ans Glück

ROMAN

dtv

Ausführliche Informationen über unsere Autoren und Bücher
www.dtv.de

Von Katrin Einhorn
sind bei dtv außerdem erschienen:
Liebesköter (21499)
Hebammerich (21563)
Sand in Sicht (21669)
Paris für Anfänger (21750)

FSC
www.fsc.org
MIX
Papier aus verantwortungsvollen Quellen
FSC® C019821

Originalausgabe 2020

Dieses Werk wurde vermittelt durch die
Literarische Agentur Thomas Schlück GmbH, Hannover
Umschlaggestaltung: buerosued.de
Satz: Uhl + Massopust, Aalen
Gesetzt aus der Minion Pro
Druck und Bindung: Druckerei C. H. Beck, Nördlingen
Printed in Germany · ISBN 978-3-423-21925-9

Dieses Buch ist für alle …

… die gerade eine Pause brauchen
… die gerne barfuß am Strand spazieren
… die Oliven und/oder Olivenbäume mögen

und für das kleine weiße Reiskorn, das im Juni 2017
nach dem Essen noch an meiner Gabel klebte

Jakob sah auf die Uhr. Es blieben ihm noch genau vierzig Minuten. Dann sollte er, der freundliche, nette und, ja, auch gutaussehende ältere Bruder bei seinem Schwesterherz aufkreuzen. Immerhin feierte Nelly heute ihren dreißigsten Geburtstag. Und jetzt musste ein Geschenk her. Klar. Er wollte Nelly schließlich nicht enttäuschen. Gestresst blickte sich Jakob in der Geschenkboutique um. Dass er Hals über Kopf ein Präsent erstehen musste, war überhaupt nicht seine Art. Er war ein Planer. Ein Stratege. Für einen Marketingexperten, der Erfolg im Job haben wollte, ein Muss.

Eben dieser Umstand war ihm jedoch heute in die Quere gekommen. Genauer gesagt war es eine Marmelade, der die Agentur Kitze & Partner ein umfassendes Marketingkonzept auf den gläsernen Leib schneidern musste. Vier Wochen Schufterei lagen hinter Jakob. Unzählige Überstunden, Espressos, Kopfschmerztabletten und Panikattacken. Bis drei Uhr nachts hatte er noch an den letzten Unebenheiten der Präsentation gefeilt, mit der sich die Agentur gegen drei Konkurrenten durchsetzen musste, um den Auftrag zu ergattern.

Ein Geschenkekauf war im Gegensatz dazu ein Spaziergang. Sollte man meinen. Jakob irrte durch den Laden, kam an einem Ständer mit Halstüchern vorbei. Nein. Instinktiv schüttelte er den Kopf. Also nichts gegen Halstücher. Sie waren sehr nützlich. Ein Halstuch würde seine Schwester jedoch ganz bestimmt nicht aus den Socken hauen. Nelly war Designerin und besaß bereits hunderte von Tüchern, und wo kein Mangel herrschte, gab es keinen akuten Bedarf.

»In welche Richtung soll es denn gehen?«, wollte die Verkäuferin wissen, die ihm unauffällig gefolgt war. Eine gute Frage, auf die Jakob eine ebenso gute Antwort parat hatte. »Meine Schwester wird dreißig«, sagte er, »unkonventionell, kreativ, aufgeschlossen für Neues, mit hohen Qualitätsansprüchen.«

Die Verkäuferin würdigte die Analyse der Zielgruppe, genauer gesagt der Zielperson, nicht. Statt mit einem passenden Angebot aufzuwarten, starrte sie ihn an wie einen Staubsaugervertreter. Eine Denkpause später deutete sie auf eine Schachtel mit Glückskeksen.

»Vielleicht so etwas?«, fragte sie.

»Danke, aber das trifft es wohl nicht so ganz«, sagte Jakob, während er mit der rechten Hand seinen verspannten Nacken massierte. Er spürte, dass ihm die Präsentation bei Quant ganz schön zugesetzt hatte: Zweimal hatte er sich verhaspelt, einmal sogar eine falsche Zahl abgelesen – und das Ganze auch noch schwitzend, als stünde er nicht in einem klimatisierten Konferenzraum, sondern in einer finnischen Blockhaussauna. Er hätte sich nicht so aufregen sollen, aber das war leicht gesagt. Allein schon bei dem Gedanken an den Vortrag brach Jakob der Schweiß erneut aus. Schnell weiter zur nächsten Produktgruppe: Schreibwaren.

Sollte er seiner Schwester vielleicht einen edlen Füllfederhalter schenken? Keine schlechte Idee. Nelly gehörte zu den Menschen, die auf Reisen neben den üblichen Handyfotos hin und wieder auch Karten verschickten. Ein sympathischer Wesenszug, der Jakob an seine Brieffreundin Flora erinnerte. Er griff nach einem Füller mit Chromgehäuse. An Flora hatte er lange nicht gedacht. Seit dem verrückten Sommer waren bestimmt zehn Jahre vergangen. Oder sogar schon elf? Er sollte unbedingt mal im Internet nach ihr suchen. Jakob riss sich aus seinen Gedanken und verwarf die Idee mit dem Füller. Zu groß die Gefahr, dass das teure Stück unterwegs abhandenkam.

Weiter ging die Suche. Briefpapier? Unpassend. Flipflops? Zu banal. Eine Sonnenbrille? Den Geschmack seiner Schwester würde er ja doch nicht treffen. Eine Haarspange? Sinnlos, denn Nelly hatte ihr schwarzes Haar raspelkurz geschnitten.

Auf einmal war es wieder da, dieses Druckgefühl im linken Ohr. Jakob kannte es gut. Zu gut. Wenn er sich jetzt nicht augenblicklich entspannte, würde der Schmerz kommen und ihn bis zum nächsten Morgen nicht mehr loslassen. Dieser Schmerz, der sich immer dann wie eine eiserne Parkkralle um seine Schädeldecke klammerte, wenn es seinem Körper zu bunt wurde. Keine Panik, alles gut. Immerhin hatte er heute noch etwas Schönes vor. Eine Party, hey, das war doch super! Mal was ganz anderes und viel besser als Sofa. Also: Ruhe bewahren. Vielleicht sollte er Nelly sein Versäumnis einfach gestehen, ihr sagen, dass er vor lauter Stress nicht früher zum Einkaufen gekommen war. Dass er ein Geschenk nachreichen würde. Seine Schwester würde ihn verstehen. Sie waren keine Kinder mehr, und viel wichtiger als Geschenke war doch, dass sie Zeit miteinander verbrachten. Er würde sie ganz herzlich drücken und ihr erklären …

Plötzlich fiel Jakob ein, wie er Nelly im letzten Jahr an ihrer Wohnungstür begrüßt hatte. Mit leeren Händen! Und zwar aus dem gleichen Grund. Inklusive der Erklärung, zeitnah etwas nachreichen zu wollen. Ein Vorhaben, das er nie in die Tat umgesetzt hatte. Das konnte er nicht noch mal bringen.

Nein. Er brauchte ein Geschenk, und zwar auf der Stelle.

»Sind Sie fündig geworden?«, fragte die Verkäuferin.

»Noch nicht.« In diesem Moment plingte Jakobs Handy in seiner Hosentasche, und er zog es hervor. Eine Nachricht von Teddy. Er überflog den Zweizeiler und wurde von einem leichten Schwindel erfasst. Wenn eine Mail mit »Keine Panik Leute, aber …« begann, konnte es nur ein gewaltiges Problem geben. Und das, wo es der Agentur derzeit alles andere als rosig ging. Und wenn aus »alles andere als rosig« dann »katastrophal schlecht« wurde, rollten mit Sicherheit Köpfe. Aber Jakob wollte nicht gehen. Er hatte doch große Pläne!

Hastig wählte Jakob Teddys Nummer. Besetzt. Und während er noch sein Handy anstarrte, passierte es.

Sie schnappte zu.

Die Kopfkralle.

Auch das noch. Jakob fasste sich an die linke Schläfe. Weitersuchen brauchte er jetzt nicht mehr. Das dumpfe Dröhnen würde ohnehin jede noch so geniale Idee davon abhalten, in sein Bewusstsein vorzudringen. Er griff nach dem nächstbesten Gegenstand vor seiner Nase, stolperte zur Kasse und verließ den Laden.

Cadaqués, den 22. Mai

»Wähle einen Beruf, den du liebst, und du brauchst keinen Tag in deinem Leben mehr zu arbeiten.«

Konfuzius

Wahre Worte, die perfekt zu diesem Sommer passen, denn meine Arbeit als Therapeutin ist wirklich ein Traum. Kein Wunder bei dem Arbeitsplatz: 879 Meter bis zum Meer – besser geht's wirklich nicht! Nur die drei Überstunden heute hätte ich nicht zwingend gebraucht. Den neuen Geräteschrank musste ich aufbauen. Das klingt machbar, war aber viel Arbeit, weil an den Seitenwänden genau achtzehn Löcher fehlten. Na ja, was soll's? Sachen, die man nicht ändern kann, muss man bekanntlich akzeptieren, und ohne Schrauben hätte dieser Schrank ziemlich alt ausgesehen. Joggen kann ich auch am Wochenende. Abgesehen von diesem Schönheitsfehler bin ich mit dem Tag sehr zufrieden. Die Kurse liefen gut, mein Kollege Lothar hatte nur mittelschlechte Laune und nach Feierabend war ich sogar noch kurz bei dem buckligen Olivenbaum. In diesem Sinne: Konfuzius, heißen Dank für die warmen Worte!

»Hey, ein Halstuch.« Nelly drückte Jakob ungeachtet seines verschwitzten Hemdes. »Danke, Großer!« Sie winkte ihn in die Küche. Er schaute sich verwundert um.

»Bin ich der Erste?«, fragte er.

»Es ist halb acht.«

»Du hattest für sieben eingeladen.«

»Das war, bevor die Riesenbestellung eingetrudelt ist. Stichwort: Modenschau. Schon vergessen?«

»Ach, stimmt ja.« Jakob schwieg betreten. Die Information war völlig an ihm vorbeigerauscht.

»Macht aber nichts, ich bin sowieso noch nicht fertig. Du kannst mir gerne helfen.« Nelly griff nach einem Granatapfel.

»Na klar.« Jakob rieb sich die Schläfe. Typisch, er hatte sich mal wieder völlig unnötig gestresst. Na ja, immerhin blieb ihm so mehr Zeit mit seiner Schwester. Außerdem hatte der Fußmarsch durch Düsseldorf die Kopfkralle gelockert, und das war viel wert. Er nahm eine Salatgurke und wusch sie unter dem kühlen Wasserstrahl in der Spüle ab. Schön, mal wieder etwas ganz Normales zu machen. Fast wie früher. Seit vier Jahren verbrachte er sogar das Wochenende am Rechner, und selbst gekocht hatte er ewig nicht. Er sollte das mal wieder angehen. Spätestens, wenn die Sache mit der Marmelade eingetütet war. Oder besser gesagt mit der

»Marmolade« – der Fit-Marmelade mit dem frechen Marmor-Muster. »Wie viele Leute kommen eigentlich?«, fragte Jakob, um sich gedanklich nicht gleich wieder in das Thema zu verstricken.

»Etwa zwanzig.« Nelly malträtierte den Granatapfel mit einem Löffel derart rabiat, dass die Arbeitsplatte in kürzester Zeit wie ein Schlachtfeld aussah. »Nur Carlos nicht, aber das wusste ich ja vorher.«

Jakob reagierte nicht. Er starrte die Gurke an, während schon wieder die Präsentation vor seinem geistigen Auge aufploppte. War sie zu lang gewesen? Achtzehn Folien waren schon eine Menge. Hätte er zur Abrundung besser noch eine Fotografie mit eingebaut? Ein Steg im Morgenrot, ein Bambusrohr – dazu ein originelles Zitat zum Thema Zielstrebigkeit …

»In sechs Wochen fahre ich wieder runter«, fuhr seine Schwester fort. »Willst du nicht mitkommen?«

Jakob zwang sich, die Präsentation gedanklich beiseitezuschieben. »Theoretisch gerne«, sagte er. »Praktisch unmöglich.«

»Aber du brauchst auch mal Urlaub! Warst du dieses Jahr überhaupt schon in der Sonne? Stell dir vor, wie schön das sein könnte: Barcelona, Strand, Party und ganz viel Erholung!«

»Ende September nehme ich mir ein paar Tage frei.« Wenn nichts Unverhofftes dazwischenkam. Wenn er nicht mit der Marmelade oder einem anderen Projekt beschäftigt war. Wenn Teddy ihn nicht davon abhielt. Wenn – kurz gesagt – ein Wunder geschah.

Nelly sah nicht aus, als würde sie an ein solches Wunder glauben. »Du musst es wissen«, sagte sie.

Während Jakob noch sein linkes Ohr massierte, klingelte es an der Tür. Nelly wischte ihre verschmierten Hände an einem Handtuch ab und trabte in den Flur. Jakob checkte zum zehnten Mal sein Handy. Teddy steckte in einer Besprechung, hatte seine Assistentin ausrichten lassen. Er würde sich im Anschluss direkt melden.

»Machst du bitte den Salat fertig?«, rief Nelly ihm aus dem Flur zu.

»Klar, mach dir keinen Stress!« Jakob griff nach einem Löffel. Sein letzter Satz hallte in ihm nach. Mach dir keinen Stress. Logisch, warum auch? Angenommen, Stress wäre ein Produkt, wer würde es brauchen? Niemand! Zumindest Nelly nicht. Jakob schon eher. Eigentlich sogar dringend. Ohne Stress konnte er nicht denken, mit Stress lief das ziemlich gut. Die besten Ideen kamen ihm nicht in der Badewanne, sondern dann, wenn möglichst viele Reize zeitgleich auf ihn einprasselten. Ärgerlich war nur, dass Stress bei den meisten Menschen an negative Emotionen gekoppelt war. Und bei ihm an die Kopfkralle, die sich in solchen Situationen von Minute zu Minute fester um seine Schläfen spannte. Wie könnte man Stress vermarkten? Und wieso beschäftigte sich sein Hirn überhaupt mit dieser Frage?

Jakob hatte gerade die ersten Gurkenscheiben geschnitten, als er die Stimmen seiner Eltern hörte. Schnell wusch er sich die Finger.

Das taubenblaue Kleid seiner Mutter hatte viel mehr Falten als ihre Haut, die Nelly gerne mit Seidenchiffon verglich. Sein Vater war zur Feier des Tages in eine Outdoor-Weste geschlüpft. Fingerabdrücke zierten seine Brillengläser, aber in einer seiner hundert Westentaschen steckten bestimmt Reinigungstücher. Jakob würde ein solches Stück nie tragen.

Optisch ähnelte er mit seinen dunklen Augen und dem mandelbraunen Haar ohnehin eher seiner Mutter. Bloß den Haarwirbel links über der Stirn, den hatte er von seinem Vater geerbt. Den Wirbel und seine Füße, die es leider nie über die Schuhgröße 41 hinaus geschafft hatten.

»Ich dachte, du hast es«, sagte seine Mutter gerade zu seinem Vater, als Jakob näher trat.

»Aber du warst doch am Kofferraum.«

»Um die Sachen einzuladen.«

Seine Mutter drehte sich zu Jakob um. »Hallo, Sohn«, sagte sie, während sie ihn drückte. »Papa hat Nellys Geschenk im Auto liegen lassen. Wärst du so lieb? Wir parken im Hof.«

»Klar, kein Problem«, sagte Jakob.

»Dann drucke ich in der Zeit noch schnell unsere Geburtstagskarte aus.« Seine Mutter zwickte ihren Mann in die Wange. »Hier hat nämlich am Wochenende jemand unseren Drucker zerlegt.« Sie lächelte, doch dann wurde sie ernst. »Sag mal, geht's dir gut? Du siehst so blass aus.«

»Ich bin nur ein bisschen abgespannt«, sagte Jakob und sehnte sich unwillkürlich nach seinem Sofa. Doch dann riss er sich zusammen: Gleich würde Nellys Party beginnen, und eine Party war etwas Schönes.

Der Mercedes seiner Eltern stand neben dem Müllcontainer in der prallen Sonne. Jakob öffnete den Kofferraum. Was lag denn hier schon wieder herum? Zwei Säcke Zement, ein Berg Ziegelsteine, eine Maurerkelle, eine Wasserwaage und zwei Plastikeimer. Sein Vater wollte wohl den lange geplanten Bau der Gartenmauer in Angriff nehmen. Seit er vor sechs Jahren vom Arzt in den Vorruhestand geschickt worden war, stürzte er sich auf jede Aufgabe, die sich ihm bot.

Jakob hob die Eimer hoch, beugte sich über die Zementsäcke – kein Geschenk. Auf dem Rücksitz? Nichts. Der Beifahrersitz war ebenfalls leer. Ob sie es zu Hause vergessen hatten? Jakob wollte die Kofferraumtür gerade zuknallen, als er den Zipfel eines goldenen Geschenkbandes entdeckte.

Na toll. Das Päckchen hatte die Breite einer Fußmatte und lag genau unter den Zementsäcken. Blieb nur zu hoffen, dass es kein Porzellanteller war. Jakob zerrte an dem obersten Sack, der nicht nur elend schwer war, sondern auch ein Loch hatte, aus dem ihm beim Anpacken sofort eine ordentliche Ladung Zementstaub entgegenkam. Warum zitterten eigentlich seine Waden so? Er sollte dringend etwas essen. Getrunken hatte er auch ewig nicht. Hustend beförderte er den Sack ein Stück nach rechts, als sein Handy klingelte. Endlich. Teddy. »Hast du meine Nachricht bekommen?«, wollte dieser wissen.

»Schieß los«, sagte Jakob. »Gibt's was Neues?«

»Allerdings!« Teddy berichtete lautstark, was passiert war. Jakob stützte sich mit einer Hand am Kofferraum ab. So halb hatte er damit gerechnet, wenn auch nicht so früh und nicht in diesem Ausmaß. So halb rechnete er immer mit allem. Eine Vorsichtsmaßnahme, um von unangenehmen Überraschungen nicht allzu unangenehm überrascht zu werden.

»Kurz gesagt: Wir müssen einen neuen Ansatz entwickeln«, lautete Teddys Fazit. »Und zwar schnell.«

»Okay«, sagte Jakob, auch wenn diese Ansage alles andere als gut war. Vier Wochen Arbeit für die Tonne – und jetzt ein kompletter Kurswechsel.

Ex-Chef Meckler hatte die »Marmolade« als »freches Fit-Produkt« platzieren wollen, sein Nachfolger dagegen legte den Fokus auf die Werte »Familie« und »Tradition«. Ein

Marmorkuchen sei schließlich auch nicht frech, sondern etwas, das die »Omma« backt – so sein Hauptargument.

»Wir sehen uns am Montag.« Teddys Verabschiedung klang wie eine Kampfansage. »Und bloß nicht aufregen. Diese Schlacht ist noch lange nicht geschlagen.«

Jakob rappelte sich auf. Kein Problem, sagte er sich, kein großes zumindest. Er hatte sich wochenlang umsonst abgerackert. Das konnte passieren. Und immerhin gab es ja sogar noch die Hoffnung, dass sie den Auftrag bekamen. Mit einem neuen Konzept war alles möglich. Er würde sich reinknien. Morgen war Sonntag, morgen hatte er Zeit. Heute nicht. Heute musste er sich entspannen, damit er den Kopf freibekam.

Das Päckchen steckte immer noch fest. Sack Nummer zwei wog laut Packungsaufdruck fünfzig Kilo, fühlte sich aber mindestens doppelt so schwer an. Kaum hatte Jakob ihn einen Zentimeter angehoben, wurde ihm schwindelig. Er setzte den Sack ab, wischte sich über die schweißnasse Stirn. Wie sollte er das bloß alles schaffen? Er wusste es selbst nicht. Schlafen, er musste unbedingt schlafen. Viel zu viele Nächte hatte er sich in letzter Zeit um die Ohren geschlagen!

Zum zweiten Mal klingelte sein Handy. Fahrig griff er nach dem Gerät. Ob es wieder Teddy war? Der ihm mitteilte, dass alles doch nur ein Missverständnis war? Dass sie den Auftrag so gut wie in der Tasche hatten? Dass er trotz der kleinen Versprecher gut präsentiert hatte? Er drückte sein Ohr an den Hörer. »Wo bleibst du denn?«, rief Nelly.

»Komme sofort.« Jakob sackte für einen Moment in sich zusammen, um sich nur eine Sekunde später wieder aufzurichten. »Mir ist nur … Kein Problem, ich bin fast …« Er zerrte an dem Geschenk, dachte an seinen Vortrag, an Nelly, die Marmelade, die Dame vom Einkauf, an Teddy, die falsch abgelesenen Zahlen, an sein Bett. Die Bilder rotierten in seinem Kopf, den die Kopfkralle zu umspannen begann, bis er auf einmal …

»Hallo, Jakob? Alles okay?«

Jakob nickte Richtung Handy, beide Arme fest um den Zementsack geschlungen. Liegen. Endlich.

Als er die Augen wieder aufschlug, beugte sich seine Schwester über ihn. »Jakob? Hörst du mich? Jakob!« Sie klopfte ihm auf die Schulter. »Nicht bewegen. Ich hole dir was zu trinken!«

»Geht schon, kein Problem. Ich habe mich nur kurz ausgeruht.« Jakob richtete sich auf, wollte aufstehen, dynamisch wirken, und setzte sich schnell wieder, als er merkte, dass sein Kreislauf nicht mitmachte. »Ich habe zu wenig gegessen. Und zu wenig geschlafen. War alles ein bisschen stressig in letzter Zeit.« Oder genauer gesagt heute. Und gestern. Und ab morgen würde es noch viel stressiger werden.

Nelly sah auf ihre Uhr. »Was machen wir? Soll ich dich zum Arzt fahren oder nach Hause, oder willst du dich bei mir ein bisschen hinlegen?«

»Zum Arzt auf gar keinen Fall und hinlegen muss ich mich auch nicht, danke.« Jakob bemühte sich um ein verbindliches Lächeln. »Jetzt wird Geburtstag gefeiert.« Wieder vibrierte sein Handy. Wieder eine Mail von Teddy. Es gäbe nun ein offizielles Schreiben, bitte den Anhang lesen, Meeting am Montag um acht, zahlreiche Ideen wären dringend erwünscht.

»Jetzt leg doch mal dieses Ding weg«, sagte Nelly.

»Das geht nicht. Ich muss …« Jakob stand auf, schwankte

einen Moment, hatte sich aber schnell wieder im Griff. »Kann ich kurz an dein Laptop?«

Nelly runzelte die Stirn. »Geht es um deine Arbeit?«

Jakob überlegte eine Millisekunde lang, ob er lügen sollte, entschied sich jedoch dagegen. »Zwei Minuten brauche ich. Na ja, drei. Zehn.«

»Das ist doch nicht dein Ernst.« Nelly schüttelte den Kopf. »Du bist wohl ordentlich auf den Kopf geknallt!«

»Bin ich nicht. Und schrei bitte nicht so.«

»Du musst dich ins Bett legen.«

»Es geht um meinen Job.« Jakob sprang auf – und merkte im selben Moment, dass das keine gute Idee gewesen war. Schnell klammerte er sich wieder am Kofferraum fest.

»Du brauchst eine Auszeit«, sagte Nelly. »Das ist ja nicht mehr normal!«

»Ich werde gebraucht.«

»Ganz genau.«

»Es geht hier um ein Riesending.«

»Ich spreche nicht von deinem Job.«

»Die Marmelade wird Kult!«

»Na schön.« Nelly baute sich vor ihm auf. »Dann lass uns bei deinem Lieblingsthema bleiben. Sonst verstehst du mich ja doch nicht.« Sie verschränkte die Arme vor der Brust. »Also, nehmen wir mal an, du wärst ein Produkt: Erzähl mal, wieso sollte ich dich kaufen?«

»Was soll das? Dafür gibt es tausend Gründe!«

»Nenn mir einen!« Sie kniff die Augen zusammen. »Was hätte ich von dir? Du arbeitest immer. Immer! Wenn wir alle hundert Jahre mal telefonieren, quatschst du mich mit deinem Marketingkram voll, und wenn wir uns sehen, denkst du auch bloß an die Arbeit. Dann kippst du um und gibst immer noch keine Ruhe. Warum sollte ich dich kaufen, warum?!«

»Weil ich für dich da bin! Wenn du mich endlich mal machen lässt, entwickele ich das perfekte Konzept für euer Atelier. Ich möchte dir helfen!«

»Dann nimm Urlaub. Damit hilfst du mir am meisten.« Nelly lehnte sich neben ihm gegen den Kofferraum. »Ich mache mir Sorgen um dich, Großer.«

»Das ist lieb, aber völlig unnötig.« Jakob sah auf seine Hände. Das Zittern hatte aufgehört.

Cadaqués, den 23. Mai

»Der Anfang ist die Hälfte des Ganzen.«

Aristoteles

Der Morgen begann mit einer Überraschung oder besser gesagt mit der Ankündigung einer Überraschung. Alle Mitarbeiter wurden in den Teamraum gerufen, und da saßen wir und waren gespannt. Was hatte unsere Chefin vor? Hängematten für die Mitarbeiter? Eine Sommerparty mit Orangensaft bis zum Abwinken? Nein, ernsthaft, ich tippte auf eine Kooperation mit einem Wassersportclub, das war ja schon länger im Gespräch. Entspannung und Segeln – ein Traum! Leider ging es dann doch um etwas anderes, nämlich um ein Qualitätssiegel, das das Centro in diesem Sommer erhalten soll. Grundsätzlich eine gute Sache, aber andererseits auch eine Menge Arbeit, das sagte zumindest Frau Knopp. Na, mal abwarten. Ich bleibe entspannt!

Jakob hasste es, müde zu sein. Vor allem montags. Die »Marmolade« hatte ihn die halbe Nacht auf Trab gehalten und um halb fünf schon wieder aus dem Bett getrieben. Er blickte sich um, bevor er die gold-braune Aromaschutzverpackung öffnete und seine Nase hineinsteckte, als hätte er ein Inhalationsgerät vor sich. Italienischer Spitzenkaffee – meisterhaft geröstet seit 1812. Der Geruch entspannte ihn beim ersten Atemzug.

»Was machst du denn da?«, fragte Teddy, der eigentlich Theodor hieß und mit seinem schwarz-grauen Haar eher wie ein Dachs aussah als ein Bär.

Jakob fühlte sich ertappt. »Ich schau nur, ob die noch gut sind.« Er stellte die Packung wieder in das Fach über dem Kühlschrank. Wenn er in den Seilen hing, rettete ihn oft der Geruch frischer Kaffeebohnen.

Einen Espresso später saßen sie zu fünft am runden Tisch. Zu Jakobs Müdigkeit gesellte sich eine kribbelnde Aufregung. Nein, sie gesellte sich nicht nur dazu, sie verdrängte die Müdigkeit, und zwar erfolgreich. Kein Wunder! Gleich ging es ums Ganze. Um den neuen Ansatz. Um den Pokal, den der Mitarbeiter mit den besten Ideen nach Hause tragen durfte. Jakob schielte nach links. Da war sie: die Tür, die zu dem leerstehenden Büro führte. Schwarz lackiert, mit einem senkrechten neongrünen Streifen am Rand. Die neonschwarze Tür war zurzeit verschlossen – aber irgendwann würde sie sich öffnen. Und zwar für ihn!

Jakob öffnete den Reißverschluss seiner ledernen Schreibmappe, wollte seine Unterlagen hervorziehen – und stutzte. Wo war die Klarsichthülle? Er hatte sie in die Mappe gesteckt, das wusste er ganz genau! Fahrig blätterte er seine Papiersammlung durch. Tausend Tabellen, Grafiken und Kalkulationen, aber nicht die, die er dringend brauchte!

Ganz ruhig. Wo hatte er sie zuletzt gesehen? Jakob scannte seinen Erinnerungspool. Er hatte den kompletten Sonntag hinter dem Laptop verbracht, um Konzept II zu entwickeln. Gegen halb acht hatte er eine kleine sechsseitige Übersicht ausgedruckt und in eine Klarsichthülle gepackt. Diese war dann in seine Ledermappe gewandert. Die Mappe hatte er auf seinen Schreibtisch gelegt. Dann war seine Schwester gekommen. Mit Frikadellen, Nudelsalat und einem Prospekt im Gepäck. Sie hatten zusammen gegessen. Währenddessen hatte er ihr von seinen Ideen erzählt. Jakob presste die Lippen aufeinander. Das war der neuralgische Punkt! Er hatte ihr die Unterlagen gezeigt – und dann hatten sie sich gestritten. Das übliche Thema: »Hast du es bald? Jetzt komme ich extra bei dir vorbei, um nach dir zu schauen, und du quatschst wieder nur über die Arbeit! Jetzt iss doch mal was! Du bist eh schon so dünn. Und sieh dir endlich meinen Prospekt an!« Er hatte eingelenkt. Die Sachen weggelegt. Auf den Wohnzimmertisch. Und dann?

Jakob zermarterte sich den Kopf, während er planlos in seiner Mappe herumblätterte. Am Morgen hatte keine Klarsichtfolie auf seinem Tisch gelegen. Das wüsste er! Er hatte sie also irgendwohin gepackt, während er – wie so oft – mit seinen Gedanken ganz woanders gewesen war.

Eine Minute nach neun. Jens trudelte mit der üblichen Verspätung ein, nun war die Runde komplett. »Also: Die Sachlage ist so klar wie ernüchternd«, sagte Teddy. »Der Meckler ist raus, der Emmerich fährt eine ganz neue Linie, die Konzepte passen ihm nicht in den Kram, es muss etwas Neues her. Frische Ideen. Alles – bloß kein Mittelmaß.«

Bei diesen Worten zuckte Jakob nicht nur innerlich zusammen. Mittelmaß. Ein böses Wort. »Ich muss noch mal ans Auto.« Er sprang auf. »Bin sofort wieder da.« Teddy runzelte die Stirn, aber die Falten würden sich schnell glätten, wenn Jakob seine Ideen präsentierte. Hastig verließ er den Raum.

»Kannst du Frühstück mitbringen?«, rief ihm Jens hinterher, als er gerade auf Höhe der neonschwarzen Tür war. »Ich falle um vor Hunger!« Bei Kitze & Partner herrschte die Tradition, dass montags immer einer zum Meeting Sandwiches organisierte. Jakob war eigentlich vor zwei Wochen an der Reihe gewesen, aber wenn er sowieso schon unterwegs war, konnte er auch das noch schnell erledigen. Er würde zu Feinkost Rummel rüberspringen und sechs Avocado-Frischkäse-Bagels besorgen. Jedes Engagement machte einen guten Eindruck, und ein guter Eindruck war extrem wichtig. Noch wichtiger war allerdings, dass er seine Unterlagen fand.

Der Beifahrersitz war leer. Der Fußraum ebenfalls. Auf der Rückbank und im Kofferraum gähnende Leere. Er musste die Sachen zu Hause vergessen haben! Entnervt verriegelte Jakob seinen Wagen und marschierte auf die Fußgängerampel zu.

Und dafür hatte er sich nun die ganze Arbeit gemacht? Elf Stunden hatte er über Konzept II gebrütet! Klar ließe sich grob etwas darüber erzählen, aber ohne seine Unterlagen könnte er eben nicht ins Detail gehen – und die Details waren entscheidend. Jakob beschleunigte seinen Schritt. Aufgeben kam für ihn nicht infrage. Er würde in der Mittagspause nach Hause fahren und seine Unterlagen ausdrucken oder herumschicken. So könnte er …

»Hey!«, hörte er sich auf einmal schreien, während er instinktiv einen Satz zurück machte. Nur eine Handbreit vor seinen Schuhspitzen rauschte der silbergraue Kombi vorbei, direkt auf den Bürgersteig zu, wo er gegen eine übervolle Mülltonne prallte und zum Stehen kam. Krachend fiel die Tonne um und entleerte ihren Inhalt auf den Asphalt. Irgendwie gelangte Jakob zurück auf den Gehsteig.

Eine Seniorin mit silberblondem Dutt stellte ihre Einkaufstasche wie einen Sanitätskoffer neben ihm ab. »Geht es Ihnen gut?« Die Frage klang zu sechzig Prozent nach Sorge und zu vierzig Prozent nach Tadel. Jakob nickte, den Blick starr auf den Lauch gerichtet, der aus der Einkaufstasche herausragte. Seine Arme und Beine zitterten, als wäre er mitten in Düsseldorf in einen Eissturm geraten.

»Sie hatten Rot.« Die Seniorin stützte sich auf ihren Regenschirm, dessen Knauf an eine stilisierte Blüte erinnerte.

»Ich war … völlig in Gedanken«, erwiderte Jakob.

»Das war sehr leichtsinnig.« Mit diesen Worten zog sie weiter zu dem Kombi, dessen Fahrertür im selben Moment aufflog. Der Fahrer – oder vielmehr die Fahrerin – stieg aus.

»Was soll das?! Sind Sie lebens-« Nelly verstummte. »Du?«

Jakob nickte bloß.

»Bist du irre? Du kannst doch nicht bei Rot über die Ampel rennen! Ich hätte dich fast umgemäht!«

»Ich hab nicht aufgepasst. Tut mir leid.«

»Ist dir eigentlich klar, was da alles hätte passieren können?!« Nelly sah aus, als würde sie ihm am liebsten einen Tritt verpassen. »Wir können froh sein, dass ich nur die Mülltonne erwischt habe!«

»Ich weiß«, sagte Jakob kläglich, während er eine junge Mutter beobachtete, die ihren Kinderwagen um die aufgeplatzten Müllbeutel herummanövrierte. Er fühlte sich schwammig auf den Beinen und noch schwammiger im Kopf. Die Seniorin stellte sich neben den Mülleimer und winkte ein herankommendes Pärchen um eine ausgelaufene Milchtüte herum, als sei sie eine Verkehrspolizistin.

»Mensch, Jakob.« Nelly klang auf einmal gar nicht mehr wütend, sondern richtig besorgt. »So kann das doch nicht weitergehen.« Sie lehnte sich gegen ihren Wagen. »Da fahre ich dir extra deinen Kram hinterher, und dann das!«

»Welchen Kram?«, fragte Jakob.

»Na, deine Unterlagen! Die habe ich gestern aus Versehen eingepackt, und sie waren dir ja so wahnsinnig wichtig. Hast du meine Nachricht nicht gelesen?«

»Dazu kam ich noch nicht!« Jakob wäre seiner Schwester am liebsten um den Hals gefallen. »Aber danke! Die habe ich schon überall gesucht!«

»Dachte ich mir. Ich hole sie sofort. Aber erst schieben wir noch den Müll zusammen.«

Die Seniorin, die sich immer noch als Verkehrspolizistin betätigte, sah mit besorgter Miene zu ihnen herüber.

»Du, ich müsste ...« Jakob verstummte. Nein, das konnte er sie nicht fragen. Nicht, nachdem sie seinetwegen fast einen Unfall gebaut hatte. Nicht, nachdem sie ihm seine Unterlagen extra hinterhergefahren hatte. Nelly verstand ihn auch ohne Worte. »Kein Problem, Großer.« Sie riss die Beifahrertür auf, kam mit einer Klarsichthülle in der Hand wieder zurück. Jakob streckte seine rechte Hand aus, doch Nelly händigte ihm die Unterlagen noch nicht aus.

»Also: Du bekommst diese Blätter und ich räume den Müll weg. Aber dafür musst du mir eins versprechen.«

»Natürlich. Alles.«

»Nimm Urlaub.« Sie sah ihm direkt ins Gesicht. »Komm mit nach Spanien. Mach diese Kur, von der ich dir gestern erzählt habe. Die muss wirklich toll sein, und die Krankenkasse bezuschusst die sogar. Meine Freundin organisiert dir den Platz, und vielleicht kann ich dich sogar hinfahren. Ich muss ja sowieso oft nach Barcelona, und Cadaqués liegt quasi auf dem Weg.«

Jakob blickte auf die Unterlagen in Nellys Hand. »Das klingt toll, aber ich brauche keine Kur. Urlaub: ja, vielleicht. Aber eine Kur nicht. Ich bin nicht krank, ich habe nur ein bisschen viel um die Ohren.«

»Du hast doch den Prospekt gesehen. Das ist kein Krankenhaus, das ist eine Art Hotel. Die Veranstaltungen sind alle auf Deutsch, und du kannst da ganz tolle Sachen machen: Yoga, Massagen, Ernährungsberatung, Workshops zur Stressbewältigung – zwei Wochen Auszeit von allem!«

Jakob schielte auf seine Armbanduhr. Er hatte immer noch kein Frühstück besorgt, und das Meeting des Pitchteams lief schon seit zwanzig Minuten. Kollege Alex hatte bestimmt schon mindestens fünf strategische Optionen in die Runde geschmissen, und das war gefährlich.

Gemäß der Typologie des Sozialforschungsunternehmens Sinus zählte Alex mit seiner Leistungsbereitschaft zweifellos zur Kategorie der Performer. Das Problem daran: Performer wollen gewinnen. Seit Konstantin raus war, schwebte eine Frage im Raum der Agentur: Wer würde Teddys neuer

Partner werden? Jakob träumte von dieser Position, seit er bei Kitze & Partner arbeitete. Seit sechs Wochen war dieser Traum in greifbare Nähe gerückt. Fehler durfte er sich nicht erlauben.

»Ich kann meinen Stress hervorragend bewältigen«, sagte er, während er sich ausmalte, wie er das leerstehende Büro bezog. »Wenn das mit der Marmelade läuft, wird alles besser, glaub mir.«

»Das ist Blödsinn. Ich weiß doch genau, wie es läuft. Nach der Marmelade ist es ein Bananenjoghurt oder ein Müsli und parallel dazu noch eine schwedische Landmilch und was weiß ich alles. Es wird nie weniger!«

Jakob beobachtete, wie die Seniorin ihren Posten an der Mülltonne aufgab und weiterzog. Er legte einen Arm um Nellys Schulter. »Nelly. Ich bin dir wirklich wahnsinnig dankbar, und ich finde es lieb von dir, dass du dir solche Sorgen machst. Aber ich brauche keine Kur. Vielleicht nehme ich Urlaub, wenn Teddy das absegnet. Aber eine Kur kommt nicht infrage.« Seinen Chef mit einer Schwäche konfrontieren? Ausgerechnet jetzt? Undenkbar!

Aus den Augenwinkeln bemerkte Jakob, wie ein Streifenwagen vorbeifuhr, aber zum Glück nicht anhielt. Nelly hatte ihn wohl ebenfalls entdeckt. »Musstest du nicht neulich ein Bußgeld bezahlen, weil du bei Rot über die Ampel gefahren bist?«, fragte Nelly.

»Ja, wieso?«

»Wenn so was mehrmals passiert, gibt es Punkte. Und soviel ich weiß, bist du ja oft ziemlich zügig unterwegs.«

»Du willst doch nicht ernsthaft die Polizei rufen, nur um mich zu erpressen!« Jakob zwang sich ein Lachen auf die Lippen, obwohl er seiner Schwester so einiges zutraute.

»Nein.« Nelly deutete auf den Wagen, der bei der nächsten Haltebucht zum Stehen kam. »Die kommt ganz von alleine.«

»Hey, was soll das? Ich dachte, du bist auf meiner Seite!«

»Ich bin auf deiner Seite!«, rief Nelly. »Und wie!« Sie sah ihn beschwörend an. »Nimm Urlaub. Mach die Kur. Erhol dich und werde endlich wieder ein Mensch.«

»Ich bin ein Mensch.« Jakob schielte zu den beiden Polizisten, die direkt auf ihn zuschritten. »Sag, dass du einer Katze ausgewichen bist! Bitte!«

»Versprich mir, dass du die Kur machst.«

»Aber ich will nicht!«

»Dann tut es mir leid.«

»Du kannst mich doch nicht erpressen!«

»Ich erpresse dich nicht. Ich werde nur nicht lügen.« Nelly blickte der Seniorin hinterher, die zwanzig Meter weiter auf einer Bank Platz nahm. Die Polizisten hatten ihn fast erreicht. Der ältere von beiden beäugte den Müll auf dem Gehweg, der jüngere Nellys Wagen. Ein einsamer Schweißtropfen rann Jakobs Rücken hinab. Er durfte sich keinen weiteren Punkt erlauben, sonst war sein Führerschein weg, und auf den war er angewiesen. Aber eine Kur? Er hatte keine Lust auf eine Kur! Und auch keine Zeit dafür. Es sei denn …

Auf einmal kam ihm ein Gedanke. Aber natürlich! Wo könnte er das Marmeladenkonzept besser ausarbeiten als am Meer? Entspannt, weit weg vom Tagesgeschäft, von klingelnden Telefonen und lästigen Terminen. Er könnte Yoga machen, am Strand spazieren, abends auf der Terrasse ein schönes Glas Wein trinken und zwischendurch seine Ideen ausarbeiten.

Und wenn sie dem Kunden gefielen, wäre es völlig egal, was die Agentur vorher zusammengezimmert hatte. Er müsste

Teddy ja nicht von der Kur erzählen. Er könnte einfach Urlaub einreichen und fertig. Falls es Schwierigkeiten gab, könnte er zur Not auch erzählen, dass er seiner Schwester beim Vertrieb ihrer Designerstücke unter die Arme greifen müsste.

Jetzt standen die Polizisten vor ihnen.

»Okay«, sagte Jakob. »Sag deiner Freundin Bescheid, sie kann mich anmelden.«

»Im Ernst?«

»Ja.«

»Versprochen?«

»Ich werde wieder ein Mensch.« Jakob nickte. Das Versprechen war nicht gelogen. Mit einem perfekten Konzept in der Tasche würde er sich wieder wie ein Mensch fühlen. Da war er sich sicher.

»Guten Morgen«, grüßte der ältere der beiden Polizisten. »Gibt es ein Problem?«

»Nein, nein. Ich bin bloß einer Katze ausgewichen«, sagte Nelly. »Aber keine Sorge, den Müll räume ich sofort weg.« Sie streckte Jakob die Hand hin.

Er drückte zu.

Cadaqués, den 2. Juni

»Auch aus Steinen, die einem in den Weg gelegt werden, kann man Schönes bauen.«

Goethe

Heute lag mir der erste Stein schon vor dem Frühstück im Weg, und zwar in Form eines 64-seitigen Fragebogens. »Liebe Frau Püschel, bitte bis morgen ausfüllen«, stand auf einem Zettel, der an dem Bogen haftete. Vom Personal über die Infrastruktur und die Therapieangebote bis hin zum pH-Wert des Badebeckens – alles wurde abgefragt. Es hatte nur noch gefehlt, dass ich für dieses Qualitätssiegel auch noch die Nahrungsvorlieben der Stechmücken angeben musste. Ein Riesenstein also, um mal bei Goethe zu bleiben, und ich hätte mich ordentlich darüber aufregen können – habe ich aber nicht. Letztendlich ging es doch nur um einen Stapel Papier. Anstatt mich zu ärgern, habe ich die Sachen durchgeackert und bin danach am Meer spazieren gegangen. Carpe diem!

Jakob konnte überall arbeiten: Im Zug, im Restaurant, selbst an einem Stehtisch mitten im Messetrubel wertete er Analysen aus und übersetzte Strategien in Maßnahmen. Es gab nur eine einzige Sache, die ihn am Denken hinderte: Stille. Stille machte ihn nervös. Zum Glück würde es auf der Fahrt nach Spanien keine stillen Momente geben, denn Nelly und ihre Geschäftspartnerin Annalena tauschten sich über das Abendessen, die Woche, das Leben oder was auch immer aus. Entscheidend war nur, dass sie sich nicht umdrehten, denn auf der Rückbank saß Jakob mit seinem Laptop und arbeitete. Nicht an dem Marmeladen-Konzept, das war passé. Den zweiten Pitch hatten sie sechs Wochen zuvor trotz ausufernder Nachtschichten ebenfalls verloren. Aktuell drehte sich in Jakobs Gedanken alles um Reis.

»Rizo« nannte sich die Produktlinie des Düsseldorfer Unternehmens »Graf Keilo«, das erlesene Reissorten aus fernen Ländern in Deutschlands Küchen bringen wollte. Der italienische Arborio-Reis, der rote Reis aus der Camargue sowie der zart duftende Jasminreis schmeckten sogar Jakob, und noch mehr schmeckte ihm natürlich die Vorstellung, für »Graf Keilo« zu arbeiten. Das Unternehmen wünschte sich eine strategische Beratung, Schwerpunkt Markenpositionierung, sowie ein Kommunikationskonzept.

Die Präsentation stand in genau drei Wochen an, eine

Woche nach seiner Rückkehr aus Cadaqués. Wieder ein Pitch. Ein Workshop wäre Jakob anstelle dieses veralteten Prozederes bedeutend lieber. Vor allem, da sich das Pitchteam bisher nicht auf eine kreative Leitidee hatte einigen können und die Vorgaben des Unternehmens einigen Spielraum boten.

Die große Frage war: Wie brachte man den Reis, der im hochpreisigen Segment etabliert werden sollte, zu den hippen Feinschmeckern? Kollege Alex lag mit seiner Idee aktuell vorne – aber das hieß noch gar nichts. Jakob hatte mit Teddy ausgemacht, dass er während seines »Urlaubs« in Cadaqués an seinem Ansatz weiterarbeiten dürfe. Wie »Graf Keilo« zu der Idee stand, plante der Agenturchef beim anstehenden Briefing in Erfahrung zu bringen.

»Bist du schon entspannt, großer Bruder?«, fragte Nelly, während sie ihren Kombi mit hundertzwanzig Sachen über die nordfranzösische Autobahn steuerte.

»Ja. Wundert mich selbst, wie schnell das geht.« Jakob drapierte einen Pullover so über seinem Laptop, dass er die Rückseite des aufgeklappten Bildschirms und sein mobiles Ladegerät verdeckte. Sicher war sicher.

»Möchtest du was anderes hören?«, erkundigte sich Nelly fürsorglich.

»Radio ist gut«, murmelte Jakob, während er sich durch seine Dokumente klickte.

»Willst du ein Nackenhörnchen?« Nelly drehte sich halb nach ihm um, und Jakob war froh, dass er den Pullover passend positioniert hatte.

»Sag mal, ist dir kalt?« Sie drehte an dem Regler der Klimaregulierung.

Beifahrerin Annalena lachte. »Jetzt lass mal deinen armen

Bruder in Frieden. Er ist vierunddreißig. Er wird sich schon melden, wenn irgendwas nicht stimmt.« Sie drehte sich nun ebenfalls nach ihm um. »Erzähl mal, Jakob, was ist das für eine Kur, die du da machst?«

Jakob verriegelte die Lüftungsklappen an der Mittelkonsole, um möglichst wenig warme Luft abzubekommen. »Eine richtige Kur ist es nicht. Es ist eine Art Wellnessurlaub mit speziellen Entspannungsangeboten.«

»So was wie Burnoutprävention also?«, fragte Annalena.

»Na ja, nicht ganz. Zumindest nicht für mich. Von Burnout bin ich Lichtjahre entfernt, das hat mein Arzt bestätigt. Ich habe nur einen leichten Vitamin-D-Mangel.«

»Aber er hat dir die Kur verschrieben«, wandte Nelly ein.

»Ich bin gefährdet, aber nicht krank. Ich habe viel um die Ohren, aber ich achte auf mich und nehme mir Auszeiten.« Jakob schielte auf sein Laptop.

»Ach ja? Wie denn?«, fragte Nelly.

»Zum Beispiel, indem ich mit Kollegen Kicker spiele. Wir haben einen extra Raum in der Agentur, da kann man wunderbar abschalten.« Im März war er sogar zweimal dort gewesen. »Außerdem sind wir einfach eine tolle Truppe. Und Teddy ist ein lockerer Chef. Bei Kitze & Partner fühlt sich die Arbeit überhaupt nicht wie Arbeit an.«

»Das klingt, als käme es aus eurem Imagefilm. Sag mal, glaubst du das wirklich?«

»Ich glaube es nicht, ich weiß es.« Jakob schielte auf sein Laptop. Seine Oberschenkel waren nassgeschwitzt.

Wieder drehte sich seine Schwester nach ihm um. »Ist dir immer noch kalt?«, fragte sie.

»Nein. Ich finde es gemütlicher so.«

»Dein Ernst?«

»Jetzt lass ihn doch«, sagte Annalena, die ihre langen roten Locken gerade zu einem Zopf zusammenband.

»Aber es sind zweiundzwanzig Grad hier drin!« Nelly warf schon wieder einen Blick auf die Rückbank. »Wirst du krank?«

»Schau bitte nach vorne.« Jakob wedelte mit beiden Händen Richtung Windschutzscheibe. »Das macht mich ganz nervös, wenn du dich ständig umdrehst.«

Nelly fixierte ihn einen Moment über den Innenspiegel. Unter diesem Blick schwitzten nicht nur Jakobs Oberschenkel. »Hast du da etwa ein Laptop?«, fragte sie.

»Ich bin nur im Internet«, sagte er.

»Du sollst nicht arbeiten.«

»Ich arbeite nicht.«

»Was machst du denn?«

»Ich schaue was nach.«

»Was denn?«

»Dies und das.«

»Du arbeitest.«

»Ich entspanne mich.«

Das war nicht gelogen. Die Arbeit entspannte ihn. Zwölf Stunden tatenlos im Auto herumzusitzen, würde ihn dagegen wahnsinnig machen. Über den Rand seines Laptops hinweg beobachtete er, wie Nelly und Annalena miteinander tuschelten. Jakob vertiefte sich wieder in seine Unterlagen. »Für den Vertrieb von ›Rizo‹ wird eine mehrkanalige Distributionsstrategie angestrebt. Hierzu zählen der direkte Vertrieb über das Internet sowie der indirekte Absatz über Supermärkte, Bio-Ketten und Online-Händler.«

»Gibst du mir mal die schwarze Tasche neben dir?«, fragte Annalena. Jakob fasste zur Seite, ohne hinzusehen, und reichte das gewünschte Gepäckstück nach vorne. Ein Reißverschluss wurde aufgezogen, irgendetwas raschelte. Leichte Hintergrundgeräusche: ideal, um zu arbeiten.

»Uuuuh huuu uuuuuuuuu!«

Jakob, der sich bis über beide Ohren in die Absatzkanäle vertieft hatte, fuhr zusammen. »Könnt ihr mich beim nächsten Mal bitte vorwarnen, wenn ihr Livemusik macht?«, grummelte er. Nelly drehte sich halb zu ihm um.

»Annalena bringt mir Ukulele bei. Super, oder? Wäre vielleicht auch was für dich!«

»Ukulele ist nicht so ganz mein Fall.«

»Aber es klingt toll. Spiel weiter!«

Annalena drehte sich zu ihm um. »Oder stört es?«

»Nein, mach nur.« Jakob hatte kein Problem mit Hintergrundmusik, wenn er darauf eingestellt war. Dachte er zumindest. Wie sich jedoch herausstellte, gab es neben der vollkommenen Stille eine zweite Sache, die ihn am Denken hinderte: der Klang einer Ukulele. Selbst wenn die Spielerin Talent hatte. Und Lieder wie »Somewhere Over the Rainbow« spielte. Die Ukulele lenkte ihn ab, hielt seine Aufmerksamkeit gefangen, mit beiden Armen, sodass er mit seinem Konzept kein bisschen weiterkam. Unzufrieden klappte er das Laptop zu. »Hast du eigentlich noch mal Gitarre gespielt?«, fragte Nelly, nachdem das Konzert beendet war.

»In den letzten zehn Jahren nicht«, sagte Jakob.

»Fang doch wieder an.«

»Im Moment habe ich …«

»Ja, schon klar. Du hast im Moment keine Zeit für so was.« Nelly klang enttäuschter als angemessen.

»Du bist selbstständig. Du müsstest am besten wissen, wie es ist, wenn man Verantwortung hat«, sagte Jakob.

»Immerhin habe ich noch Zeit für Hobbys.«

»Du bist eben anders als ich. Wenn ich du wäre, würde ich mich sowieso mal mehr …«

»Sag es ja nicht.«

»Was?«

»Das Wort.«

»Welches?«

»Marketing.« Nelly klang, als spräche sie von einer ansteckenden Krankheit. »Wenn du noch einmal ›Marketing‹ sagst, schmeiße ich dich an der nächsten Raststätte raus.«

»Das ist doch albern.« Jakob wusste, dass sie diese Drohung niemals in die Tat umsetzen würde. »Ihr solltet euch viel mehr Gedanken über euer Atelier machen! Wo steht ihr? Wo wollt ihr hin? Mit welchen Strategien? Das sind Fragen, mit denen ihr euch auseinandersetzen müsst!«

»Das ist einfach: Wir nähen die Waren, verkaufen im Internet und in zwei Shops. In Düsseldorf und Barcelona. Das ist unser Plan, und davon wollen wir in zehn Jahren auch noch leben.«

Diese Kurzsichtigkeit machte Jakob ganz kribbelig. »Ihr müsst viel globaler denken«, sagte er. »Immerhin habt ihr mit euren Mosa-Mustern …«

»Mola«, korrigierte ihn Nelly.

»Wie auch immer. Mit euren Indianermustern habt ihr jedenfalls ein tolles Alleinstellungsmerkmal. Daraus lässt sich was machen, man muss die Sache nur richtig anpacken!«

Nelly reagierte nicht. »Apropos anpacken … Annalena …« Sie beugte sich zu ihrer Beifahrerin hinüber.

»Was ist?«, fragte Annalena.

»Hast du die Sachen eingepackt?«

»Welche Sachen?«

»Die Bestellung für die Modenschau.«

»Nein, wieso? Das wolltest du doch machen.«

»Mist.« Nelly schlug sich an die Stirn. »Das Zeug steht noch im Atelier. Ich wollte eigentlich Jakob fragen, ob er mir beim Runtertragen hilft, aber dann haben wir ihn ja zu Hause eingesammelt und …«

Annalena stöhnte. »Wir können doch jetzt nicht umdrehen. Wir sind schon über drei Stunden gefahren!«

Eine bedrückende Minute lang sprach keiner ein Wort. Der Kombi rollte unaufhaltsam Richtung Spanien – ohne die benötigte Ware. »Ich weiß, wie wir es machen«, sagte Nelly schließlich. »Wir fahren jetzt nach Metz, ich nehme den Zug und komme morgen nach. Die Modenschau ist ja erst nächste Woche.«

»Das ist viel zu aufwändig. Lasst euch die Sachen doch per Post schicken«, schlug Jakob vor.

»Es hat aber sonst niemand den Schlüssel vom Atelier.«

»Schlecht.« Jakob, der vom Stillsitzen allmählich Rückenschmerzen bekam, überlegte einen Moment, dann nahm er sein Handy, um nach einer passenden Zugverbindung zu suchen. Und eine Viertelstunde später zog er es gleich wieder hervor, um eine zweite Verbindung zu suchen, da sie der stockende Verkehr von einer pünktlichen Ankunft in Metz abhielt. Um zwanzig nach zwölf saß Nelly im Zug, acht Minuten später wechselte Jakob auf den Fahrersitz. So viel zum Thema Arbeit.

Cadaqués, den 4. Juli

»Glück ist Ordnung in der Seele.«

Aristoteles

Aristoteles kannte sich mit Glück aus, und ich bin ganz seiner Meinung, allerdings befürchte ich, dass die Prüfer von Global Spa/Med die Sache anders sehen. Denen reicht Ordnung in der Seele nicht aus, die wollen Ordnung in den Therapieplänen und vor allem im Haus. Sonst wird das nichts mit dem Glück der Gäste und erst recht nichts mit unserem Qualitätssiegel. Im Prinzip könnte mir das ja egal sein, ich bin in diesem Zentrum schließlich »nur« Therapeutin, aber das möchte ich auch noch lange bleiben. Deshalb werde ich das Projekt natürlich unterstützen und so gut ich kann für Ordnung sorgen. Am besten poliere ich gleich mal die Oliven im Garten auf Hochglanz ...

Über das ehemalige Fischerdorf Cadaqués hatte sich Jakob bereits im Internet informiert. Seine Stärken sah er ganz klar in der Lage (Berge, Meer, idyllische Bucht) und dem kulturellen Angebot (Nähe zum Dalí-Haus, diverse Kunstgalerien). Als Schwäche galt vor allem die unzureichende Verkehrsanbindung, was er bestätigen konnte (eine halbe Stunde Fahrt für die letzten fünfzehn Kilometer).

Das »Centro del Sol« lag am Ortsrand von Cadaqués an einem Hang, laut Infobroschüre 879 Meter vom Strand entfernt. Im Ortskern dominierten zwei Farben: Weiß (Gebäude) und Orange-Rot (Ziegeldächer). Dazu gab es eine Menge Blau (Meer, Himmel, Fensterläden). Am Hang, zumindest am oberen Teil, herrschte eine Mischung aus Schiefergrau, Ocker und Rotbraun vor, da die meisten Gebäude, Mauern und Treppen aus Natursteinen bestanden. Dazu gab es diverse Grünschattierungen von den dort wachsenden Bäumen und Büschen.

Das »Centro del Sol« grenzte unmittelbar an eine Felswand und hatte nur einen winzigen Parkplatz. Die Bausubstanz wirkte solide, die Fenster ausreichend groß und die abgeschiedene Lage kam Jakob sehr entgegen. Hier würde er genug Ruhe finden, um das Reis-Konzept bis zur absoluten Perfektion auszuarbeiten.

»Ich wünsche viel Erholung«, sagte Annalena zum Abschied.

»Und ich viel Erfolg«, sagte Jakob. Sie schüttelten sich die Hände.

Das Timing hätte nicht besser sein können. Es war kurz vor zehn, und die Rezeption hatte bis 22 Uhr geöffnet. Links vom Gebäude stand ein Mann neben einem Müllcontainer-Quartett und rauchte, den trägen Blick starr in den Himmel gerichtet.

»*Hola*«, grüßte Jakob im Vorbeigehen. Der Mittdreißiger war vermutlich in Gedanken, denn er würdigte Jakob keines Blickes.

Jakob betrat das übersichtliche Foyer. Die Rezeption war nicht besetzt. Da er seine Ankunft vor gut einer Stunde telefonisch angekündigt hatte, stellte das keinen Grund zur Sorge dar. Service wurde im »Centro del Sol« laut Homepage großgeschrieben, er würde also sicher nicht auf den Besuchersesseln übernachten. Oder doch? Erschöpft ließ Jakob seinen Blick durch den Empfangsraum wandern. Interessant. Das Gebäude grenzte nicht nur an eine Felswand, das zerklüftete Gestein war auf der rechten Seite auch zu einem Teil des Gebäudes geworden und ragte etwa einen Meter weit in das Foyer herein.

Jakob überprüfte die Naturwand im Hinblick auf Sauberkeit und Sicherheit und kam zu einem zufriedenstellenden Ergebnis. Weniger zufriedenstellend verlief dagegen der Check-in, denn Minuten vergingen und niemand kam. Und das nach dreizehn Stunden Fahrt nebst einem ewigen Stau vor Lyon und einem an der Grenze nach Spanien!

Um Punkt zehn packte er seinen Koffer und marschierte auf den Ausgang zu. Vielleicht könnte ihm der nachdenkliche Raucher weiterhelfen. Das konnte er in der Tat.

»Klar, kommen Sie mit«, brummte er, nachdem Jakob

ihn auf Englisch angesprochen hatte. Wie selbstverständlich marschierte der Mann, der mit seinem klein geratenen Kopf und der rötlichen Halsfärbung an einen Lachs erinnerte, hinter die Theke der Rezeption. »Wir haben eigentlich schon zu«, sagte er, und seiner Stimme wohnte ein Tadel inne.

Jakob stutzte. Sollte das ein Scherz sein? »Ich bin um sechs Minuten vor zehn angekommen«, sagte er. »Da haben Sie draußen gestanden und geraucht.«

»Ich habe gearbeitet.«

»Aber Sie …« Jakob runzelte die Stirn. El Fish – so nannte er den Mann mit dem lachsfarbenen Hals in Gedanken – lief offenbar ein bisschen neben der Spur, aber egal. Er war nicht gekommen, um den Personaleinsatz zu optimieren, er wollte ein Zimmer. »Hier ist mein Anmeldeformular.« Jakob nahm das Schreiben aus der Klarsichtfolie, die er in die Seitentasche seines Koffers gesteckt hatte, und drückte es El Fish in die Hand.

»Willkommen, Herr Fink.« El Fish gab den Namen in den Computer ein. »Da haben Sie aber Glück gehabt.«

»Wie meinen Sie?«, fragte Jakob.

»Eigentlich sind alle Zimmer belegt.«

»Das kann nicht sein.«

»Ist aber so. Aber keine Sorge: Die Kollegin hat Sie für die Kammer vorgesehen, von daher …«

»Wie bitte?« Jakob konnte kaum glauben, was er gerade gehört hatte. »Ich bin Kunde. Wenn es nicht genügend Zimmer gibt, ist das nicht mein Problem.«

Er bemerkte, wie jemand das Foyer betrat und mit etwas Abstand neben den Besuchersesseln stehen blieb. El Fish musterte Jakob ohne äußere Emotion. »Wir haben Wartezeiten von bis zu acht Monaten«, sagte er. »Und in Notfällen nutzen wir eben die Kammer.«

»Ich bin kein Notfall«, sagte Jakob. »Und ich möchte ein ganz normales Zimmer.«

»Die Kammer ist –«

»Ich bin Kunde!« Jakob stützte beide Hände auf die Theke der Rezeption. »Und ich muss mich hier erholen!«

»Nur die Ruhe.« El Fish hatte nun doch ein Lächeln auf den schmalen Lippen. »Die Kammer ist ein ganz normales Zimmer. Ein kleines, aber feines.« Er hielt eine hellgelbe Schlüsselkarte in die Höhe. »Also nehmen Sie es?«

Zwanzig Minuten später hatte Jakob seine Sachen ausgepackt und eine schnelle Dusche genommen. Die Kammer war in der Tat gar nicht so ungemütlich, wie er vermutet hatte. Sämtliche Möbel waren weiß lackiert, die Wände in einem gelben Pastellton gestrichen.

Zwanzig nach zehn. Zeit genug, um mit dem Reis-Konzept weiterzumachen. Oder sollte er erst die Unterlagen ausfüllen, die ihm El Fish mitgegeben hatte? Jakob entschied sich gegen El Fish und für das Konzept. Kaum hatte er sein Laptop angeschlossen, klopfte es an der Tür.

»Ja bitte?«

»Zimmerservice!«

Zögernd öffnete Jakob.

»So spät noch?«, fragte er.

»Das war bloß ein Scherz.« Der Besucher schlug ihm auf die Schultern wie einem Pferd nach dem Ausritt. »Ich bin Ihr Nachbar. Sven Motte.«

»Jakob Fink.« Jakob blieb in der Tür stehen. Was wollte denn dieser Nachbar von ihm? Für Smalltalk hatte er keine Zeit, und die Lust dazu fehlte ihm auch. Sein Laptop wartete.

»Störe ich?«, fragte Sven Motte.

»Ich muss noch arbeiten.« Jakob war selbst klar, wie deplatziert diese Ansage in einem Zentrum der Entschleunigung wirkte.

»Arbeiten?« Sven Motte lachte prompt. »Sagen Sie das bloß nicht zu laut, das wird hier gar nicht gerne gesehen.«

»Kann ich mir vorstellen.« Jakob lächelte schief. »Aber manchmal geht es eben nicht anders.«

»Doch, geht es«, sagte Sven Motte bestimmt. »Hätten Sie Lust, noch eine Runde mit in den Ort zu gehen? In Cadaqués gibt es tolle Läden, da ist jetzt noch richtig was los.«

»Danke, aber heute leider nicht.« Und im Laufe der nächsten zwei Wochen würde es ebenfalls eng werden. Sein Nachbar ließ sich nicht so leicht abwimmeln.

»Haben Sie Ihre Kurse schon gewählt?« Sven Motte zeigte auf die Unterlagen, die Jakob auf einem Beistelltisch abgelegt hatte.

»Da kam ich noch nicht zu.«

»Soll ich es Ihnen schnell zeigen?« Ohne eine Antwort abzuwarten, marschierte er ins Zimmer herein, griff nach den Papieren und blickte ihn aufmunternd an. Jakob runzelte die Stirn. Was waren denn das für Manieren? Er nahm seinen Nachbarn ins Visier. Blonde Wuschelfransen und schiefergraue Augen mit einem Hauch von Blau im Randbereich. Vom Alter her würde er ihn auf Anfang dreißig schätzen. Hochgewachsen war er und hager, auffällig waren seine riesigen Füße. Würde man seine Statur mit einem Buchstaben vergleichen, wäre er ein großes L.

»Hier ist die Liste.« Sven Motte hielt ihm ein Blatt vor die Nase. »Und dort müssen Sie ankreuzen. Ich empfehle Ihnen die Phantasiereisen.«

»Danke, ich überleg's mir.« Jakob streckte seine Hand zum Abschied aus, doch sein Nachbar schien die Geste nicht zu bemerken. Vielleicht wollte er sie auch gar nicht bemerken.

»Sie dürfen sich übrigens nicht über Lothar aufregen«, sagte er. »Ich habe das eben mitbekommen.«

»Ist das der Rezeptionist?«

»Er gibt auch Kurse.« Sein Nachbar senkte die Stimme. »Ein schwieriger Mensch. Sehr provokant, immer schlecht gelaunt, der Neffe der Chefin.« Er blickte auf den Gang hinaus und wieder zu Jakob. »Am besten ignorieren Sie ihn einfach. Beschweren nützt leider gar nichts.«

»Mache ich, vielen Dank.« Wieder streckte Jakob seinem Nachbarn die Hand entgegen, diesmal mit Erfolg.

Sven Motte drückte zu. Nein, er drückte nicht nur zu, er zerquetschte seine Hand regelrecht. »Wollen wir uns nicht duzen?«, fragte er.

Jakob entzog sich nur mit Mühe dem Händedruck. »Können wir machen. Ich bin Jakob.«

»Motte.«

»Alles klar.« Jakob deutete ein Winken an. »Dann gute Nacht, Motte.«

»Auf jeden Fall!« Endlich zog der Nachbar von dannen, und Jakob schloss die Tür. Ab an die Arbeit.

Cadaqués, den 5. Juli

»Nichts ist entspannender, als das anzunehmen, was kommt.«

Dalai Lama

Ein guter Spruch, der sich aber nicht immer so leicht umsetzen lässt. Die Qualitätsprüfung sitzt meiner Chefin im Nacken, und sie hat uns ordentlich Stress gemacht. Seit diesem Jahr wird die Prüfung in Form eines Mystery Checks durchgeführt. Eine oder zwei Wochen lang wird ein anonymer Prüfer an unseren Kursen teilnehmen, sich überall umsehen und kontrollieren, ob die Qualitätsstandards eingehalten werden. Wochen später gibt es einen 300-Seiten-Bericht mit Foto-Dokumentation und dann das Zertifikat – im besten Fall. Ab morgen geht es los. Lothar bekam die Zwischeninventur aufgebrummt und hat übelste Laune – aber ich bleibe gelassen. Oder ich versuche es zumindest …

Als Jakob von einem merkwürdigen Geräusch geweckt wurde, wusste er einen Moment lang nicht, wo er war. Das Bett war schmaler als gewohnt, das Laken weicher, die Umgebungsgeräusche ungewohnt. Er fingerte nach seinem Handy. Zehn vor sechs. Zu Hause würde er jetzt einen Kaffee trinken, dabei Nachrichten schauen und parallel noch seine E-Mails checken. Und hier?

Jakob zog die Vorhänge beiseite. »Ya! Ya! Ya!«, schrie eine Möwe, die auf einer schmiedeeisernen Laterne neben der Einfahrt hockte und ihn mit ihrem nahezu hämischen Tonfall geweckt hatte. Frühstück gab es erst ab sieben, aber ohne einen Espresso konnte er sich unmöglich an sein Konzept setzen. Zum Denken brauchte er Koffein. Gut, dass er vorgesorgt hatte!

Jakob nahm seinen alten Espressokocher aus dem Koffer und stellte ihn auf die elektrische Kochplatte, die er vorsorglich eingepackt hatte. Pulver einfüllen, Wasser dazu – und wenige Minuten später stieg ihm ein Wohlgeruch in die Nase, der ihn aufleben ließ. Besser konnte man kaum in den Tag starten.

Hochmotiviert schaltete Jakob sein Laptop ein.

Am Reis-Konzept gab es noch einiges zu tun, und entgegen seiner Planungen war er in der vergangenen Nacht kaum weitergekommen. Immerhin stand das visuelle Schlüsselmotiv: ein geflügelter Esslöffel, der eine Ladung Reis zu den Feinschmeckern flog. Modern, innovativ und viel witziger als Alex' »Reisluftballon« (ein Heißluftballon, dessen Korb mit Reisbeuteln bestückt war). Freiheit verband Jakob mit seinem Motiv, und passend dazu lautete sein Claim: »Lass los – Reis los«. Was ihm jedoch noch fehlte, waren zündende Ideen für die Website. Warum eigentlich? Er hatte doch sonst immer so viele Einfälle! Dieses Problem beschäftigte Jakob auch drei Espressos später auf dem Weg zum Speisesaal. Zumindest so lange, bis er aufgehalten wurde.

»Guten Morgen!« Die Frau bei der Rezeption klang, als säße sie beim Sonntagsfrühstück.

»Morgen.« Jakob blickte auf seine Uhr.

»Sie sind Herr …?«

»Fink.«

»Ich bin Mona Püschel, Therapeutin und Assistenz der Geschäftsleitung.« Die Mitarbeiterin blickte auf einen Notizzettel, den sie in den Händen hielt. »Haben Sie die Dokumente ausgefüllt, die Ihnen mein Kollege gestern mitgegeben hat?«

»Dazu war leider noch keine Zeit.«

»Keine Zeit.« Sie nickte vielsagend, was Jakob ärgerte. »Ich möchte Sie nicht stressen«, fuhr sie fort, »aber ich bräuchte die Dokumente bis neun Uhr. Wir möchten gerne die Pläne fertig machen.«

»Kein Problem.« Im Gegenteil. Deadlines beflügelten Jakob, selbst wenn es um eine Banalität wie diese Kurdokumente ging. Keine vier Minuten später saß er im Frühstücksraum, vor sich einen Kaffee, ein Toastbrot und einen Stapel Papiere. Für den Wochenplan brauchte er am längsten.

Zwölf Veranstaltungen musste er pro Woche belegen, so

hieß es laut Krankenkasse. Tägliche Vorträge (mit Übung/Diskussion) waren obligatorisch, darüber hinaus gab es Wahlmöglichkeiten. Was könnte er machen? Massage, Pilates, Nordic Walking und Aromabad klangen machbar. Phantasiereisen, Intuitives Malen und Heubasteln waren dagegen überhaupt nichts für ihn. Entspannungsübungen für zwischendurch? Perfekt! Wie man sich schnell und möglichst effizient entspannte, wollte er schon immer mal wissen. Aqua-Fit-Gymnastik? Warum nicht. Damit wäre sein Soll für die erste Woche auch schon erfüllt.

Im letzten Moment fiel sein Blick auf den Namen des Aqua-Fit-Trainers: Lothar Malik. Ob das El Fish war? »Er gibt auch Kurse«, hatte sein Nachbar gesagt. Hastig strichelte Jakob das letzte Kreuz durch und wählte stattdessen eine Stunde Yoga aus. Leichter Sport, Entspannung und Wellness. Er nickte zufrieden. Unter diesen Umständen würde sein Konzept reifen wie eine katalanische Orange im August.

Ärgerlich war nur, dass diesem Reifeprozess aktuell noch verschiedene Programmpunkte im Weg standen: das Aufnahmegespräch, die Hausführung – und Motte, der mit seinem Tablett vor seinem Tisch auftauchte, als er gerade das letzte Formular ausgefüllt hatte.

»Ist hier noch frei?«, fragte er.

»Eigentlich wollte ich …«, begann Jakob.

»Ja, schon klar: Du wolltest arbeiten«, sagte Motte. »Eine geniale Strategie.« Er setzte sich neben ihn. »So erholst du dich nie, Jakob.« Auf seinem Tablett lagen ein Brötchen und vier Mini-Päckchen Marmelade.

»Ich bin erholt«, sagte Jakob.

»Weißt du, woran man merkt, dass du das nicht bist?«

»Bist du Gast oder Therapeut?«

»Ich bin zum dritten Mal hier.«

»Ach so?« Jakob stürzte seinen Espresso hinunter. »Das spricht nicht gerade für den Erfolg des Programms.«

»Doch, das Programm ist toll.« Motte zerteilte sein Brötchen. »Man merkt es an deinen Händen.«

»Wieso? Was ist mit meinen Händen?« Jakob betrachtete seine sauberen und ordentlich gefeilten Fingernägel, an denen es weder Knibbel- noch Knabberspuren gab.

»Du knetest sie.«

»Ich? Meine Hände?«

»Immer wieder. Du knetest diese kleine Hautfalte an der linken Hand, die zwischen Daumen und Zeigefinger.«

»Das ist doch Unsinn.«

Motte riss das erste Päckchen Marmelade auf. »Wo kommst du eigentlich her?«, fragte er, während er das erste Viertel seines Brötchens beschmierte.

»Aus Düsseldorf.« Jakob sah zur Tür.

»Düsseldorf ist toll, da wohnt eine Freundin von mir. Bist du mit dem Flugzeug gekommen?«

»Nein.«

Motte grinste. »Da!«

»Was: da?«

»Du hast es schon wieder gemacht.« Er deutete auf seine Finger. Verärgert ließ Jakob von der Hautfalte ab. »Und mir ist auch vollkommen klar, warum.« Sein Nachbar lehnte sich zurück. »Es stört dich, dass ich an deinem Tisch sitze, obwohl du viel lieber arbeiten würdest.«

»Wie kommst du denn darauf?«

»Ich könnte dir tatsächlich einiges erzählen«, sagte Motte. »Ich könnte erzählen, dass ich Krankenpfleger bin, aus Berlin komme, dass mich meine Arbeit auffrisst und dass ich eigentlich lieber was anderes machen würde …«

»Aber?«

»Da ich nicht will, dass du deine arme Hautfalte in Grund und Boden knetest, lasse ich es bleiben.«

Jakob fühlte sich ertappt. Er wollte gerade aufstehen, als sein Handy klingelte. Es war seine Schwester Nelly, die vermutlich im Zug nach Barcelona saß.

»Morgen, Großer.« Sie schnäuzte sich.

»Alles in Ordnung?«, fragte Jakob.

»Fieber, Halsweh und Schnupfen.«

»So plötzlich?

»Die Klimaanlage im Zug stand auf Polarluft.«

»Das darf aber nicht sein, das musst du rückmelden«, sagte Jakob, als ein Schatten auf seinen Platz fiel. Er blickte auf. El Fish. »Im ›Centro del Sol‹ herrscht Handyverbot«, sagte er. Jakob erhob sich. »Ja, ja, schon gut.« Er nickte Motte zu und verließ den Saal. »Hoffe, du bist bald wieder fit«, sagte er zu Nelly.

»Klar doch. Und selber? Hast du dein erstes Entspannungsbad schon hinter dir?«

»Ich stehe quasi in den Startlöchern.«

»Dann mal los, Großer. Echt toll, dass du das durchziehst.« Nelly schnäuzte sich ein zweites Mal. »Also viel Spaß noch und bis bald!«

»Danke. Und dir gute Besserung.« Jakob legte auf und machte sich auf den Weg zu seinem Aufnahmegespräch.

Der Gelbe Raum stand einladend offen, war aber leer. Die Innenausstattung: sieben Tische, ein Smartboard und eine kleine Palme. Die Wandfarbe: Sandgelb. Jakob blieb im Türrahmen stehen, bis er Schritte hörte.

Es war Mona Püschel, die Mitarbeiterin aus dem Foyer, die ihn am Morgen um die Anmeldeformulare gebeten hatte. Eine Frau Anfang dreißig, die sich gut als Markenbotschafterin für sanfte Pflegeprodukte machen würde. Die cremefarbene Leinenhose und das weiße T-Shirt vermittelten Reinheit, der blonde Zopf wirkte sonnig. Sie strahlte jede Menge Sonntagsruhe aus. Eine Sonntagsruhe, mit der sich Jakob nur bedingt identifizieren konnte.

Der Tag hatte gut begonnen, aber jetzt würde er doch gerne weiterarbeiten. Außerdem musste er dringend Teddy anrufen und in Erfahrung bringen, wie das Briefing gelaufen war und was »Graf Keilo« von seinem Ansatz hielt.

Am liebsten würde er sofort zum Handy greifen, aber erst stand das Aufnahmegespräch mit Frau Püschel auf dem Programm, und diese stellte ihm mit ihrer Sonntagsstimme Fragen. Fragen nach seiner Arbeit, nach Hobbys, Sozialkontakten, Krankheiten, seinem Ess- und Schlafverhalten, dem Wohlbefinden, seinen Lebenszielen und vielem mehr. Nach Dingen also, die für die Therapie von Burnoutpatienten sicherlich relevant waren, aber nicht für ihn, der ja lediglich zur Prävention da war. Die Fragerunde dauerte fast eine Dreiviertelstunde, was umso ärgerlicher war, als Jakob seine zunehmende Nervosität vor Frau Püschel verbergen musste.

»So«, sagte sie nach einer ewigen Weile, »bevor wir nun endlich in die Woche starten können, müssen wir noch einen Stressfaktor in den Griff bekommen.«

»Was meinen Sie?«

»Ihr Handy.«

»Was ist mit meinem Handy?«

»Elektronische Geräte müssen bei uns abgegeben werden.« Frau Püschel deutete auf eine Fußnote am unteren

Rand eines Formulars, das er noch nie zuvor gesehen hatte. »Kein Handy, kein Tablet, kein Laptop«, sagte sie.

»Was?«

»Sie müssen zur Ruhe kommen.«

Jakob schüttelte fassungslos den Kopf. »Wie soll ich zur Ruhe kommen, wenn mich niemand erreichen kann?« Er schaute auf sein Display. Immer noch keine Nachricht von Teddy.

»Sie werden es erleben.« Frau Püschel lächelte ihr Sonntagslächeln, nahm sämtliche Formulare an sich und nickte zufrieden. »Wir erledigen jetzt noch schnell den Zimmercheck«, sagte sie, »und dann sind wir auch schon fertig.«

»Zimmercheck?«

»Sie haben Ihren Safe sicher schon gefunden.«

»Den habe ich noch gar nicht gesucht.« Jakob verlangsamte seinen Schritt. Dass er den Safe vor Ort gezeigt bekommen sollte, war ein toller Service, aber der Besuch kam denkbar ungelegen. »Wenn ich nicht klarkomme, melde ich mich gerne, danke«, sagte er.

»Der Check ist obligatorisch.«

»Ach so, verstehe. Ich räume nur noch schnell auf.«

»Unordnung ist kein Problem.«

»Für mich schon.« Jakob dachte an sein Laptop. Frau Püschel folgte ihm, als hätte er nichts gesagt. »Hören Sie«, sagte er. »Ich bin ein Gast, und ich möchte nicht, dass Sie mit in mein Zimmer kommen. In fünf Minuten gerne, aber nicht jetzt.«

»Sie haben sich für unser Konzept entschieden, Herr Fink. Und wie gesagt: Es geht auch ganz schnell.« Frau Püschel lächelte. »Und machen Sie sich keine Sorgen um Ihr Handy. Es bleibt ja wohlbehalten bei Ihnen.«

»Ach so?« Jakob schmunzelte. Diese Elektronummer war also bloß ein Scherz gewesen! Ein theoretisches Konstrukt zur Sensibilisierung gegenüber technischen Stressoren oder wozu auch immer. Und er war voll drauf reingefallen. Zu schön! Schwungvoll öffnete er seine Zimmertür. Im gleichen Moment vibrierte sein Handy. Werbung.

»Das Laptop kommt natürlich auch weg«, sagte Frau Püschel.

Jakob sah von seinem Mail-Eingang auf. »Ja. Also in der Theorie natürlich.«

»Nein. In der Praxis.« Frau Püschel zog den Stecker des Laptops aus der Wand und nahm das Gerät an sich, als sei sie eine Gerichtsvollzieherin.

»Wie bitte?« Jakob stemmte seine linke Hand in die Hüfte. »Das geht aber nicht!«

»Wir haben doch alles besprochen.« Sie streckte ihre Hand nach Jakobs Handy aus.

Er machte einen Schritt zurück. »Aber ich dachte, die Sachen bleiben bei mir!«

»Tun sie ja.« Frau Püschel zog einen Schlüssel aus der Tasche und öffnete den Schrank links neben dem Fenster. »Hier drin ist Ihr Safe, und hier werden alle Ihre Sachen sicher liegen.«

»Aber mein Laptop ist wichtig!«, rief Jakob. »Und zwar lebenswichtig!« Dort waren alle seine Unterlagen gespeichert. Alles, was er brauchte, um das Reis-Konzept zu perfektionieren. Ohne das Laptop würde er zwei komplette Wochen verschwenden und mit nichts in den Händen nach Hause kommen. Das durfte nicht geschehen. »Das ist nicht in Ordnung!«, rief er.

»Sie sind hier zur Burnoutprävention. Und eine Voraussetzung für eine erfolgreiche Kur ist, dass Sie von allen Stressoren Abstand nehmen.«

»Aber ich brauche mein Laptop! Und mein Handy! Was glauben Sie, wie sehr mich das stresst, wenn ich meine Mails nicht lesen kann!«

»Sie schaffen das. Ganz sicher.« Wieder streckte Frau Püschel die Hand nach dem Handy aus. Für wen hielt diese Therapeutin sich eigentlich? Sie war zwei Köpfe kleiner und eindeutig jünger als er und führte sich auf, als sei sie seine Mutter! Jakob hob die Stimme. »Ich möchte das nicht, und Sie können mich nicht dazu zwingen. Das hier ist mein Eigentum!«

»Wir zwingen Sie zu gar nichts. Sie haben unterschrieben. Es geschieht nur, was Sie abgesegnet haben.«

»Was soll ich abgesegnet haben?«

»Dass Sie sich an unsere Regeln halten, die unter anderem ein Verbot für elektronische Geräte vorsehen.« Frau Püschel deutete auf den Elektroherd. »Aus Brandschutzgründen müssen wir diese Platte leider auch wegschließen.« Sie stellte den Espressokocher auf den Tisch und zog den Stecker.

»Das habe ich nicht unterschrieben«, keuchte Jakob.

»Natürlich haben Sie das.«

»Wann?«

»Bei Ihrer Anmeldung.«

Jakob fasste sich an die Stirn. Er hatte sich die Unterlagen von Nellys Freundin geben lassen und alles hopplahopp kurz nach einem Meeting ausgefüllt. Ein Fehler. Ein entscheidender.

»Seien Sie stark.« Frau Püschel hielt ihre Hand auf.

»Das hat doch mit Stärke nichts zu tun«, sagte Jakob. »Hier geht es um Notwendigkeiten.«

»Wenn Sie bleiben wollen, müssen Sie sich an die Regeln halten.« Frau Püschel lächelte. »Das wird schon. Nur Mut.«

Robotergleich bewegte Jakob seine Hand mit dem Handy nach vorne. Zentimeter um Zentimeter. Nach einer Ewigkeit erreichte er die geöffnete Handfläche. Hinlegen, loslassen. »Nein!« Jakob hörte das leise Vibrieren und griff hektisch nach dem Gerät. Das musste sie sein, die Mail von Teddy! Frau Püschel war schneller.

»Bitte, nur diese eine Mail!«, entfuhr es ihm.

»Ich glaube an Sie.« Ungerührt schaltete die Therapeutin das Handy aus und legte es mit dem Laptop und der Elektroplatte in seinen Safe. Dann verschloss sie die Tür, lächelte ihm noch einen Sonntagsgruß entgegen – und ging, als ob nichts wäre.

Cadaqués, den 6. Juli

Zwischenbilanz: Zehn neue Gäste, darunter ein bekanntes Gesicht und ein Fall mit nomophoben Zügen. Kein Hinweis auf einen möglichen Prüfer. Es läuft!

Minutenlang starrte Jakob den Safe an. Darin lag er, sein Laptop. Das wichtigste Objekt in seinem Leben. Alle Informationen, die er brauchte, waren darauf gespeichert. Was sollte er denn jetzt machen? Die Reise abbrechen? Ohne einen einzigen Tag durchgehalten zu haben? Natürlich. Was sonst? Er hatte den Aufenthalt im »Centro del Sol« gebucht, um an seinem Konzept zu arbeiten. Das war nun nicht mehr möglich. Er hatte hier nichts mehr verloren.

Jakob sprang auf und lief den Gang entlang. Frau Püschel war nicht mehr in Sicht. Weder im Flur noch im Foyer und auch nicht auf der Sonnenterrasse. Ob sie auf dem Vorplatz steckte? Jakob begab sich nach draußen. Ein Taxi fuhr gerade davon. Nur zu gerne hätte er den Fahrer zum Bleiben bewegt, aber erst musste er Frau Püschel finden. Die war jedoch nicht hier. Lediglich eine Frau mit Trolley strebte auf den Eingang zu. Mit ihrer klassisch weißen Bluse, dem Bleistiftrock und dem Handy am Ohr wirkte die Mittvierzigerin wie eine typische Geschäftsfrau des liberal-intellektuellen Milieus. Er grüßte höflich, bevor er sich zurück ins Foyer begab.

An der Rezeption stand El Fish, ebenfalls mit einem Handy in der Hand. Ob er ihm weiterhelfen könnte? Das Einchecken der Trolleyfrau dauerte eine Ewigkeit, mündete aber in eine gute Neuigkeit: El Fish wusste tatsächlich, wo Frau Püschel steckte! Im Blauen Raum bei einem Abschlussgespräch. Eine gute Stunde würde es sicher dauern. Jakob erkundigte sich, ob er während der Wartezeit das Telefon an der Rezeption benutzen durfte, was jedoch – Überraschung! – nicht möglich war. Angefressen ließ er sich auf einen Besuchersessel fallen.

»Oje, was ist denn mit dir?«, fragte Motte, der gerade das Foyer betrat.

»Die haben mir mein Handy weggenommen.«

»Ja, daran muss man sich erst gewöhnen.«

»Ich will mich nicht gewöhnen, ich will telefonieren.«

»Am Strand gibt es ein Telefon.«

»Wo genau?«

»Bei dem Platz mit den Platanen.«

»Ein Hoch auf die Stammgäste!« Jakob drehte sich auf der Stelle um, verließ das »Centro« und eilte durch die schmalen Gassen, als wäre er auf dem Weg zu einer Präsentation. Das Telefon war schnell gefunden. Eine graue Säule mit der Aufschrift »Telefónica«, die von drei Seiten mit kleinen Plakaten beklebt war. Ein kreativer Kopf hatte mit einer Wäscheleine einen riesigen Strohhut auf der linken oberen Ecke der Säule befestigt. Eine eigenwillige Konstruktion.

Nelly litt immer noch hörbar unter einer verstopften Nase. »Was gibt's?«, fragte sie.

»Such mir eine Flugverbindung raus. Sofort. Der Preis ist egal. Ich muss hier weg.«

»Was? Wieso das denn?«

»Du hast gesagt, das wäre wie ein Hotel hier!«

»Ist es ja auch.«

»Nein, ist es nicht. Die haben mir mein Handy weggenommen. Und mein Laptop!«

»Ja und?« Nelly schnäuzte sich. »Du wirst ja wohl zwei Wochen ohne Handy und Laptop auskommen.«

»Nein, komme ich nicht! Und außerdem hätte man mir das vorher sagen sollen!«

»Das stand doch alles in den Unterlagen. Hast du dir die etwa nicht durchgelesen?«

»Ich werde keine Nacht länger bleiben.«

»Jetzt stell dich nicht so an«, sagte Nelly. »Die Leute wissen, was gut für dich ist.«

»Ganz im Gegenteil. Wenn du wüsstest, wie hoch mein Blutdruck gerade ist.«

»Merkst du eigentlich nichts?«

»Was denn?«

»Du klingst wie ein Drogensüchtiger!«

»Unsinn«, knurrte Jakob. »Ich will bloß mein Eigentum wiederhaben. Und ich habe keine Lust, wie ein Sträfling behandelt zu werden.«

»Ich dachte, du hättest mehr Biss.«

Jakob runzelte die Stirn. »Das hat doch mit Biss nichts zu tun. Meine Bedürfnisse werden komplett ignoriert, das muss ich mir nicht bieten lassen!«

»Seit wann interessierst du dich für deine Bedürfnisse? Sei froh, dass du endlich mal schlafen darfst!«

»Mein Entschluss steht fest: Ich fliege nach Hause. Also wärst du so nett, mir einen Flug rauszusuchen?«

»Nein«, sagte Nelly.

»Was soll das denn jetzt?«

»Denk bitte noch mal nach.«

»Ich verschwende hier meine Zeit.«

»Und wenn du eine Nacht drüber schläfst? Einfach mal schaust, ob das wirklich so schlimm ist ohne Handy?«

»Als ob das was ändern würde!«

Schweigen. Jakob blickte über den Sandplatz hinweg auf die dicht gedrängten Motorroller, von dort auf die Dalí-Statue und auf das dahinter glitzernde Meer.

»Na gut, wie du willst«, sagte Nelly. »Brich die Kur ab. Nutze deine ach so kostbare Zeit. Ich such dir einen Flug.«

»Danke.« Jakob atmete auf. »Und bitte nicht sauer sein. Ich habe es ja immerhin versucht.«

»Ich? Sauer?« Nelly hustete zweimal. »Nein, ich bin die Ruhe selbst. Ich hoffe nur, dass sich dein Chef nicht allzu sehr aufregt.«

»Teddy? Was hat der denn damit zu tun?«

»Er wird sich sicher Sorgen machen, wenn ich ihm von deinem Burnout erzähle. Du weißt ja sicher, dass ich ihn samstags oft beim Badminton sehe.«

Jakob erstarrte. »Das kannst du nicht machen.« Wenn Teddy erfuhr, dass er in diesem »Centro« steckte, wo er doch offiziell seiner Schwester helfen wollte … Wenn Teddy erfuhr, dass er gelogen hatte, wo »Vertrauen« doch einer der zentralen Werte von Kitze & Partner war … An die Reaktion seines Chefs durfte Jakob noch nicht einmal denken.

»Um dir zu helfen, würde ich noch viel mehr machen«, sagte Nelly trotzig. »Du hast mir versprochen, die Kur durchzuziehen. Also reiß dich gefälligst zusammen und halte durch. Es sind doch nur zwei Wochen!«

Jakob stützte sich an dem altmodischen Telefonkasten ab. »Tut mir leid, aber das kann ich nicht.« Er dachte an sein Konzept, dachte an »Graf Keilo«, »Rizo«, an Teddy, der diesen Auftrag dringend an Land ziehen musste. An die Tür zu dem leerstehenden Büro … »Ich würde gerne, aber es geht einfach nicht. Halte bitte meinen Chef raus!«

»Tut mir leid, aber das kann ich nicht.« Nelly schwieg für einen Moment. »Ich würde gerne, aber es geht einfach nicht.«

»Was?!«

»Wie gesagt: Ich will dir helfen.«

»Du bist so, du bist ...« Jakob stöhnte.

»Irgendwann wirst du mir dankbar sein«, sagte Nelly.

»Ganz sicher nicht.«

»Das sehen wir ja dann. Also: Du ziehst die Kur durch, dafür sage ich nichts zu deinem Chef. Deal?«

Erschöpft blickte Jakob auf die Restaurantzeile zu seiner Linken. »Also gut«, sagte er schließlich. Was blieb ihm anderes übrig?

»Okay, prima.« Nelly klang nun richtig beschwingt. »Du kannst mich jederzeit wieder anrufen. Auf dem Handy bist du ja jetzt nicht mehr erreichbar.«

Der Rückweg zum »Centro del Sol« erschien Jakob mindestens viermal so lang wie der Hinweg, und das lag sicher nicht nur an dem Anstieg.

Der Vormittag zog an ihm vorüber. Jakob kam sich vor wie in einer schlechten Krankenhausserie. Schließlich setzte er sich auf die Terrasse und versuchte, alles, was ihm auswendig zu seinem Konzept einfiel, zusammenzukratzen. Weit kam er nicht. Das Mittagessen – Dorade mit Kartoffeln und Bohnen – schmeckte, als wäre dem Koch das Salz ausgegangen, und am Nachmittag stand zu allem Überfluss auch noch das erste Seminar auf dem Programm.

Gemeinsam mit neun weiteren Neuankömmlingen fand sich Jakob im Grünen Raum ein, der – immerhin ein Pluspunkt – hell und klimatisiert war. In der zweiten Reihe blätterte Motte gerade einen Zettelberg durch. Links neben ihm saß die Trolleyfrau. Diesmal ohne Trolley, aber mit einem Notizbuch aus olivgrünem Leder. In der ersten Reihe hatte sich ein Endvierziger platziert. Sein kariertes Hemd passte ebenso wie sein karierter Schreibblock zum Milieu der bürgerlichen Mitte. Jakob setzte sich rechts neben den Zettelberg. Von Ferne hörte er die Kirchturmuhr schlagen. Ein Klang, der an einen Kochlöffel erinnerte, den jemand an den Rand eines gigantischen Metalltopfs schlug.

Frau Püschel schwebte mit zweiminütiger Verspätung in den Raum. Jakob wollte nicht kleinlich sein, aber die Dramaturgie ihres Vortrags war optimierbar. »Guten Tag! Es freut mich, Sie hier bei uns zu begrüßen.« So startete sie. »Heute möchte ich mit Ihnen über ein Thema sprechen, das Ihnen sicherlich am Herzen liegt: Stress.«

Eine spannende Einleitung sah nun wirklich anders aus, fand Jakob. Wenn sie wenigstens mit einer Anekdote angefangen hätte! Der Gründermythos des »Centro del Sol« hätte ihn zum Beispiel interessiert. Wie kam diese Rita Knopp dazu, einen Ort der Entschleunigung für deutsche Stresspatienten zu gründen? Hatte sie womöglich selbst mal kurz vor dem Burnout gestanden? So etwas musste man doch klären!

Das Beste wäre natürlich gewesen, die Kunden mit einem Paukenschlag zu empfangen. Wäre Frau Püschel völlig überhastet in den Raum gestürzt, hätte dabei »versehentlich« eine Blumenvase von der Fensterbank geworfen, einen hektischen Kurzvortrag heruntergerattert oder gar einen Zusammenbruch simuliert, wäre sie danach wie selbstverständlich aufgestanden und hätte in aller Ruhe ein Statement abgegeben à la »Sie haben gesehen, was mit mir los war. Damit Ihnen genau das nicht passiert, sind Sie hier. Herzlich willkommen!« – niemand würde ihre Präsentation jemals vergessen. Aber egal, man konnte nicht alles haben. Leider auch kein Tageslicht, denn das verschwand hinter den Jalousien, kaum hatte Frau Püschel den Beamer eingeschaltet. Und zwar nicht hinter schräggestellten Lamellen, sondern hinter einer dunkelgrauen Wand.

»Sitzt man hier immer im Dunkeln?«, fragte Jakob leise.

»Ist doch gut«, sagte Motte. »Dann kann man besser schlafen, wenn's mal langweilig wird.«

»Da können wir ja gleich in den Keller gehen«, brummte Jakob. Das konnte ja heiter werden.

Nicht, dass die Veranstaltung schlecht gewesen wäre. Frau Püschel bot strukturierte Informationen zum Thema Stress, und der rote Faden ihres Vortrags war von Anfang bis Ende präsent. Welche Arten von Stress gibt es? Welche Stadien? Kam Burnout von Stress, und was war überhaupt so problematisch an dem Begriff »Work-Life-Balance«? Über diese Fragen ließ sich Frau Püschel aus. Detailgenau oder vielmehr übergenau und vor allem zu theorielastig, wenn man Jakob fragte, aber was spielte das schon für eine Rolle. Er hatte andere Sorgen. Was er brauchte, war klar: Zugriff auf seine Dateien und die E-Mails. Die Frage war nur, wie?

Frau Püschel unterbrach sein Brainstorming, als er die Lösungsansätze »Bestechung« und »Diebstahl des Safeschlüssels« gerade verworfen hatte.

»Herr Fink?«, fragte sie.

»Ja?«

»Nehmen Sie sich bitte drei Blätter.«

»Verzeihung.« Jakob bediente sich an den Papieren, die ihm die Trolleyfrau hinhielt, und reichte den Stapel an Motte weiter. »Stresstagebuch« stand als Überschrift auf jedem

Blatt. Darunter gab es drei Blöcke mit Leerzeilen und jeweils zwei Felder für Ort und Datum.

»Bei Interesse können Sie solche Vorlagen in Form eines gebundenen Buches in unserem Shop erwerben«, sagte Frau Püschel, »aber für den Anfang reichen auch die einzelnen Blätter.« Sie ließ die Jalousien wieder nach oben fahren. Die Kursteilnehmer blinzelten ins Tageslicht.

»Was sollen wir denn da schreiben?«, brummte Jakob. »Ich dachte, hier gäbe es keinen Stress.«

»Wie gesagt: Die Blätter dienen als Hilfsmittel, um Ihre persönlichen Stressoren herauszufinden. Sollte es hier in diesem Umfeld keine geben – umso besser!«

Jakob nickte. Das Einzige, was ihn stresste, war die Abwesenheit seines Handys und Laptops. Von daher … »Das Umfeld entspannt mich sehr.« Er hob die Blätter in die Höhe. »Die brauche ich nicht.«

Frau Püschel hielt ihm ein Kästchen mit Kugelschreibern vor die Nase. »In diesem Fall reflektieren Sie bitte einfach über den gestrigen Tag.«

Wenig begeistert nahm Jakob ein Schreibgerät entgegen.

»Und los geht's«, sagte Frau Püschel.

»Wie in der Schule«, flüsterte Motte. Der Karierte aus der bürgerlichen Mitte hatte die ersten vier Zeilen bereits vollgeschrieben, bevor Jakob den Taster seines Kugelschreibers betätigt hatte. Über den Tag reflektieren? Wie unnötig. Er musste über ganz andere Dinge reflektieren! Wie war das mit dem Safeschlüssel? Ohne Hilfe würde er ihn ganz sicher nicht bekommen, von daher musste er dringend nach Alternativen suchen. Auf einmal fiel ein Schatten auf sein Gesicht.

»Kann ich helfen?«, fragte Frau Püschel.

»Mir fällt nichts ein«, sagte Jakob. »So ein Tagebucheintrag ist ja schon sehr … persönlich.« Um ein Haar hätte er »überflüssig« gesagt.

»Verstehe.« Die Therapeutin blätterte in einem Stapel mit Papieren und reichte ihm ein Blatt. »Aphorismen« stand darüber. »Ein Tipp: Wenn einem spontan keine Idee kommt, hilft manchmal ein Zitat, um einen Anfang zu finden.«

»Was denn für ein Zitat?«

»Möge die Macht mit dir sein!«, rief jemand eine Reihe hinter ihm. Jakob drehte sich um und sah einem Mittdreißiger ins Gesicht, der seinem Aussehen nach vermutlich asiatischer Abstammung war. Er trug ein schwarzes Bandana-Tuch in Form eines Haarbandes um den Kopf und sah sich Beifall heischend um.

Frau Püschel blieb gelassen. »Ein Sinnspruch«, sagte sie, »über das Leben, das Glück, den inneren Frieden … Suchen Sie etwas aus, das Sie anspricht.«

Jakob, der eine tiefe Abneigung gegenüber Sinnsprüchen hegte, schüttelte den Kopf. »Danke, nein. Dann versuche ich es doch lieber auf meine Art.« Seine Art führt dann zwar nicht zu einem Ergebnis, bewirkte aber, dass ihn die Therapeutin bis zum Ende der »Übung« in Ruhe ließ.

»Gibt es jemanden, der seinen Eintrag gerne vorlesen möchte?«, fragte sie, nachdem alle Kursteilnehmer ihre Schreibwerkzeuge wieder weggelegt hatten. »Natürlich muss niemand, aber vielleicht möchte jemand gerne als Inspirationsquelle dienen.« Ihr Blick fiel auf Jakob, der sich allerdings nicht angesprochen fühlte. Der Mann aus der bürgerlichen Mitte meldete sich.

»Ich möchte«, sagte er.

»Sehr gerne, Herr Hild.«

»Also …« Er hob Stimme und Blatt. »Auf einer zehnstufigen Skala würde ich den gestrigen Tag mit einer 7,2 bewerten. Der Vormittag war wegen der Anreise etwas stressig, deshalb habe ich nach dem Auspacken meines Koffers eine Runde Autogenes Training nach J.H. Schultz eingelegt. Im Anschluss war ich noch für zwanzig Minuten am Meer. Das hat mich sehr entspannt.« Er lehnte sich zurück.

»Wunderbar.« Die Therapeutin nickte begeistert. »Ein sehr schönes Schlusswort.« Sie zog einen USB-Stick aus ihrem Laptop. Jakob atmete auf – und hätte sich im selben Moment fast an die Stirn geschlagen. Warum hatte er eigentlich nicht gleich daran gedacht? Er hatte doch noch den USB-Stick mit seinen Sicherheitskopien! Darauf waren zwar nicht seine E-Mails, aber alle wichtigen Dokumente. Auf einmal fühlte er sich nahezu beschwingt. Ihm fehlte nur noch ein PC oder ein Laptop, und schon könnte es losgehen.

»Hast du den Tagebucheintrag so ergreifend gefunden?«, fragte Motte, der Jakobs Stimmungswandel zu spüren schien.

»Den Eintrag?« Jakob schmunzelte. »Dem würde ich auf einer zehnstufigen Skala eine 4,87 geben.«

»Sehe ich genauso.« Motte grinste. »Der Anfang war etwas langweilig, deshalb habe ich erst mal abgeschaltet. Im Anschluss bin ich dann fast eingeschlafen. Als es endlich vorbei war, hat mich das sehr entspannt.«

»Wahre Worte.« Jakob lachte. Im gleichen Moment verdunkelte wieder ein Schatten seinen Platz.

»Ich möchte Ihnen noch eine Hausaufgabe mit auf den Weg geben«, sagte Frau Püschel mit einer Stimme, die weniger nach Sonntag und mehr nach Montag klang. Jakob konnte das nicht erschüttern. Er hatte einen Stick!

Cadaqués, den 6. Juli

»Wo zwei zusammenstoßen, siegt der Besonnene.«

Laotse

Bisher bin ich mit dem Tag zufrieden, nur der Gast mit den nomophoben Zügen macht mir Sorgen. In der Einführungsveranstaltung hat er als Einziger nicht mitgearbeitet, sondern mit seinem Nachbarn herumgealbert. So richtig passt dieser Herr Fink sowieso nicht in die Gruppe. Abgesehen von ihm läuft hier niemand in italienischen Lederschuhen und Designerjeans herum. Nicht, dass das schlecht aussieht, im Gegenteil sogar, aber es ändert nichts: Entweder hat er sich unsere Bekleidungstipps nicht durchgelesen oder er will bewusst ein Zeichen setzen. Ich bin mal gespannt, wie das weitergeht ...

Jakob hatte seinen USB-Stick fest in der Hand, als er durch den Empfangsraum schritt. »Herr Fink«, tönte es hinter ihm. Er drehte sich um. El Fish hielt ein Blatt in die Höhe. »Ihr Wochenplan«, sagte er.

»Vielen Dank.« Jakob nahm das Dokument entgegen.

»Leider konnten nicht alle Wünsche berücksichtigt werden.« Er klang nicht, als würde ihm das leidtun.

»Kein Problem.«

»Statt Pilates habe ich Sie heute Nachmittag bei den Phantasiereisen eingeteilt.«

»In Ordnung.« Jakob blickte auf seine Armbanduhr. »Ich müsste dann jetzt auch mal.« Er setzte sich in Bewegung.

»Um Viertel nach zwei im Grünen Raum«, rief ihm El Fish hinterher.

»Jawoll. Grüner Raum.« Jakob faltete den Wochenplan auf Hosentaschengröße und machte sich auf den Weg. Vierzig Minuten blieben ihm, um ein Internetcafé zu finden. Eigentlich hatte er Motte nach dem Weg fragen wollen, doch der war bereits ausgeflogen. Gut, dass Cadaqués ein überschaubares Örtchen war.

Auf den Straßen herrschte reger Betrieb. Die ersten zwei Spaziergänger sprachen weder Deutsch noch Englisch, die nächsten drei kannten kein Internetcafé. Jakob befragte die Mitarbeiter eines Eiscafés, eines Kiosks und einer Tankstelle – niemand wusste Bescheid. Jakob zog weiter. Noch zwei Kreuzungen, dann müsste er auch schon im Ortskern sein, wo er …

»Huch, was ist denn –« Um ein Haar wäre er gegen ein Hindernis geprallt, wobei der Zusammenprall keine dramatischen Folgen gehabt hätte, da es sich um einen Strauß roter Luftballons handelte, der ihm genau in den Weg geweht war. Jakob lächelte. Schon lange hatte er ein besonderes Verhältnis zu Luftballons. Seit seiner Postkartenfreundin Flora, um genau zu sein. Luftballons fielen ihm auf, selbst im Düsseldorfer Einkaufstrubel, so wie Schwangere überall Kinderwägen bemerkten und Tierliebhaber Hunde. Kein Wunder: Ihre Geschichte hatte mit einem Ballon begonnen.

»Möchten Sie einen?« Der bereits betagte Promoter deutete auf den schwebenden Strauß. Jakob winkte ab. Er hatte es nicht so mit personalgestützten Werbeaktionen – insbesondere, wenn er die Give-aways zwar aus persönlichen Gründen schön, aber objektiv gesehen einfallslos fand. Mal abgesehen davon hatte er gerade ganz andere Probleme.

»Wissen Sie zufällig, wie ich zum nächsten Internetcafé komme?«, fragte er.

»Leider nein«, sagte der Senior.

»Aber es gibt doch sicher eines.«

»Meine Frau war mal vor Jahren in einem. Damals hatte die Püppi gerade ihr Abitur hinter sich und wollte Urlaub machen und …«

»Wo denn?«, fragte Jakob.

»Australien.«

»Nein, wo das Internetcafé ist.«

»Ach so.« Der Senior schwieg. »Das weiß ich leider nicht, aber Sie könnten meine Frau fragen. Sie müsste jeden Moment von der Kirche zurückkommen. Fünf Minuten, zehn höchstens.«

So viel Zeit hatte Jakob nicht, und wenn es ein Internetcafé gab, würde er es schon finden. Oder auch nicht, wie er schließlich feststellen musste. Er war tatsächlich einmal quer durch den Ort gelaufen. Und die Pause neigte sich ebenso dem Ende zu wie seine Geduld. Jakob blickte zur Kirche Santa María hinauf, die erhaben über dem weißen Häusermeer stand. Ob er vielleicht doch die Ehefrau aufsuchen sollte?

Eilig trabte er die Gasse zur Kirche hinauf, die sich hervorragend in einem Imagefilm oder einer Reisebroschüre machen würde. Ganze sechs Besucher bevölkerten das kühle Kirchengebäude. Vier Männer und eine Frau, die bestimmt noch keine zwanzig war. Die grauhaarige Dame in Reihe drei würde vom Alter her gut passen, allerdings war sie nicht in Aufbruchsstimmung.

Jakob verließ die Kirche und setzte sich auf einen Mauervorsprung. Eine bleierne Hitze lag über dem Ort. Der Schatten unter den beiden Zypressen direkt auf dem Platz vor der Kirche war von drei Straßenmusikern in Beschlag genommen. Fünf Best Ager und zwei Kinder zeigten sich an der musikalischen Darbietung interessiert. Jakob versuchte sich zur Überbrückung der Wartezeit gerade an einer spezifischeren Einteilung der Marktsegmente, als die Kirchentür aufging.

»Hallo«, sagte er. »Sie sind doch die Frau von dem netten Herrn mit den Luftballons.« Die Dame nickte, einen Hauch von Misstrauen im Gesicht.

»Ich suche ein Internetcafé. Ihr Mann meinte, dass Sie mir weiterhelfen könnten.«

»Ein Internetcafé?«

»Ganz genau.«

»Hier in Cadaqués?«

»Nein, in Costa –« Jakob unterbrach sich. Wie hatte Professor Günther, Spezialgebiet Market Research, immer gepredigt? Wer Informationen brauchte, musste ein Gecko sein. Widerstands- und anpassungsfähig wie die Schuppenechsen, die seit fünfzig Millionen Jahren über die Erde krochen. »So ist es. Ich suche ein Internetcafé hier im Ort. Ihr Mann meinte, Sie wüssten Bescheid.«

»Beim Hafen gibt es eines«, sagte die Dame. »Direkt neben dem Bäcker. Da war ich vor Jahren mal. Unsere Tochter hatte gerade das Abitur hinter sich und war damals in Australien, wissen Sie? Und da …«

»Ja, ich bin bereits im Bilde.« Jakob nickte begeistert. »Tausend Dank! Und einen schönen Tag noch!« Er fasste in seine Hosentasche. Der Stick war noch an seinem Platz. Das Warten hatte sich gelohnt!

Oder auch nicht, wie er genau sieben Minuten später feststellte. Der winzige Hafen war schnell gefunden, der Bäcker ebenfalls, das Internetcafé nicht. Der Grund: Es war pleitegegangen, wie der Mitarbeiter der Bäckerei erklärte, und zwar vor Jahren schon. So ein Ärger! Hätte dieser Mensch nicht besser wirtschaften können? Jakob ballte die Faust, die seinen USB-Stick enthielt, noch fester. Nun hatte er die Daten, aber keinen Rechner – großer Mist.

Aufgeben kam natürlich trotzdem nicht infrage. Vielleicht gab es ja noch ein zweites Café, einen Geheimtipp sozusagen. Er würde Motte fragen. Als Stammgast des »Centro del Sol« kannte er sich aus. Jetzt musste er allerdings erst mal seinen Chef erreichen, der ihm sicher gemailt hatte, der auf eine Antwort wartete und ihn vermutlich längst angerufen hatte. Der Platz mit den Platanen war höchstens hundert Meter weit entfernt.

»Herr Fink? Was machen Sie denn hier?«

Jakob drehte sich um, blickte in das Sonntagslächeln von Frau Püschel. »Die Veranstaltungen beginnen gleich!«

»Ich muss noch was erledigen.« Jakob deutete vage Richtung Meer, was eventuell nicht die sinnvollste aller Richtungsangaben war.

»Das geht leider nicht.« Frau Püschel klang sonniger als ihre Ansage vermuten ließ. »Es wäre doch schade, wenn Ihre Gruppe warten müsste.«

»Verstehe«, brummte Jakob, »aber …« Er blickte in Richtung der Platanen. Ein Anruf, nur einer.

»Los geht's.« Frau Püschel setzte sich in Bewegung, Jakob nicht. »Worauf warten Sie?«, fragte sie.

Er richtete sich auf. Hatte er es wirklich nötig, sich von einer Therapeutin herumkommandieren zu lassen? Er war kein Kind, und doch hatte er sich einen Moment lang wie eines gefühlt. »Es tut mir sehr leid«, sagte er bestimmt, »aber ich muss telefonieren.«

»Ach, deshalb sind Sie so angespannt.« Frau Püschel lächelte wissend. »Keine Sorge: Das geht vorbei, und ich möchte Ihnen noch einen Tipp mit auf den Weg geben. Ersetzen Sie die Wendung ›ich muss‹ durch die Worte ›ich möchte gerne‹.«

»Wozu?«, fragte Jakob.

»Versuchen Sie es.«

»Aber ich muss wirklich telefonieren. Und je länger wir hier stehen, umso später komme ich zu meinem Kurs.«

»Dann vertagen wir diese Übung wohl besser.« Frau Püschel setzte sich in Bewegung. »Auf geht's.«

»Aber …« Jakob schaute wieder zu den Platanen hinüber, doch die Therapeutin winkte ihm so energisch, dass er zu ihr aufschloss.

»Was haben Sie denn jetzt?«, fragte sie.

»Phantasiereisen.«

»Ein sehr entspannender Kurs.«

»Ich kann's kaum erwarten.« Jakob versuchte, nicht allzu ironisch zu klingen.

»Herr Fink, ich baue auf Ihr Engagement. Sie wissen, wie begehrt die Plätze bei uns sind.«

»Ja, ja. Sehr begehrt.«

»Also Ihr …« Die Therapeutin klang, als wolle sie noch etwas sagen, ließ es jedoch bleiben. Schweigend marschierten sie den Anstieg hinauf. Ein Gerüstbauer pfiff deutlich hörbar, als sie an ihm vorbeikamen. Fand er diese Frau Püschel etwa attraktiv? Von außen betrachtet war sie das vermutlich sogar mit ihrem glänzenden Haar und dem sanften Lächeln, aber der Pfiff galt wohl eher der braunhaarigen Schönheit auf der anderen Straßenseite. Jakob stapfte weiter den Hügel hinauf und wollte gerade einen Spaziergänger überholen, als er bemerkte, wen er da vor sich hatte.

»Was machen Sie denn hier, Herr Motte?«, fragte in diesem Moment Frau Püschel, die den Mann ebenfalls erkannt hatte. »Sie haben doch auch eine Veranstaltung!«

»Ich musste noch was erledigen.« Motte wirkte völlig tiefenentspannt, ganz im Gegensatz zu Frau Püschel.

»Das geht aber nicht. Ich möchte Sie wirklich bitten, sich in Zukunft an unsere Regeln zu halten«, sagte sie, diesmal mit Montagsstimme.

»Geht klar.« Motte lächelte bloß. Die letzten Meter brachten sie schweigend hinter sich.

Eine halbe Stunde nach dem Ende der Phantasiereise saßen Jakob und Motte bei einem gekühlten Wasser auf der Sonnenterrasse. Die Trolleyfrau stand am Geländer und blickte in den Olivenhain hinab, der Mann aus der bürgerlichen Mitte lag mit geschlossenen Augen unter einem Sonnenschirm.

»Du bist doch zum dritten Mal hier«, sagte Jakob zu seinem Nachbarn. Im selben Moment fiel ein zarter Schatten auf ihren Tisch. Zum Glück gehörte er nicht Frau Püschel, sondern der Trolleyfrau.

»Darf ich mich setzen?«, fragte sie.

»Natürlich.« Motte deutete auf einen freien Stuhl.

»Gaby Weinbach.« Sie rückte den Stuhl in den Halbschatten und zog eine Flasche Sonnencreme aus ihrer Tasche. Motte stellte sich mit seinem Spitznamen vor, und auch Jakob machte sich notgedrungen bekannt. »Wie fanden Sie die Phantasiereise?«, fragte Gaby Weinbach.

»Ganz toll.« Motte schmunzelte. »Ich wollte mich in Gedanken schon immer mal in der Milz aufhalten.«

»Wir waren nicht in der Milz«, schaltete sich Herr Hild, der Mann aus der bürgerlichen Mitte, ein. »Wir waren im Kopf und im Herzen und in den Muskeln.«

»Auch gut.« Motte verschränkte beide Hände hinter dem Kopf.

»Und hat Ihnen der Vortrag gefallen?«, fragte Gaby Weinbach.

»Der war nicht verkehrt.« Jakob hatte Frau Püschels Sonntagsstimme noch gut im Ohr. »Die Leiterin hat klar und deutlich gesprochen, Blickkontakt gehalten, nicht übermäßig viele Folien verwendet und …«

»Ich meinte inhaltlich.« Gaby Weinbach schmunzelte. »Hat er Ihnen etwas gebracht?«

»Ja, natürlich«, sagte Jakob. »Ich habe erfahren, dass Burnoutpatienten oft wichtige Lebensbereiche wie Hobbys vernachlässigen. Und ich habe beschlossen, mir eventuell wieder eine Freizeitbeschäftigung zu suchen.« Wenn er denn jemals ein Stündchen freischaufeln könnte.

»Das klingt doch gut«, sagte Gaby Weinbach.

»Mir war allerdings schon vorher klar, dass ein Ausgleich wichtig ist.« Jakob streckte die Beine aus. »Frau Püschel hat die Sache nur in ein griffigeres Bild gepackt.«

»Das mit den Pfeilern einer Brücke?«

»Genau.« Er blickte zu seinem Nachbarn hinüber. »Aber mal was anderes … Motte, weißt du, ob es hier im Ort ein Internetcafé gibt?«

»Du sollst nicht arbeiten.« Motte schwenkte tadelnd seinen Zeigefinger. »Genieß die Ruhe und die Sonne und …«

»Aber es gibt eins, oder?«

Sein Nachbar schüttelte den Kopf. »Vor Jahren gab es mal eins am Hafen, aber das hat zugemacht.«

»Bist du sicher?«

»Absolut.«

»Aber ich brauche ein Laptop!« Jakob merkte selbst, wie verzweifelt er klang.

»Was müssen Sie denn machen?«, fragte Gaby Weinbach.

»Etwas ausarbeiten. Etwas Wichtiges.«

»Ich habe auch tausend Sachen im Kopf, die ich gerne erledigen würde. Aber damit müssen wir wohl klarkommen.«

»Ich wüsste nicht wie.« Jakob klammerte sich mit beiden Händen an seinem Liegestuhl fest. Zwei Wochen ohne Kontakt zur Außenwelt. Zwei Wochen Stagnation. Damit war sein Aufstieg zum Partner so gut wie vom Tisch.

Cadaqués, den 7. Juli

Dass sich zwei unserer Gäste nicht an die Regeln halten, gefällt mir nicht. Noch viel mehr nervt mich allerdings, wen die Chefin dafür verantwortlich macht: mich! Und dabei habe ich alles gegeben, um die beiden so schnell wie möglich in ihre Kurse zu verfrachten! Aber ich weiß natürlich, warum sich Frau Knopp so aufregt: wegen der Qualitätsprüfung. Alles muss perfekt klappen, alles muss perfekt sein. Wenn dieser Prüfer endlich da war, wird es bei uns hoffentlich wieder entspannter zugehen. Also: positiv denken, auch wenn's schwerfällt ...

Jakob schlug die Augen auf. »Ya! Ya! Ya!«, schrie es von draußen. Wieder hatte ihn eine Möwe geweckt. Zwölf Minuten vor seinem inneren Wecker, der ihn um zehn vor sechs aus den Federn treiben würde. Was andere Leute nerven würde, war für ihn kein Problem. Immerhin blieben ihm so zwölf Minuten mehr Zeit, um den Tag mit …

Ach so. Muffig rollte sich Jakob auf die andere Seite. Zwölf Minuten mehr Zeit, um den Tag mit absolut rein gar nichts einzuläuten, denn was sollte er ohne Handy und Laptop mit seiner Zeit schon anfangen? Immerhin hatte er einen Stift und einen Block. Ob er ohne konkrete Vorgaben weiterarbeiten sollte? An sich eine Zumutung, aber besser als nichts. Und was hatte er sich gestern Abend geschworen? Er würde sich nicht unterkriegen lassen. Er war ein Kämpfer und er würde alles geben, also los! Mit müden Augen griff er nach dem Kugelschreiber und wandte sich den Dachbotschaften von »Rizo« zu. Vier Notizbuchseiten später saß er im Speisesaal, drei weitere Seiten später im Grünen Raum.

»Guten Morgen!« Frau Püschel klang wieder ganz nach Sonntag. Auch diesmal hatte sie keinen Knaller-Einstieg im Gepäck, sondern eine sittsame PowerPoint-Präsentation bei heruntergelassenen Jalousien. Das zentrale Modell: ein Schneckenhaus, das die fünf Phasen einer Burnouterkrankung nach Professor Dr. Günther Scherer visualisierte.

Phase 1 (ausgeprägter Arbeitseifer) war am oberen Rand des Schneckenhauses angesiedelt. Burnoutpatienten, erläuterte Frau Püschel, seien häufig sehr leistungswillig, engagiert und fokussiert auf die Karriere. Jakob überlegte, ob er auf die Eindimensionalität des Modells hinweisen sollte, ließ es aber bleiben. Dabei war die Sache doch so offensichtlich: Wie jeder Trainee wusste, führte ausgeprägter Arbeitseifer nicht zwangsläufig zu Burnout, sondern in der Regel zu ordentlichen Arbeitsergebnissen. Und überhaupt: Wo käme man denn hin, wenn jeder nur vor sich hin lethargieren würde?

Mit Phase 2 (reduzierter Arbeitseinsatz) identifizierte sich Jakob erst recht nicht. Wieso sollte er aufgrund ausbleibender Erfolgserlebnisse jemals auf die Idee kommen, die Arbeit schleifen zu lassen? Im Gegenteil. Wenn es nicht lief, musste man sich eben mehr reinhängen, das war doch nicht zu viel verlangt.

Von Phase 3 (zunehmende Erschöpfung) bekam Jakob nur noch das Buzzword »Frustration« mit, und während der Station »Gleichgültigkeit und Rückzug« sowie der im Zentrum des Schneckenhauses herrschenden »Leere« war er in Gedanken wieder ganz bei seinem Reis-Konzept. Sehr gerne wäre er dort auch bis zum Mittagessen geblieben, doch leider schloss sich dem Vortrag keine Pause an, sondern eine Übung.

»Was sollen wir machen?«, fragte Jakob, während Frau Püschel Zeitschriften, Scheren und Klebstoff herumreichte.

»Schöne Bilder ausschneiden«, erklärte Motte.

»Und warum?«

»Das hat sie nicht gesagt.«

»Doch, hat sie«, schaltete sich der Mann aus der bürgerlichen Mitte ein, der wieder in einem Karohemd erschienen war. »Wir sollen Bilder suchen, die uns berühren.«

Jakob seufzte. Was für eine Aufgabe! Emotional Branding war sein Metier, und Emotionen – insbesondere, wenn sie marketingrelevant waren – näherte er sich analytisch. Um seine Zeit nicht komplett zu verschwenden, könnte er sich zumindest auf die Suche nach einem gelungenen Storytelling machen. Im besten Fall bekam er noch Inspirationen für sein Reis-Konzept.

Eine trügerische Hoffnung, wie ihm schnell klar wurde, da die Anzeigen, denen er beim Durchblättern begegnete, extrem viel Mittelmaß enthielten. Eine Heile-Welt-Familie beim Morgenmüsli, eine Karrierefrau nebst Powershampoo und eine Matratze mit schlafendem Baby.

»Haben Sie etwas gefunden?«, fragte Frau Püschel.

»Schwierige Sache.« Jakob blätterte an einer Saucen-Werbung vorbei, die durch den Archetyp »Genießer« bestechen wollte.

»Ich habe etwas.« Der Karierte aus der bürgerlichen Mitte griff zur Schere. Frau Püschel nickte wohlwollend, als er ihr das Urlaubsmotiv zeigte. Strand, Meer und Palmen. Nett. Gab es jährlich bestimmt bloß in zehntausend Kampagnen.

»Sehr interessant«, sagte die Therapeutin. »Da haben wir also einen Ort, fern des Alltagstrotts. Einen Ort, der für Entspannung steht, was in Ihnen positive …«

»Na ja, das müsste man doch etwas differenzierter betrachten«, sagte Jakob.

»Wie bitte?«

»Das Bild kann für Entspannung stehen«, erklärte er, »es kann aber auch für Romantik, Freiheit oder Abenteuer stehen. Entscheidend ist, wie das Produkt mit …«

»Jetzt lassen Sie bitte mal Ihre Arbeit außen vor, das ist nicht unser Thema.« Frau Püschel klang genervt, was Jakob ärgerte. Wer hatte denn diese alberne Aufgabe angezettelt? Da verschwendete er hier schon seine Zeit, und anstatt seine konstruktiven Wortbeiträge zu würdigen, wies ihn diese Therapeutin zurecht wie ein Kind! Muffig blätterte er in einer Frauenzeitschrift, während Frau Püschel durch die Reihen schlenderte. »Was spricht Sie an diesem Bild an?«, fragte sie seine Sitznachbarin.

»Die gepflegten Zähne.« Gaby Weinbach schmunzelte. »Sie wissen ja, dass ich Zahnärztin bin.«

»Die Frau könnte auch für eine gute Freundin stehen«, sagte Frau Püschel. »Erinnern Sie sich bitte an das Bild mit der Brücke. Freundschaft ist ein Pfeiler, der uns durchs Leben trägt.« Jakob atmete tief durch. Er hasste es, wenn Menschen in Metaphern sprachen.

Die Therapeutin schritt weiter. »Herr Ling, wie sieht es bei Ihnen aus?«, fragte sie.

»Ich heiße Chen«, sagte der Angesprochene. »Ling ist mein Vorname.«

»Tut mir leid, Herr Chen.«

»Kein Problem.« Ling Chen riss eine Seite aus einer Zeitschrift heraus.

Frau Püschel begutachtete seine Auswahl. »Eine Grillparty mit Freunden. Sehr schön.«

»Nein, nur das Bier. Da weiß man wenigstens, woran man ist.« Ling Chen griff zur Schere und schnitt die Bierkiste aus. Motte grinste, Jakob verdrehte die Augen, die Therapeutin kommentierte das Ganze nicht.

Endlose zehn Minuten musste die Gruppe weitersuchen, dann schritt Frau Püschel zur Auswertung. Als Erstes hob sie ein Foto von einem Fußballplatz empor. Der Karierte aus der bürgerlichen Mitte hob die Hand. »Die drei Männer scheinen aus einem Team zu kommen«, sagte er. »Wem dieses Bild gefällt, der wünscht sich bestimmt neue Freundschaften. Und wie wir gelernt haben, ist Freundschaft ja ein Pfeiler, der uns durchs Leben trägt.«

Jakob ächzte leise. Jetzt fing der auch noch an! »Freundschaft ist hier nicht zentral«, sagte er, während die Therapeutin das Foto vom Fußballplatz wieder beiseitelegte. »Da muss man schon die Text-Bild-Relation beachten.«

»Ein interessanter Gedanke, der aber leider nicht ganz hierher passt.« Täuschte er sich oder klang Frau Püschel schon wieder genervt?

»Es geht um die Wirkung der Anzeigen«, sagte Jakob, »und die Bilder darf man nicht isoliert betrachten.«

»Natürlich darf man das.«

»Es verfälscht aber das Ergebnis.«

Die Therapeutin fuhr sich durch das seidenglatte Haar. »Herr Fink, danke für die Anregung, aber ich muss Sie doch bitten, sich auf die Aufgabe zu konzentrieren.«

»Ersetzen Sie doch ›ich muss‹ durch ›ich möchte gerne‹«, brummte Jakob.

»Wie bitte?«

»Nichts.«

»Es geht um Emotionen.« Frau Püschel klang nun wieder ganz versöhnlich. »Sie sollen herausfinden, was Sie innerlich bewegt.« Sie hob ein Bergidyll in die Höhe. »Wie wäre es denn damit?«

»Frische, Freiheit und Natur.« Jakob nickte. »Ja, das finde ich schon ganz okay. Wir haben da oben in der Ecke ja auch den Entdecker-Typus, was gut zu der Botschaft –«

»Stopp«, sagte Frau Püschel.

»Wieso Stopp? Ist doch interessant«, sagte Motte.

»Ich finde das auch spannend.« Gaby Weinbach lehnte sich zurück. »Was halten Sie denn hiervon?« Sie hielt eine Werbung für Zahnpasta in die Höhe. »Was hat dieses Männchen mit dem Produkt zu tun?«

»Eine solche Figur wird oft –«

»Das führt uns nun wirklich vom Thema weg«, sagte Frau Püschel, und ihre Stimme klang gepresst. »Wenn Sie mit Herrn Fink über die Welt der Werbung sprechen wollen, machen Sie das bitte nach dem Kurs.«

»Aber gerne doch.« Jakob lehnte sich zurück. Nicht, dass er in einem Wettbewerb steckte, aber der Punkt ging an ihn.

Cadaqués, den 8. Juli

»Hab Geduld mit jedem Tag deines Lebens.«

Buddhistische Weisheit

Heute Vormittag hätte ich meine Geduld fast verloren, aber zum Glück nur fast. Dieser Herr Fink ist nicht ohne, er könnte mir die Gruppe durcheinanderbringen. Außerdem ist er ein ziemlicher Schwätzer. Vom Gefühl her hätte ich gedacht, dass es mit Herrn Chen schwieriger wird, aber das lief eigentlich ganz gut. Okay, er fühlt sich angeblich von Bierkisten angesprochen, aber ich kenne ja seine Vorgeschichte und weiß, dass er nur eine »lustige« Maske trägt. Na ja, hoffentlich läuft es morgen besser. Aber wozu an morgen denken? Jetzt genieße ich erst mal meinen freien Nachmittag!

Jakob marschierte dem »Centro del Sol« entgegen. Fünfzig Meter lagen noch vor ihm, und sieben Minuten war er bereits zu spät. Ach, Frau Knopp würde ihm schon nicht den Kopf abreißen. Dass er am Strand gewesen war, um – leider erfolglos – seinen Chef anzurufen, brauchte er ihr ja nicht unbedingt zu erzählen. Und dass er um halb vier Uhr noch mal wegmusste, um Teddy vor dem nächsten Kundentermin abzupassen, sollte er wohl auch besser für sich behalten.

»Sieh an, mein Nachbar entschleunigt.«

Jakob drehte sich um und entdeckte Motte, der ihm mit langen Schritten folgte.

»Was meinst du?«, fragte Jakob.

»Na, endlich genießt du mal die Sonne, anstatt über deinen ewigen Notizen zu brüten.«

»Ich genieße nicht, ich muss zum Yoga-Kurs.«

»Dann haben wir dasselbe Ziel.« Motte rückte seine Sonnenbrille zurecht.

»Warst du auch unten im Ort?«, fragte Jakob.

»Ja, ich musste mal raus. Dieses ewige Entspannen macht mich ganz nervös.« Motte lächelte, als hätte er die Yoga-Stunde bereits hinter sich. Kaum zu glauben, dass dieser Mann burnoutgefährdet war und hier vier Wochen bleiben musste. Wenn man ihn so durch die Straßen schlendern sah, konnte man denken, er sei im Sommerurlaub.

Zehn Minuten später fand sich Jakob auf einer mintgrünen Isomatte wieder, die Hände zum Himmel ausgestreckt. Der Yoga-Kurs wurde von Frau Knopp geleitet, der Leiterin des »Centro del Sol«. Eine Mittfünfzigerin mit grauem Pferdeschwanz, die er dem sozial-ökologischen Milieu zuordnen würde. Entspannt, locker, weniger Chefin und mehr gute Seele. »Der Sonnengruß gibt Energie.« Frau Knopp lächelte mit ihren zuckerweißen Zähnen. »Lassen Sie den Atem fließen.«

Jakob senkte die Arme und berührte mit beiden Händen den Boden. Gar nicht so schlecht, diese Übung. Vielleicht würde ihm der Kurs wirklich etwas bringen. Immerhin würde er gleich mit Teddy telefonieren, und bis dahin hatte sein Kopf gefälligst clean zu sein. Ausgeruht, frei und unbeschwert.

Jakob streckte sein rechtes Bein weit nach hinten. Ausatmen, einatmen. Am nächsten Tag würde er nach Roses fahren. Auch ein sehr beruhigender Gedanke. In dem Touristenort gab es garantiert ein Internetcafé, dort würde er seine E-Mails beantworten und seine Unterlagen ausdrucken. Einen Bus hatte er bereits ausfindig gemacht, er fuhr um zwanzig nach zehn los.

Fünf Übungen später schreckte ihn ein Telefon aus der Kobra-Haltung. »Ich habe einen Kurs«, flüsterte Frau Knopp. Den Anrufer schien das nicht zu kümmern. Jakob lag mit angehobenem Oberkörper auf dem Boden, die Augen auf die Yoga-Lehrerin gerichtet. Sollte er in der Position verharren? Sein Blick fiel auf Motte, der es sich in Bauchlage gemütlich gemacht hatte. Gaby Weinbach schwächelte ihrem Blick nach, behielt aber die Position bei. Frau Knopp strich sich durch den ergrauten Pferdeschwanz, bevor sie das Handy wegsteckte. »Es tut mir leid, aber ich muss weg. Ein Notfall. Ich organisiere Ihnen eine Vertretung, warten Sie bitte einen Moment.« Jakob senkte den Oberkörper. Solange nicht El Fish kam oder diese anstrengende Therapeutin aus seinem Vormittagskurs, würde ihn nichts aus der Ruhe bringen.

Als Frau Püschel den Raum betrat, wehte mit ihr ein Hauch von Sonnencreme herein. »Hallo zusammen.« Sie klang weniger sonnig, als der Geruch erwarten ließ. »Frau Knopp bat mich, den Kurs zu übernehmen. Mit Yoga kann ich leider nicht dienen, deshalb müssen wir improvisieren.« Sie deutete auf die mintgrünen Matten am Boden. »Rollen Sie die Matten bitte zusammen, wir gehen in den Gelben Raum. Ihre Sachen können Sie gerne anbehalten.«

Jakob erhob sich. Auf Frau Püschel hatte er überhaupt keine Lust, aber vielleicht könnte er die Zeit nutzen, um seine Fragen an Teddy zu präzisieren. Eine gezielte Vorbereitung war doch immer die beste. Dumm nur, dass er sein Notizbuch im Zimmer liegen hatte.

»Ich möchte mit Ihnen über Glaubenssätze sprechen«, begann die Therapeutin, nachdem alle Platz genommen hatten. Glaubensätze. Wieder so ein Thema, das Jakob nicht aus den Socken haute, aber das hatte er auch nicht erwartet. »Wissen Sie, was Glaubenssätze sind?«, fragte Frau Püschel.

Allgemeines Schweigen. Wäre der Karierte aus der bürgerlichen Mitte in dem Kurs, würde er vermutlich die perfekte Definition aus dem Ärmel schütteln.

»Glaubenssätze sind Sätze, an die wir glauben«, erklärte Frau Püschel. »Oft glauben wir an diese Sätze, ohne dass wir uns dessen bewusst sind. Es sind Gedanken, die in unserem Kopf stecken wie die Wurzeln eines Baumes.« Sie reichte einen Stapel mit Kopien herum. Jakob griff zu. Perfekt. Jetzt konnte er in aller Ruhe seine Fragen ausarbeiten, ohne dass es auffiel.

»Schauen Sie bitte, ob Sie Sätze entdecken, die zu Ihnen passen«, sagte Frau Püschel.

Gaby Weinbach meldete sich als Erste. »Ohne Fleiß kein Preis«, las sie vor. »Das hat meine Mutter immer zu mir gesagt. Das ist ja auch so. Man bekommt im Leben nichts geschenkt, finde ich.«

Jakob nickte, während er sich noch mal seine kreative Leitidee vornahm. Ein Herr in der ersten Reihe begeisterte sich für das Statement »Erfolg macht glücklich«, und eine Mittvierzigerin rief mit der Bemerkung »Männer sind Schweine« einige Lacher hervor, darunter auch gequälte. Während die Gruppe über Glaubenssätze diskutierte, arbeitete Jakob zufrieden weiter.

»Herr Fink, mit welchem Glaubenssatz können Sie sich identifizieren?«, fragte Frau Püschel, nachdem er das halbe Blatt vollgeschrieben hatte.

»Da gibt es einige.« Jakob drehte die Kopie um und überflog die Liste. »Ich gebe immer alles«, sagte er. »Das trifft es hundertprozentig.«

»Und woher, denken Sie, kommt dieser Glaubenssatz?«

»Wie, woher?«

»Haben Ihre Eltern dieselbe Einstellung? Oder vielleicht Ihre Partnerin oder enge Freunde?«

»Schwer zu sagen.« Jakob drehte seinen Kugelschreiber in den Fingern. Sein Telefonat mit Teddy stand unmittelbar bevor, und er hatte nicht das geringste Interesse daran, mit Frau Püschel ausgerechnet jetzt seine Kindheit aufzuarbeiten.

Die Therapeutin war jedoch noch nicht fertig mit seinem

Glaubenssatz. »Halten Sie diese Überzeugung für gut oder für hinderlich?«, wollte sie wissen.

»Sie treibt mich an.« Jakob erhob sich. »Und apropos antreiben, ich müsste mal ganz kurz weg.« Er wollte nach seinen Aufzeichnungen greifen, doch Frau Püschel hatte ihn fest im Blick, sodass er sie liegen ließ.

Neun Minuten brauchte er bis zu dem Telefon auf dem Platanen-Platz. Zwei weitere vergingen, bis der Apparat endlich frei war.

»Kitze.«

»Ich bin's, Jakob!«

»Ach, und wir dachten schon, du wärst verschollen!« Sein Chef klang weniger euphorisch als erhofft.

»Ich habe bloß kein Handy mehr, deshalb ist es etwas kompliziert, von hier aus –«

»Du, da ist gerade jemand auf der anderen Leitung«, unterbrach ihn Teddy, »ich rufe dich zurück, okay?«

»Nein, ich rufe dich zurück! Ich habe doch kein –«

»Auch gut, dann bis gleich!« Teddy hängte ein. Jakob fasste in seine Hosentasche. Drei Euro hatte er noch, das musste reichen. Dumm nur, dass der Apparat keine Münzen wechselte. Sieben Minuten später hatte er zweimal die Mailbox-Ansage gehört und nur noch einen Euro übrig. Wenn er Teddy beim nächsten Versuch nicht erreichte, würde er einen Schein wechseln müssen.

»Kitze?«

»Jakob hier.«

»Ah, gut. Wie geht's denn so?«

»Sorry, ich habe nicht viel Zeit, ich bin an einem öffentlichen Telefon, mein Handy ist weg. Ich wollte nur fragen, wie das Briefing gelaufen ist.«

»Das wurde zweimal verschoben, aber heute findet es statt. Ich bin gerade auf dem Weg dorthin.«

»Ach so? Dann habe ich ja noch gar nichts verpasst.« Jakob blinzelte in die Sonne. Sehr gute Neuigkeiten! »Stellst du meine Ideen vor?«, fragte er.

»Klar, kein Problem.«

»Du kannst mir auch das Protokoll mailen.«

»Geht in Ordnung.«

»Gibt es was Neues zur kreativen Leitidee? Bis jetzt war das ja alles recht schwammig.«

»Nein, nichts Neues.« Teddy schien nicht in Plauderstimmung zu sein, aber das konnte man bei seinem Terminkalender auch nicht erwarten. »So, ich muss«, sagte er. »Dann mach's mal gut und schönen Urlaub noch!«

»Ich werde so viel wie möglich an dem Projekt weiterarbeiten. Und ich gebe alles!« Jakob äußerte den Glaubenssatz mit Stolz.

»Das weiß ich. Also dann …«

»Bis bald, Teddy.« Jakob hängte ein, zufrieden mit dem Ergebnis. Elf Minuten brauchte er bis zum »Centro«, zwei Minuten nahm sein Abstecher zur Toilette in Anspruch, eine weitere der Kauf eines Wassers am Kiosk. Als er den Gelben Raum erreichte, war es 16 Uhr 27. Ein Detail, das auch Frau Püschel nicht entging, da sie auf ihre Armbanduhr blickte, sobald er einen Fuß in den Raum gesetzt hatte. »Wo haben Sie denn so lange gesteckt?«, wollte sie wissen.

»Es hat etwas länger gedauert.«

»Geht es Ihnen gut?«

»Absolut, klar. Alles bestens.«

»Sie waren über eine halbe Stunde weg.«

»Ja. Tut mir leid.«

»Und ich habe bemerkt, dass Sie das Gelände verlassen haben.« Die Therapeutin klang streng wie selten. »Das ist während eines Kurses nicht erlaubt.«

»Ich musste etwas erledigen.«

»Herr Fink, unsere Kurse sind sehr begehrt, die Plätze sind Monate im Voraus ausgebucht.«

»Wird nicht wieder vorkommen.«

»Und das hier …« Frau Püschel hob seine vollgeschriebene Kopie in die Höhe, »ist auch nicht Ordnung. Ich hoffe sehr, dass Sie sich in Zukunft an unsere Regeln halten.«

»Mache ich.« Zumindest, wenn die Regeln seinen Zielen nicht im Wege standen.

»Na schön. Dann wünsche ich Ihnen allen noch einen erholsamen Nachmittag und viel Ruhe.« Frau Püschel nickte in die Runde und verschwand.

Cadaqués, den 8. Juli

Was bildet dieser Typ sich eigentlich ein? Er arbeitet nicht mit, er verschwindet einfach, dann dieser überhebliche Blick … Ich weiß, dass ich mich nicht aufregen sollte, aber manchmal muss man Ärger eben zulassen, und solche Leute regen mich einfach auf. Am liebsten würde ich joggen gehen oder Holz hacken! Geht aber nicht, da ich sämtliche Kurse von Frau Knopp übernehmen muss, weil sie mit einem unfassbar wichtigen Menschen Kaffee trinken will. Ärger bekam ich auch noch, dafür reichte die Zeit natürlich. Was kann ich denn dafür, wenn dieser Herr Fink unerlaubt das Haus verlässt? Das ist ungerecht!

Ein Tisch, vier Gäste und eine Pfanne mit Paella. Schwarzer Paella, um genau zu sein. Wenn man die Augen schloss, schmeckte das Gericht gar nicht schlecht, aber es änderte nichts daran, dass es schwarz war, gefärbt mit Tintenfischtinte. Jakob stocherte in dem Reisgericht herum, auch Motte und Gaby Weinbach aßen ohne Euphorie. Lediglich Ling Chen schien das Essen zu schmecken.

»Wo waren Sie heute eigentlich hin?«, fragte Gaby Weinbach, während sie eine Garnele an den Rand ihres Tellers beförderte.

»Telefonieren«, sagte Jakob.

Motte seufzte. »Mit deinem Chef, richtig?«

Es gab keinen Grund, zu lügen.

»Die Arbeit tut dir nicht gut«, sagte Motte.

»Mir geht's bestens.« Das war nicht gelogen. Seit Jakob wusste, dass er am nächsten Tag das Briefingprotokoll in den Händen halten würde, war eine Riesenlast von ihm gefallen.

»Du solltest trotzdem mal über die Tipps von Frau Püschel nachdenken«, sagte Motte. »Die sind gar nicht schlecht.«

»Das mit den Glaubenssätzen fand ich auch interessant«, fügte Gaby Weinbach hinzu. »Während Sie weg waren, haben wir negative Glaubenssätze in positive verwandelt.«

»Ich verwandele lieber Leads in Käufe.« Jakob schob den Reis auf seinem Teller hin und her.

»›Gut tut gut‹ ist mein neuer Glaubenssatz«, sagte Gaby Weinbach, ohne auf seine Bemerkung einzugehen. »Frau Püschel meinte, ›gut‹ sei besser als ›perfekt‹.«

»Sie wollen eine Zahn-OP also bloß gut erledigen und nicht perfekt?« Jakob versuchte, sich nicht anmerken zu lassen, wie bedenklich er diese Aussage fand.

»Nein, natürlich nicht. Bei einer OP muss man hundertzehn Prozent geben. Aber bei Sachen, die nicht lebenswichtig sind – Haushalt, Kleidung, Autokauf –, da reichen auch achtzig Prozent.«

»Gut tut gut.« Der Satz überzeugte Jakob nicht, aber egal. Wichtig war: Die neonschwarze Tür stand immer noch offen, und er näherte sich Schritt für Schritt. »Morgen fahre ich nach Roses, das wird mir definitiv guttun«, sagte er.

»Mit welchem Kurs?«, fragte Motte.

»Mit keinem. Ich muss Unterlagen ausdrucken und ein bisschen arbeiten. Hier im Ort gibt es ja kein Internetcafé.«

»Sie können doch nicht einfach die Stadt verlassen.« Gaby Weinbach legte ihre Gabel beiseite.

»Cadaqués ist ein Dorf.« Der Karierte aus der bürgerlichen Mitte tupfte sich den Mund mit einer Serviette ab.

»Wenn du dir was Gutes tun willst, leg dich lieber ans Meer und entspann dich«, sagte Motte.

»Ich habe keine Wahl.«

»Man hat immer die Wahl.« Motte machte eine kurze Pause, schien zu überlegen, dann legte er beide Hände hinter den Kopf. »Eine Idee hätte ich noch: Es gibt am Hafen eine kleine Kneipe. Gavina. Ganz urig, sehr netter Chef. Der schuldet mir noch einen Gefallen.«

»Ach so? Und der hat? Meinst du, er hat …?« Jakob wurde auf einmal von einer Welle der Zuversicht umspült.

»Einen Computer hat er bestimmt.«

»Gibt es da was zu essen?«

»Ein paar Kleinigkeiten.«

»Perfekt. Ich lade dich ein.« Jakob sprang auf. »Los!«

»Ich komme auch mit«, sagte Gaby Weinbach. »Die Paella ist mir zu schwarz.«

»Auf geht's!« Jakob wäre vor Aufregung fast gegen die Glastür des Speisesaals gestoßen. Das war seine Chance!

Cadaqués, den 8. Juli

»Wege entstehen dadurch, dass man sie geht.«

Franz Kafka

Nachtrag: Mein Ausbruch von heute Mittag tut mir leid. Zu meiner Entschuldigung kann ich nur sagen: Ich bin eben auch nur ein Mensch. So wie Herr Fink. Der Mann hat Probleme und braucht Unterstützung. Gerade kam er völlig aufgelöst aus dem Speisesaal gelaufen. Er wirkte wie ein Kind, das man an die Hand nehmen muss, damit es nicht in die falsche Richtung stürmt. Reden wollte er nicht mit mir, aber sein Zimmernachbar ist ihm gefolgt und Gabriele Weinbach ebenfalls. Bei meinem nächsten Vortrag werde ich ihn besonders gut im Auge behalten. Und jetzt genieße ich endlich meinen Feierabend!

Jakob hatte seinen USB-Stick fest in der Hand, als er neben Motte und Gaby Weinbach den Cami del Puig Ferrol entlangmarschierte. Ihr Weg führte sie den Hügel hinab bis zu dem schmalen steinigen Strand von Cadaqués, von dort aus nach links über die Uferpromenade in die Carrer de Sant Pere bis zum Gavina. Eine Kneipe, die abgesehen von einem Touristenpaar komplett leer war und ihr Entwicklungspotenzial sicher nicht voll ausgeschöpft hatte.

Wie auf den ersten Blick klar war, fehlte die wichtigste Person: der Chef. Hinter der Theke stand eine Bedienung, die sich gut als Markenbotschafterin für Vierzig-Tonner eignen würde. Milan käme gegen acht, sagte sie. Angespannt blickte Jakob auf seine Armbanduhr. Eine Stunde Wartezeit. Wenn er im Anschluss seine Mails lesen und ein bisschen arbeiten könnte, wäre es keine vertane Zeit.

Sie nahmen zu dritt an der Theke Platz. Bevor sie bestellten, erkundigte sich Motte nach einem Laptop, das zwar vorhanden war, durfte aber ohne die Erlaubnis des Chefs natürlich nicht genutzt werden.

»Welchen Gefallen hast du diesem Milan eigentlich getan?«, fragte Jakob, nachdem sie bestellt hatten.

Sein Nachbar winkte ab. »Nichts Spektakuläres. Ich habe bloß seine Tochter vor einem Hallodri bewahrt.«

»Das war aber nett.«

»Er hatte bestimmt fünfzehn Jahre mehr auf dem Buckel.«

»Dann hast du ihm wohl ordentlich ins Gewissen geredet.«

»Geredet habe ich eigentlich kaum.«

»Du hast ihm ja wohl keine verpasst?!«

»Wo denkst du hin?« Motte lachte. »Nein, nein. Ich habe nur … Luisas Aufmerksamkeit umgelenkt.«

»Interessant.« Mit der Frage, wie man die Aufmerksamkeit von Menschen fängt und lenkt, beschäftigte sich Jakob schließlich tagtäglich. »Auf was denn?«

»Die Frage lautet eher: auf wen?« Motte lächelte so tiefenentspannt, dass sich die Frage erübrigte. »So eine tolle Crema Catalana habe ich noch nie gegessen.«

»Interessant.« Jakob konnte nur den Kopf schütteln. »Irgend so ein dahergelaufener Gast ist ihm also lieber als ein spanischer Hallodri?«

»Den zweiten Teil der Geschichte habe ich Milan vorenthalten«, gab Motte zu. »Aber für den ersten Teil war er mir echt dankbar.«

»Hoffentlich hat er ein gutes Gedächtnis.« Jakob fasste in seine Hosentasche. Der USB-Stick steckte immer noch an Ort und Stelle. In knapp einer Stunde würde er zum Einsatz kommen – wenn alles gut lief. Er blickte nach unten, als ihn etwas an den Beinen berührte. Eine schwarze Katze mit glänzendem Fell, die sich gut als tierisches Testimonial machen würde. Sie strich um seine Beine herum, wanderte weiter zu Motte und sprang diesem prompt auf den Schoß.

Während sie auf ihre Getränke und das Essen warteten, kam dann doch etwas Leben in das Gavina. Wobei – »Leben« traf es nicht ganz, denn eigentlich schlappten bloß drei Gestalten zur Tür herein. Zwei Männer und eine Frau, alle grob

Ende zwanzig. Jakob erkannte in ihnen die Straßenmusiker, die er vor der Kirche gesehen hatte. Gemäß dem Sinus-Modell würde er sie den Hedonisten zuordnen, da sie eine ordentliche Portion Unbekümmertheit ausstrahlten. Wie die Bedienung erklärte, handelte es sich bei den dreien um die Sommerband des Gavina, die an diesem Abend ein ganz besonderes Event begleiten würde: eine Reggae-Jamsession.

»Darf da jeder kommen und singen?«, fragte Gaby Weinbach.

»Ja, so habe ich das verstanden«, sagte Motte. »Es gibt diese Hauptband, und jeder, der will, kann sich ein Mikro schnappen oder sein Instrument mitbringen und einfach mitmachen.«

»Wieso, wäre das was für Sie?«, fragte Jakob.

»Lassen wir doch mal dieses förmliche ›Sie‹.« Gaby Weinbach hob ihr Weinglas. »Und: Ja, wenn es nicht um Reggae gehen würde, hätte ich den Spaß mitgemacht. Aber damit kenne ich mich leider überhaupt nicht aus.«

»Ich hätte nie gedacht, dass dich das interessieren könnte«, gab Jakob zu, während die Bedienung sechs Tapas-Schälchen brachte.

»Zu Hause hätte ich nicht mal darüber nachgedacht.« Gaby ließ ihre Finger über den Tintenfischringen kreisen. Jakob fasste wieder in seine Hosentasche. Der Stick war noch da, doch so langsam wurde er nervös. Er musste sich ablenken.

»Die Idee mit dem Musik-Event finde ich richtig gut.« Jakob musterte die bleichen Kartoffelstücke. »Ich meine, die Lage von diesem Laden ist ja hervorragend, aber die Konkurrenz ist riesengroß und das Essensangebot gewöhnlich. Live-Musik bietet einen echten Mehrwert.«

»Hast du eigentlich eine Freundin?«, fragte Motte.

Jakob stutzte. »Nein. Wieso?«

»Nichts für ungut, aber das wundert mich nicht.« Motte biss in eine Käsekrokette.

»Was soll das denn jetzt?«, brummte Jakob.

»Ich kann mir genau vorstellen, wie Verabredungen bei dir ablaufen.« Motte tupfte seinen Mund ab. »Du sitzt beim Italiener. Mit einem Glas Rotwein. Die Frau schaut dir tief in die Augen … und du dozierst darüber, wie der Restaurantchef mehr Umsatz machen könnte.« Er erhob sich.

»So schlimm bin ich gar nicht.« Jakob sah seinem Zimmernachbarn hinterher, der im Nebenraum verschwand. Er wandte sich an Gaby. »Denkst du nach Feierabend nie an Zahn-OPs?«, fragte er.

»Ich denke eher an Papierberge auf meinem Schreibtisch und an schlecht gelaunte Mitarbeiter.«

»In dem Fall kann ich nur empfehlen, die Arbeitsabläufe zu optimieren und die Personalplanung zu überdenken.«

»Ich brauche Routine«, sagte Gaby. »Wenn ich die in ein paar Jahren habe, wird alles leichter.«

»Darauf würde ich nicht warten.« Jakob blickte auf seine Uhr. Bald müsste der Chef kommen. Hoffentlich würde er ihm erlauben, sein Laptop zu benutzen. Hoffentlich könnte er seine E-Mails empfangen. Und hoffentlich würden ihn dort gute Neuigkeiten erwarten! Er stellte das Kneten seiner Hautfalte ein.

Ein gutes Dutzend Gäste hatte inzwischen die Tische belegt. Mehr Einheimische als Touristen, so seine Einschätzung. Motte war wohl aufgehalten worden. »Wie hältst du es denn mit dem Marketing?«, fragte er Gaby.

»Ich bin Zahnärztin.«

»Aber du hast ja deine Praxis irgendwie positioniert.«

»Spezialisiert habe ich mich nicht.«

»Was zeichnet dich gegenüber der Konkurrenz aus?«

»Gute Frage.« Gaby trank einen Schluck Wein. »Vielleicht die zentrale Lage?«

»Du weißt offenbar nicht, wie wichtig es ist, ein Image aufzubauen.« Jakob nahm sich jetzt doch einen Tintenfischring, auch wenn er keinen Hunger hatte. Wenn er präsentierte oder referierte, hatte er immer gerne einen Gegenstand in der Hand. Einen Kugelschreiber, einen Präsentationsstick, einen Laserpointer – oder eben einen Tintenfischring, wenn nichts anderes greifbar war. »Bist du besonders günstig oder besonders modern oder besonders kinderfreundlich? Das musst du dir überlegen. Nur so kann deine Praxis zur Marke werden.«

»Die soll nicht zur Marke werden. Ich will meinen Patienten helfen. Damit bin ich ausgelastet.«

»Wenn du willst, dass deine Praxis langfristig wettbewerbsfähig ist, brauchst du ein Profil!« Jakob biss in seinen Tintenfischring. »Der Konkurrenzdruck ist heute stärker als früher, und deine Kunden bleiben nicht bei dir, nur weil deine Praxis so schöne bunte Gardinen hat.«

»Ich habe Patienten. Keine Kunden.«

»Gibt der immer noch keine Ruhe?« Motte, der gerade an den Tisch zurückkam, griff zum Bier.

»Irrtum, Gaby.« Jakob schwenkte seinen Tintenfischring wie eine rote Karte. »Deine Patienten sind deine Kunden. Und im besten Fall werden sie zu deinen Fans. Aber wenn sie mit dem Angebot nicht zufrieden sind, gehen sie woandershin. So einfach ist das.« Er wollte gerade weiter ausholen, als eine Tür seitlich der Theke aufging.

Und da war er: Milan. Ein Vater, der nach Hause zu seiner Familie kam. Selbst die Gäste, die mit dem Rücken zur Theke saßen, wandten ihre Köpfe nach ihm um. Zwei Damen winkten, eine Herrenrunde grüßte durch ein kollektives Kopfnicken, und die Bedienung strahlte, als sei soeben die Sonne über den Dächern von Cadaqués aufgegangen.

Milan spazierte von Tisch zu Tisch, hielt hier ein Schwätzchen, ließ sich dort ein Handyfoto zeigen, schien jeden von Kindesbeinen an zu kennen oder mit ernsthaftem Interesse kennenlernen zu wollen. Der Raum füllte sich innerhalb einer Viertelstunde, und Jakob begriff, dass er seine Meinung zu der Kneipe voreilig gebildet hatte. Das Lokal hatte kein Imageproblem, das Lokal hatte ein unschlagbares Alleinstellungsmerkmal: Papa Milan. Das Gesicht des Gavina.

Zwanzig Minuten dauerte es, bis der Wirt zu ihnen an den Tisch trat. Er sprach ein fehlerhaftes, aber interessantes Deutsch. Interessant, weil es die Marke »Milan« im Sinne einer Corporate Language nun auch sprachlich definierte. Man musste sich eben nur an die zahlreichen Fehler gewöhnen, aber das fiel Jakob leicht.

Vor allem auch deshalb, weil sich Papa Milan noch sehr gut an Motte erinnern konnte. Wie beste Freunde plauderten sie über seine Katze Chiquita, über Milans neu renoviertes Badezimmer, den trägen Fliesenleger und über seine Nachbarin, die immer ihre BHs über die öffentlich einsehbare Wäscheleine hängte. Als Jakob nahezu jeden Bewohner von Cadaqués persönlich zu kennen glaubte, kam endlich sein Problem zur Sprache, und das Gespräch mündete in die erlösende Nachricht: Ja. Jakob durfte an Milans ausgemustertes Laptop im Nebenraum. So lange er wollte!

Der Nebenraum war eher eine Kammer, bis unter die

Decke vollgestopft. Wie Jakob erst auf den zweiten Blick begriff, stellte der Raum ein Büro dar. Eine Schrankwand war mit einer grau melierten Ordnerlandschaft gefüllt, und auf einem Schreibtisch lag ein Dokumentenberg, den Papa Milan mit einem Schwung in einen von zehn überquellenden Pappkartons stopfte. Das ausgemusterte Laptop klemmte neben einem Uralt-Radio in einem Wäschekorb, war komplett eingestaubt, aber funktionstüchtig.

»Gibst du das Passwort ein?«, fragte Jakob.

»Welches Passwort?«

»Vom Laptop.« Er deutete auf den Bildschirm.

»Oje, ich weiß nicht.« Papa Milan massierte sich die buschigen Augenbrauen. »Ich habe ewig nicht.«

Seufzend testete Jakob die Klassiker.

1234? – Nein.

Milan? – Fehlanzeige.

Hola? – Falsch.

123abc? – Auch nicht.

»Vielleicht war es dein Geburtstag«, fragte Jakob, »oder der Name deiner Katze?«

»Geburtstag ist dreizehnte Juni, Katze heißt Chiquita.«

Jakob gab Namen und Zahlenfolge ein, nichts passierte. Auch »Gavina« half nicht weiter. Papa Milan schüttelte den Kopf. »Ich muss nachdenken. Oje. Komme wieder.« Er verließ den Raum. Jakob starrte den Bildschirm an. Ausgebremst, und das so kurz vor der Zielgeraden.

»Wie läuft es?«, fragte Motte, der mit einem Bier im Türrahmen erschien.

»Milan hat sein Passwort vergessen.«

»Nee, oder?«

»Jetzt kann ich nur noch hoffen.«

»Vielleicht hat er noch ein anderes Laptop. Ich frage ihn mal.« Motte drehte sich Richtung Gastraum, doch dann hielt er inne. »Luisa«, sagte er. »Probier das mal.« Jakob tippte die Buchstaben ein – nichts passierte. Alles kleingeschrieben vielleicht? Volltreffer!

»Woher wusstest du das?«, fragte Jakob.

»Ich weiß, was Milan wichtig ist.«

»Wenn ich dich nicht hätte …«

»Schaff nicht zu viel.« Motte klopfte an den Türrahmen und verschwand wieder im Gastraum. Atemlos öffnete Jakob den Internetbrowser. Ran an die Mails! Da war sie, die Nachricht von Teddy. Wie ausgehungert stürzte er sich auf sie. Während des Briefings wäre so lange über Brand Insights gesprochen worden, dass leider keine Zeit mehr zur Vorstellung seiner Ideen geblieben war. Teddy würde dies jedoch in naher Zukunft nachholen, und Jakob möge doch bitte bis dahin an seinem vielversprechenden Ansatz weiterarbeiten. Im Anhang: das Protokoll des Briefinggesprächs. Perfekt!

Hochmotiviert begann Jakob mit der Lektüre, scrollte sich durch das Dokument, machte sich parallel dazu Notizen und überlegte, inwiefern seine strategische Route zu diesen Vorgaben passte. Im Nebenraum nahm die Jamsession ihren Lauf. Sänger traten auf und sangen, untermalt von Gitarren und Trommeln. Jakob bekam das alles nur am Rande mit. Gaby und Motte verabschiedeten sich irgendwann, Milan schaute zweimal nach ihm, ansonsten gab es keine Störungen.

Mitternacht war schon lange vorbei, als er aus dem Flow kam. Urplötzlich, ohne Grund und ohne Vorankündigung. Was war denn jetzt los? Jakob wandte seinen Blick von dem Laptop ab. Seltsam. Auf einmal hatte er das Gefühl, als ob ein alter Bekannter den Raum betreten hätte. Ein Bekannter, der nicht zu ihm kam, aber trotzdem da war. Ein merkwürdiges Gefühl. Es beunruhigte ihn zwar nicht, aber es störte. Logisch: Jakob war ein Kopfmensch. Ein Analytiker. Ein alter Bekannter war entweder da oder er war nicht da. Er schüttelte den Kopf, versuchte, sich wieder auf sein Konzept zu konzentrieren, vergeblich.

Jakob lehnte sich zurück. Diese Melodie … Sie erinnerte ihn an – Ja, woran eigentlich? An alte Zeiten. Ein vager Begriff. Jakob mochte keine vagen Begriffe. Er schloss die Augen. Die Melodie erinnerte ihn an Studentenzeiten. An den Lebensabschnitt, in dem er in einer Vierer-WG lebte, jede Woche dreimal zum Joggen ging, Gitarre spielte und viele Abende in Kneipen verbrachte, in denen auf der Toilette nicht mal ein Spiegel hing. Ein anderes Leben, das längst vorbei war.

Jakob beugte sich wieder über das Laptop, wollte einen weiteren Gedanken notieren, doch irgendwie war er raus. Er versuchte, sich zu konzentrieren, doch seine Gedanken schweiften immer wieder ab. Schweiften zu seinen WG-Kollegen, zur Cafeteria der Uni, zu seiner Gitarre und dem Düsseldorfer Südpark. Was ihn sonst unheimlich geärgert hätte, brachte ihn diesmal – erstaunlich genug – kaum aus der Ruhe. Er streckte seine Beine aus, speicherte seine Ergebnisse auf dem USB-Stick und klappte das Laptop zu. Morgen war auch noch ein Tag. Erst als Jakob auf die Straße trat, merkte er, wie warm ihm geworden war, und zwar von den Füßen bis in die Fingerspitzen. Die merkwürdig vertraute Melodie hing ihm immer noch im Ohr. In Gedanken versunken machte er sich auf den Rückweg.

Cadaqués, den 9. Juli

»In jeder Minute, die du im Ärger verbringst, versäumst du sechzig glückliche Sekunden deines Lebens.«

Albert Schweitzer

Nein, ich rege mich nicht auf. Das führt zu nichts. Ich versetze mich stattdessen in Frau Knopps Lage. Sie hat eine Menge Verantwortung und extrem viel zu tun. Das Qualitätssiegel liegt ihr am Herzen, da kann man einen raueren Ton schon verstehen. Sich darüber aufzuregen, bringt überhaupt nichts. Aber es ist so unfair! Gestern hat sich Herr Fink die halbe Nacht im Ort herumgetrieben und dann auch noch Steine gegen Fensterscheiben geworfen. Und wer war schuld?! Ich bin nicht sein Kindermädchen und ich finde es unmöglich, dass ich für alles verantwortlich gemacht werde, was hier schiefläuft!!

Als Jakob von einem Möwenschrei geweckt wurde, fühlte er sich müde und aufgekratzt zugleich. So ging es ihm normalerweise nur, wenn er wegen einer Präsentation die halbe Nacht wachgelegen hatte. Was war denn los? Er wusste es selbst nicht. Hatte ihn der gestrige Abend so aufgewühlt? Das Gespräch mit Motte und Gaby? Papa Milan? Dessen urige Kneipe?

Auf einmal war da wieder diese Melodie. Das Lied ... Er hatte es noch immer im Kopf. Warum eigentlich? Am Text konnte es nicht liegen, den hatte die Sängerin auf Spanisch oder Katalanisch gesungen. Aber die Melodie ... Vor allem, wenn er sich den Reggae-Rhythmus wegdachte. Vertraut wie die Melodie einer Spieluhr aus Kindertagen. Sie erinnerte ihn – Jakob fuhr hoch, denn auf einmal wusste er es. Natürlich! Das war es!

Wobei – nein, nein, nein. Das konnte vorkommen. So viele Tonfolgen gab es nun auch nicht auf dieser Welt. Jakob zog die Rollläden hoch und griff nach seinem Notizbuch, entschlossen, sich von einem harmlosen Zufall nicht aus dem Konzept bringen zu lassen. Nüchtern betrachtet sollte er bloß eines tun: sich auf die wesentlichen Dinge des Lebens konzentrieren. Er blätterte in seinen Aufzeichnungen, ohne zu verstehen, was er geschrieben hatte.

Eine Ewigkeit später war es sieben. Das Frühstück

schmeckte Jakob ebenso wenig wie sein Tagesplan. Morgens dieser lästige Vortrag und nachmittags Nordic Walking. Müde nippte er an seinem Kaffee, als Motte an seinen Tisch kam.

»Du siehst zerknittert aus«, sagte er.

»Und du machst tolle Komplimente.«

»Sorry.« Er setzte sich zu ihm und nahm eine Zeitung von seinem Tablett. »Aber du siehst wirklich etwas geplättet aus. Hast du noch lange gearbeitet?«

»Um halb drei war ich wieder hier, allerdings musste ich ziemlich viel Lärm machen, bis mir jemand die Tür geöffnet hat. Mein Nachbar hat nämlich geschlafen wie ein Kieselstein.«

»Hast du mich etwa gerufen?«

»Ich hätte dir fast die Scheibe eingeschmissen!« Jakob hielt sich die Hand vor den gähnenden Mund. »Wenn mich Frau Knopp nicht gehört hätte, würde ich jetzt noch draußen stehen.«

»Oje, tut mir leid. Aber konntest du denn noch etwas arbeiten?«

»Ich habe einiges weggeschafft. Danke noch mal.«

»Gerne.« Motte trank einen Schluck Kaffee und schlug die Zeitung auf. *»El Periódico de Catalunya«*.

»Sprichst du Katalanisch?«, fragte Jakob.

»Nur ein paar Brocken.« Motte blätterte um, ohne hochzusehen. »Aber die Bildchen beim Wetterbericht verstehe ich hoffentlich auch so.«

Jakob legte eine Hand an die Lippe. Wie hieß noch mal dieses eine Wort aus dem Lied? *Casanossa*? Nein. Er überlegte kurz, dann hatte er es. »Weißt du zufällig, was *carbassa* heißt?«

»Nein.« Motte schüttelte den Kopf. »Wieso?«

»Das kam in einem Lied gestern vor, und ich habe mich gefragt, worum es darin eigentlich ging.«

»Keine Ahnung.« Motte trank einen Schluck Kaffee und blätterte um. »Aber du könntest Frau Knopp fragen, die weiß das bestimmt.«

»Lieber nicht. Die ist nach gestern Nacht, glaube ich, nicht ganz so gut auf mich zu sprechen.« Jakob streckte die Beine aus. Im Speisesaal waren drei Tische besetzt, beide mit jeweils zwei Personen. Geschäftiges Treiben? Fehlanzeige. Die eifrigste Person im Raum war der Mitarbeiter, der gerade von Tisch zu Tisch schritt, um die Menükarten für den kommenden Tag zu verteilen. Jakob nahm einen gelben Zettel an sich. Seezunge oder Linsensuppe mit Cabanossi? Da musste er nicht lange überlegen.

»Ach, da steht ja …«, sagte Motte, der ebenfalls einen Zettel in der Hand hielt. »Nein, doch nicht.« Er winkte ab. »Ich dachte schon, ich hätte *carbassa* gelesen.«

»Das dauert noch etwas.« Der kurzgeschorene Mitarbeiter, der gerade den Nachbartisch bestückte, lächelte ihnen zu. Jakob horchte auf.

»Wieso?«, fragte er.

»Die Saison beginnt erst im Herbst.«

»Was heißt denn *carbassa*?«

»Kürbis.« Der Kurzgeschorene zog weiter, als ob nichts wäre. Jakob blieb der Mund offen stehen, zumindest eine Sekunde lang, dann schloss er ihn mit purer Willenskraft.

»Was guckst du denn so?«, fragte Motte.

»Das kann nicht sein.«

»Was denn?«

»Das wäre ja verrückt! Also ich – « Jakob stockte. Was war

denn bloß los mit ihm? Anstatt hier so kindisch herumzustammeln, sollte er Motte besser die Zusammenhänge erklären. Er griff nach seinem Teelöffel. »Ich habe früher Gitarre gespielt. Und eigene Lieder komponiert. Eins davon klang von der Melodie her genau wie ein Lied gestern.« Jakob drehte den Löffel in seinen Händen. »Und in einer Strophe habe ich das Wort Kürbis verwendet. Nur eben auf Englisch.« Er warf den Löffel auf den Tisch. »Die Sängerin hat ein Lied gesungen, das ich vor zehn Jahren selbst komponiert habe!«

»Ist ja witzig.« Motte beugte sich nach vorne. »Hattest du es ins Internet gestellt, oder wie kommt die daran?«

»Nein, nie, das ist es ja gerade!« Jakob sprang auf. »Das kann niemand kennen. Niemand! Nur ich und …«

»Hey, wohin?«

»Zu Milan.«

»Wieso das denn?«

»Ich muss wissen, wer dieses Lied gesungen hat!« Jakob stellte sein Tablett auf einem Servierwagen ab und verließ den Speisesaal. Motte folgte ihm auf dem Fuße.

»Ich komme mit«, sagte er.

»Aber der Vortrag.«

»Du musst auch zum Vortrag.«

»Ich setze Prioritäten.«

Jakob öffnete die Eingangstür, als ihn auf einmal eine Männerstimme aufhielt: »Ihr Vortrag findet heute im Blauen Raum statt.« Jakob drehte sich um. El Fish wedelte mit einem Klemmbrett. »Um neun Uhr. Bitte pünktlich sein.«

Jakob nickte ihm zu. »Ich gebe alles.« Seine Antwort war nicht gelogen. Er gab alles. Aber nicht, um pünktlich im Blauen Raum zu erscheinen.

Die Straßen von Cadaqués waren um diese Uhrzeit nahezu menschenleer. »Hattest du das Lied für eine Frau geschrieben?«, fragte Motte, während sie den Hügel hinuntertrabten.

»Für meine Brieffreundin«, sagte Jakob. »Oder besser gesagt für meine Postkartenfreundin. Flora hieß sie.«

»War sie so hübsch wie ihr Name?«

»Wir haben uns nie getroffen.«

»Aber du hattest doch sicher ein Foto.«

»Nein. Ich hatte nur die Postkarten, mehr nicht.«

»Ach so, das heißt …« Motte blieb stehen. »Jetzt verstehe ich! Denkst du, dass sie es war? Die Sängerin?«

»Wer weiß?« Jakob eilte weiter, ohne sich umzudrehen, bog an der Tankstelle nach links ab in eine Straße, die zum Strand führte. Im Ortskern tobte noch nicht das Leben. Die Cafébesitzer schlossen gerade auf, fegten den Gehsteig oder rückten Tische zurecht, aus knatternden Lastwagen wurden die morgendlichen Lieferungen entladen.

»Wieso habt ihr euch keine Fotos geschickt?«, fragte Motte.

»Keine Ahnung. Irgendwie hat es sich nie ergeben.«

»Was soll denn das heißen? Da genügt doch ein: PS Schnuckel, schick doch mal ein Foto von dir.«

»Vielleicht wollte ich den Zauber nicht zerstören.«

»Ach, du hattest früher einen Sinn für Romantik?«

»Nein, ein Romantiker war ich nie.« Romantiker – allein dieses Wort. Jakob sprach es bewusst spöttisch aus, um sich davon zu distanzieren. »Und, wenn du es unbedingt wissen willst: Die Geschichte begann mit einem geplatzten Luftballon in einer Dornenhecke.«

»Na, wenn das mal nicht der Inbegriff von Romantik ist!«

»An der Luftballonhülle hing eine Postkarte«, fuhr Jakob

fort. »Und darauf stand eine Nachricht, die an eine verstorbene Katze gerichtet war: ›An Elsa im Himmel‹.«

»Oje, wie traurig.«

»Ja, fand ich auch. Der Text war herzzerreißend, und ich wollte die Absenderin unbedingt aufmuntern.«

»Stand denn da eine Adresse?«

»Nein, aber ich wusste, wo es diese Art von Postkarten kostenlos zum Mitnehmen gab: an meiner Uni.« Jakob machte einen großen Schritt über ein Schlagloch. »Also bin ich ins Sekretariat und habe eine wilde Geschichte erzählt, um die Adressen von sämtlichen Floras an der Uni herauszubekommen. Es gab nur eine. Und der habe ich geschrieben. Einen ganzen Sommer lang.«

»Und dann hast du das Lied für sie komponiert.«

»Genau. Ich habe ihr eine CD geschickt, sie hat noch einmal geantwortet und dann nie wieder.«

»Hast du dich nie gefragt, warum?«

»Doch, natürlich.«

»Vielleicht hat sie Streit mit ihrem Freund bekommen. So ein Lied ist ja schon sehr persönlich, und vielleicht war er eifersüchtig.«

»Wenn ich das wüsste …« Jakob schüttelte den Gedanken ab. Er hatte den Moment verpasst, nach einem Foto zu fragen. Er hatte den Moment verpasst, sie zu treffen. Zwei Fehler. Und als er Monate später allen Mut zusammengenommen hatte und sie zu Hause besuchen wollte, war sie umgezogen.

Jakob beschleunigte seinen Schritt und hüllte sich in Schweigen, bis sie das Gavina erreichten. Papa Milan wohnte über der Kneipe, die um diese Uhrzeit noch geschlossen hatte. Er war zum Glück schon wach und begrüßte Motte und Jakob mit einer Herzlichkeit, als gehörten sie seit Jahrzehnten zur Familie.

Helfen wollte er ebenfalls, aber an alle Sänger, die nach Mitternacht gesungen hatte, erinnerte er sich nicht. »Alejandro und David, wohnen in Roses. Olivia ich kenne nicht, aber schon oft hier geseht. Sang über Schiffe. Martina, Studentin, meine Tochter hat gefragt. Lied von Bob Marley. Dann war da noch eine rothaarige Frau, hat sehr gut gesingt, aber auf Englisch.« Er schwieg. »Und so eine Dame mit tiefer Stimme und …« Der Kneipenwirt nannte noch eine Handvoll Beschreibungen, die Jakob nicht passend erschienen.

»Gibt es denn Aufnahmen von gestern?«, fragte er. »Irgendjemand hat doch sicher alles gefilmt.«

»Ich nicht«, sagte Milan. »Tut mir leid. Kann aber fragen meine Stammgästes.«

»Das wäre sehr nett.« Jakob lehnte sich gegen die Hauswand. »Ich muss wissen, ob diese Frau mein Lied gesungen hat!« Die Melodie war ihm seit der vergangenen Nacht so oft durch den Kopf gegangen, dass er kaum noch wusste, was er genau gehört hatte. Hatte er sich die Ähnlichkeit womöglich nur eingebildet? Das glaubte er nicht. Was er noch glauben sollte, wusste er jedoch selbst nicht mehr.

»Wo können wir denn diese Band finden?«, fragte Motte. »Die wissen doch sicher am besten Bescheid.«

»Wohnen auf Camping ›Olivera‹«, sagte Papa Milan. »Mieten jeden Sommer Haus aus Holz.«

»Sehr gut, vielen Dank!« Jakob hätte den Kneipenwirt fast umarmt. »Dann schaue ich dort vorbei.«

»Viel Glück. Adéu.«

»Adéu und danke!«

Cadaqués, den 9. Juli

*»Wer nur an Sonnentagen wandert,
kommt nie ans Ziel.«*

Chinesische Weisheit

In der Teamsitzung hieß es gerade, der Prüfer käme diese oder nächste Woche. Ein Bekannter von der kassenärztlichen Vereinigung hätte das durchsickern lassen, sagt Kollege Lothar. Der Witz dabei: Lothar tippt auf Herrn Fink. Der gelte als »Notfall«, würde sich aber nicht wie einer benehmen, so seine Begründung. Frau Knopp wies uns an, keine Gerüchte zu streuen, sondern jeden Gast so gut, so kompetent und so freundlich wie möglich zu betreuen. Auch Herrn Fink. Ich werde es versuchen. Hoffentlich kommt er wenigstens pünktlich ...

Der Campingplatz »Olivera« lag etwa vierhundert Meter nord-östlich, gut zweihundert Meter vom Meer entfernt. Eine Info-Wand vor der Rezeption verdeutlichte die klare Positionierung des Abschnittes, der sich der Zielgruppe »Familien mit Kindern« verschrieben hatte. Die Rezeptionistin war sehr freundlich, konnte jedoch nicht weiterhelfen, da sie keine personenbezogenen Informationen weitergeben durfte.

Jakob wanderte einmal quer über den Platz, bis er eine Reihe von Hütten entdeckte. Vor der ersten lag jede Menge Spielzeug herum, vor der zweiten stand ein Rollator, und vor der dritten frühstückten zwei Mittvierziger. Nummer vier könnte infrage kommen. Vor dem Eingang lagen mehrere Flipflops und ein Paar Chucks, daneben eine leere Dose Ravioli sowie ein schmutziger Esslöffel. Besonders vielversprechend: der klapprige Kleinbus direkt neben der Hütte, auf dem ein gutes Dutzend Aufkleber pappte, darunter auch Bandlogos.

Jakob fixierte die Holztür. Und nun? Direkt vor der Tür zu warten, hielt er für keine gute Idee. Wenn einer der drei aufwachte und als Erstes in sein, Jakobs, Gesicht blickte, käme das etwas aufdringlich rüber. Ob er Frühstück besorgen sollte? Die drei waren sicher spät ins Bett gekommen, womöglich völlig übernächtigt und nicht zu Gesprächen aufgelegt. Da könnten Kaffee und Croissants als Türöffner nicht schaden.

Jakob lauschte. Kein einziges Geräusch drang aus dem Inneren der Holzhütte zu ihm heraus. Acht Minuten später schleppte er vier Becher Cappuccino und eine Tüte mit Croissants zu Hütte Nummer vier. Wenige Meter weiter stand eine Bank, dort baute er das Frühstück auf. Jetzt fehlten nur noch die Musiker.

Was tun? Anklopfen war keine Option, Räuspern und Husten brachte nichts, auch nicht nach der zehnten Wiederholung. Da Jakob ohne Handy unterwegs war, fiel die Idee flach, ein lautstarkes Telefonat vorzuschützen. Zu dumm, dass sich Motte bereits auf den Rückweg zum »Centro« gemacht hatte, ihn hätte er jetzt gut gebrauchen können.

Jakob stand mit verschränkten Armen vor der Hüttentür, als ihm auffiel, dass er beobachtet wurde. Ein weißbärtiger Camper der Generation 50plus, der im Vorzelt seines Wohnwagens an einem Klapptisch saß, ließ ihn nicht aus den Augen. Jakob nickte ihm zu – keine Reaktion. Der Best Ager fixierte ihn wie ein Raubtier.

Muffig wanderte Jakob zu den Kaffeebechern zurück. Die Getränke waren inzwischen fast kalt, und er hatte die Musiker noch nicht zu Gesicht bekommen. Noch zehn Minuten, dann musste er los. Natürlich könnte er auch nach dem Vortrag wiederkommen – aber was, wenn die drei dann ausgeflogen wären? Als Musiker würden sie sicher nicht den halben Tag auf dem Campingplatz verbringen. Wenn wenigstens irgendjemand sein Radio aufdrehen würde! Aber nein, alle Welt schlief oder nahm auf die Schlafenden Rücksicht. Hatten sich denn alle gegen ihn verschworen?!

Jakob stellte sich noch einmal direkt vor den Eingang,

hustete, als hätte ihn eine Bronchitis fest im Griff – vergebens. Plötzlich stand der Best Ager neben ihm. Na, der hatte ihm gerade noch gefehlt! Ob er ihm den nächstbesten Security-Mann auf den Hals hetzen wollte? Jakob straffte die Schultern.

»*Hola!*«, brüllte der Best Ager in dem Moment, als stünde er in dreihundert Metern Entfernung. Dann grinste er, drehte sich um und setzte sich wieder in sein Vorzelt, als ob nichts wäre. Wahre Nächstenliebe! Jakob lächelte bewegt – doch nichts passierte. Die Bewohner der Holzhütte ließen sich nicht blicken. Jakob wartete noch eine Minute, dann winkte er dem Best Ager zu und machte sich auf den Rückweg.

Als er an der Rezeption vorbeikam, entdeckte er dort einen Telefonapparat. Gut zu wissen. Jakob nutzte die Gunst der Minute, um Teddy anzurufen, erreichte jedoch nur die Mailbox. Immerhin hob seine Schwester nach dem zweiten Klingeln ab.

»Hallo, Großer.« Nellys Stimme klang nicht mehr ganz so verschnupft.

»Bist du wieder fit?«, fragte Jakob.

»Fast. Heute Abend geht's los, mein Zug fährt um neun.«

»Vergiss deine Klamotten nicht.«

»Und du vergiss nicht, dich zu erholen.«

»Mir geht's viel besser.«

»Wirklich?«

»Absolut. Mir geht es wun-« Jakob stockte, als er eine Gestalt entdeckte, die gerade den Supermarkt verließ. »Ich muss Schluss machen, melde mich!«, rief er in den Hörer.

»Hey, Moment mal!«, hörte er seine Schwester noch protestieren, dann hatte er auch schon aufgelegt.

»*Hola!*« Jakob eilte dem filzigen Rastakopf hinterher. Der Angesprochene murmelte irgendetwas auf Spanisch, das er nicht verstand.

»Deutsch? English? Français?«, fragte Jakob.

»English und Deutsch ein bisschen«, sagte der Filzkopf.

»Sehr gut.« Jakob hielt ihm einen der vier Kaffeebecher vor die Nase, er lehnte ab. Croissants wollte er auch nicht.

»Ich suche eine Frau«, erklärte Jakob. »Sie hat gestern im Gavina gesungen. Mit Ihnen und Ihrer Band. Zwischen ein und zwei Uhr.«

»*Amor?*« Der Filzkopf grinste.

»Mal sehen.«

»Name?«, fragte der Filzkopf.

»Ich weiß es nicht, aber die Melodie ging so.« Jakob summte ihm das Lied vor. Der Filzkopf blickte nachdenklich in die Luft, dann nickte er. »Kennen Sie die Frau?«, fragte Jakob.

»Nein, leider. Kam und ging wieder.«

»Aber das Lied kennen Sie?«

»Nein. Sie singen, wir spielen.«

»Das war improvisiert?«

»*Sí, sí.*«

»Wie sah sie aus?«

Der Filzkopf überlegte. Sie hätte rosa Blüten im Haar getragen und wäre blond gewesen, mehr wusste er nicht. Er würde aber gerne seine Bandkollegen befragen, die wüssten vielleicht noch mehr. Sie wanderten zurück zu der Hütte. Erneut wartete Jakob, dann kam die Ernüchterung: Die beiden waren nicht wach zu bekommen.

»*So sorry.*« Der Filzkopf klang betroffen. »Wir telefonieren?«

»Ich habe im Moment kein Handy«, sagte Jakob. »Aber ich kann Sie gerne anrufen. Oder ich komme einfach noch mal vorbei. Passt heute Abend?«

»L'Escala heute Nacht, morgen ich weiß nicht. Besser anrufen.« Der Filzkopf zog einen Kassenzettel aus seiner Einkaufstüte und notierte eine Telefonnummer.

»Für *amor* ich helfen gerne.«

Jakob bedankte sich tausendfach bei dem Filzkopf und begab sich Richtung Rezeption. Er würde sich sowieso verspäten, auf eine Minute mehr oder weniger kam es nicht an. Er kramte zwei Münzen aus seiner Hosentasche hervor und stürzte auf das Telefon zu. »Du musst mir helfen!«, rief er, kaum hatte seine Schwester abgehoben.

»Was ist denn jetzt schon wieder? Und wieso hast du mich eben abgewürgt?«

»Du musst mir was von zu Hause mitbringen.«

»Mein Zug hält nicht in Cadaqués.«

»Egal. Ich komme es holen. In Barcelona. Morgen Mittag.«

»Was brauchst du denn?«

»Eine CD.«

»Aha? Und wozu?«

»Die liegt bei mir im Schlafzimmer. Entweder in der schwarzen Kommode oder in den Einbauschränken. *New Life*, heißt sie.«

»Und was willst du damit?«

»Das ist eine lange Geschichte, und mein Kleingeld ist alle. Danke, Nelly!«

»Aber …«

»Und bring mir bitte noch eine meiner blauen Mappen mit, du weißt schon. Memento 23. Danke!«

»Wieso, was …?« Ein Klacken beendete die Verbindung – aber nicht den bunten Clip aus Erinnerungen, der wieder durch Jakobs Kopf jagte. Ohne nachzudenken, setzte er sich in Bewegung, hastete durch die Gassen von Cadaqués. Doppelt so schnell wie auf dem Hinweg. Kopf- und sprachlos, so wie es sonst gar nicht seine Art war. Und während er noch dahineilte, reifte in ihm ein Entschluss. Er musste hinter das Geheimnis des Liedes kommen, um Flora zu finden. Das war er ihr schuldig. Und sich selbst auch.

Cadaqués, den 9. Juli

Nachtrag I: Die Klimaanlage ist ausgefallen. Ein Schaden an einem Außenrohr. Rein zufällig verläuft dieses Rohr direkt an den Fenstern von Herrn Fink und Herrn Motte vorbei. Und wer hat hier letzte Nacht mit Steinen um sich geworfen …? Jetzt muss also die halbe Belegschaft wegen einem ~~Blödm~~ Gast bei 37 Grad in der Hitze brüten.
Bei allem Verständnis: Das geht zu weit!!

Leise drückte Jakob die Klinke des Blauen Raums hinunter. Er setzte sich ans Fenster, direkt neben seinen Zimmernachbarn.

Obwohl es bereits zwanzig nach neun war, hatte Frau Püschel mit dem Vortrag noch nicht begonnen. Sie wühlte ewig in ihrer Umhängetasche, bevor sie mit grimmigem Blick den Raum verließ. Umso besser. Jakob lehnte sich zurück und streckte die Beine aus.

»Wie lief's bei der Band?«, fragte Motte.

»Der eine hat das Lied erkannt.«

»Und die Frau?«

»Blond und rosa Blüten im Haar.«

»Das ist ein bisschen mager.«

Jakob hätte gerne noch weitererzählt, doch im selben Moment kam Frau Püschel mit einem Lächeln im Gesicht und einem Schlüsselbund in der Hand wieder herein und startete sofort mit ihrem Vortrag. Das Thema lautete: »Iss dich froh.«

Zunächst referierte die Therapeutin ewig über Stresshormone und ihre Auswirkung auf den menschlichen Körper, dann folgte eine ganze Reihe von Ratschlägen, die Jakob nicht überraschten. »Verzichten Sie bitte auf Kaffee«, lautete Frau Püschels erste Empfehlung. »Oder trinken Sie ihn zumindest in Maßen.«

Jakob dachte an die vier Becher Kaffee, die er zurückgelassen hatte.

»Koffein verstärkt die Wirkung der Stresshormone Adrenalin und Cortisol«, fuhr Frau Püschel fort. »Trinken Sie Tee, Wasser oder Fruchtschorlen.«

Ihre Sonntagsstimme flitterte durch den heißen Raum, während sie eine Empfehlung nach der anderen aussprach: frisch zubereitetes Essen, viel Obst, Vollkornprodukte, Gemüse und Fisch, wenig Fleisch. Ihre zentrale Botschaft: »Nehmen Sie sich Zeit für eine Mahlzeit. Zelebrieren Sie jeden Bissen. Lernen Sie zu genießen.«

Jakob lehnte sich zurück, die Arme vor dem schwitzenden Körper verschränkt. In der Theorie klang das ja alles gut und schön, aber praxistauglich waren diese Tipps nicht. An einem normalen Arbeitstag hatte er selbst in der Mittagspause kaum Zeit, um zwischen zwei Telefonaten ein Sandwich in sich hineinzustopfen. Und abends war er dann natürlich so ausgehungert, dass es schnell gehen musste. Pizza, Nudeln oder irgendwas vom Thailänder, eine Alternative ließ sein Blutzuckerspiegel nicht zu. Frisch kochen? Jedes Reiskorn bis zum Gehtnichtmehr zelebrieren und dann noch einen Spaziergang hinterher? Schöne Idee, keine Frage, aber utopisch.

»Könnten wir bitte das Fenster aufmachen?«, fragte Gaby, während er in Gedanken beim Thema Reiskörner hängenblieb. »Es ist so heiß hier.«

»Draußen wird gemäht.« Frau Püschel deutete Richtung Garten. »Das wird zu laut.«

»Mir ist es auch zu stickig«, sagte der Mann aus der bürgerlichen Mitte, der heute ein Streifenhemd trug.

»Wie Sie möchten.« Frau Püschel öffnete ein Fenster. »Sie

sollen sich wohlfühlen.« Das Brummen des Aufsitzmähers tönte nun ungehindert in den Blauen Raum. Jetzt war es nicht nur heiß, sondern auch laut.

»Wann wird denn die Klimaanlage repariert?«, fragte Gaby, die sich mit ihrem Notizbuch Luft zufächelte.

»Wir haben einen Techniker angerufen. Das dürfte nicht allzu lange dauern.« Frau Püschel schob nun einen Rollwagen herbei, auf dem gerahmte Fotografien diverser Nahrungsmittel standen.

»Pommes!«, rief Ling Chen begeistert, und in der Tat: Von Pommes mit Currywurst über Obstsalat bis hin zum Brathähnchen waren viele Leckereien dabei. Abgesehen von den Fotografien gab es noch eine Schüssel mit Zuckerstücken. Jakob ahnte schon, was jetzt folgen würde, und zückte sein Notizbuch.

»Schätzen Sie bitte mal: Wie viele Zuckerwürfel stecken wohl in diesem Joghurt?«, fragte Frau Püschel.

»Drei bis vier«, sagte der Gestreifte aus der bürgerlichen Mitte.

»Acht«, vermutete Gaby. Jakob, der sich für Zuckertürme nicht interessierte, vertiefte sich in seine Aufzeichnungen.

»Was hat dir an Flora eigentlich so gut gefallen?«, flüsterte Motte, während Jakob mal wieder die konzeptionellen Vorgaben durchging. »War sie humorvoll? Intelligent? Eher sachlich oder mehr so der emotionale Typ?«

»Es war ihre Unaufdringlichkeit«, brummte Jakob, ohne aufzusehen. »Flora hat mich immer arbeiten lassen und mich nie mit persönlichen Fragen gelöchert …«

»Ja, ja, schon gut.« Motte lachte. Jakob arbeitete ein paar Minuten weiter, während sich Frau Püschel über die Zucker- und Fettanteile von Milchprodukten ausließ. In der lärmenden Hitze hatte er größte Probleme, sich zu konzentrieren. Er las die Vorgaben wieder und wieder, klappte schließlich sein Notizbuch zu.

»Flora war ein sehr pragmatischer Typ«, sagte er. »›Ich beschäftige mich am liebsten mit Sachen, die man anfassen kann‹, hat sie mal geschrieben.«

»Das klingt aber schon etwas kleingeistig«, flüsterte Motte. »Ich meine, was ist mit – was weiß ich – Hygiene? Oder Bildung? Glück? Liebe?«

»Pssst«, zischte der Gestreifte.

»Hygiene, das wäre für Flora ein Stück Seife«, erklärte Jakob so leise wie irgendwie möglich. »Bildung: ein Leseausweis der Stadtbibliothek. Glück: ein Brownie. Liebe: ihre Katze Elsa. Flora hatte zu allem ein konkretes Bild, und das hat mich fasziniert.« Er schloss für einen Moment die Augen, was den angenehmen Nebeneffekt hatte, dass er den strengen Blick der Therapeutin ausblenden konnte. »Wahrscheinlich, weil ich ähnlich denke«, flüsterte er. »Ich beschäftige mich am liebsten mit Dingen, die man in eine Tüte stecken kann.«

»Du meinst: Dinge, die man kaufen kann.«

»Lieber verkaufen.«

»Handelt dein Lied von einem Kürbiskauf?«

»Von einem Restaurantbesuch.«

Frau Püschel öffnete noch ein zweites Fenster. »Liebe Kursteilnehmer, ich würde mich sehr freuen, wenn Sie aufpassen könnten.« Sie klang zwar freundlich, überfreundlich, um genau zu sein, aber er sah ihren Augen an, dass sie genervt war. »Dieses Getuschel ist für mich extrem anstrengend und stört sicher auch die anderen.«

»Ja«, murmelte Motte.

»Bei diesen Temperaturen kann man sich aber auch kaum konzentrieren«, sagte Jakob. Frau Püschel sah ihn an, als wäre er daran schuld, dass die Klimaanlage nicht mehr funktionierte.

»Wollen wir vielleicht in den Garten?«, fragte Gaby. »Draußen staut sich die Hitze nicht so, das ist viel angenehmer.«

»Da können wir aber nichts aufschreiben«, sagte der Gestreifte aus der bürgerlichen Mitte.

»Klar können wir das.« Ling Chen erhob sich. »Ich will auch lieber raus.«

»Das geht leider nicht.« Frau Püschel blickte auf ihre Armbanduhr. »Ich muss meine Präsentation noch beenden, und dazu brauche ich ein Smartboard.«

»Sie können uns die ganzen Sachen doch auch einfach so erzählen.« Motte lächelte die Therapeutin an. »Kommen Sie schon. Hier hält man es wirklich kaum aus.«

Jakob blickte müde durch das geöffnete Fenster. Schattige Plätze unter Olivenbäumen fand er durchaus verlockend, allerdings würde er dort sicher schlechter arbeiten können als hier in der letzten Reihe, verdeckt durch seinen Vordermann.

»Ich schlage folgenden Kompromiss vor«, sagte Frau Püschel. »Wir machen jetzt eine kleine Entspannungsübung, dann beende ich den Vortrag und die anschließende Diskussion verlegen wir in den Garten.« Allgemeines zustimmendes Gemurmel.

Trotz der geöffneten Fenster stand die Luft im Raum, dazu kam das Knattern des Rasenmähers, der im Orangengarten seine Bahnen zog. Die Therapeutin bat die Gruppe, nach draußen zu schauen. »Kennt jemand von Ihnen die Ampelübung?«, fragte sie.

»Ja.« Der Gestreifte aus der bürgerlichen Mitte nickte eifrig. »Dabei muss man alle Muskeln anspannen. Hände Arme, Beine, Po, Schultern, Gesicht und so weiter. Nach fünf Sekunden lässt man wieder locker.«

»Ganz genau.« Frau Püschel nickte. »Diese Übung kann in stressigen Situationen sehr hilfreich sein. Man kann sie beispielsweise an einer roten Ampel ausführen. Anstatt sich über die Warterei zu ärgern, tun Sie Ihrem Körper etwas Gutes. Und genau das wollen wir jetzt ausprobieren.«

Der Rasenmäher war noch gut zehn Meter von der Fensterfront entfernt.

»Bitte spannen Sie alle Muskeln an.«

»Du auch«, zischte Motte ihm zu.

»Ja, ja.« Jakob zögerte noch eine Sekunde, dann ballte er die Fäuste und presste die Lippen aufeinander. Wo gab es denn noch überall Muskeln?

»Vergessen Sie die Oberschenkel nicht und die Füße«, sagte Frau Püschel. »Einundzwanzig, zweiundzwanzig, dreiundzwanzig – und wieder locker lassen.«

Jakob atmete tief durch. Erst beim Lockerlassen fiel ihm auf, wie angespannt er vor der Übung gewesen war. Er fasste in seine linke Hosentasche, da ihn dort etwas gepiekt hatte. Der Kassenzettel mit der Nummer des Gitarristen. Jakob zog ihn hervor und strich ihn glatt.

»So, und noch mal«, sagte Frau Püschel in dem Moment. »Bitte alles anspannen.« Jakob ballte erneut die Fäuste, krampfte die Zehen zusammen und spannte den Bauch an. »Einundzwanzig, zweiundzwanzig, dreiundzwanzig – locker lassen.« Jakob atmete tief durch, öffnete die Fäuste, schlenkerte mit den Armen und lächelte.

»Siehst du, die Übung ist gar nicht schlecht.« Motte klopfte ihm auf die Schultern, so unvermittelt, dass Jakob zusammenfuhr und …

»Mein Zettel!« Er sah dem dünnen Papierstück hinterher, wie es durch das geöffnete Fenster flog, in einer Holunderhecke landete und von dort auf den Rasen schwebte.

»War der wichtig?«, fragte Motte.

»Alles ist wichtig!« Jakob wollte zur Tür, doch Frau Püschel stand ihm im Weg. »Mir ist was aus dem Fenster geflogen«, sagte er.

»Wir machen gleich Pause.«

»Aber der Wind –«, begann Jakob, als Gaby auf einmal hektisch Richtung Garten zeigte.

»Achtung, der Rasenmäher!«, rief sie.

Jakob stürzte zum Fenster. Auch das noch. Der Rasenmäher knatterte genau auf das Papierstück zu. Drei Meter noch, und er würde es in tausend Einzelteile zerfetzen. Und der Gärtner? Trug Ohrschützer!

»Stopp!« Jakob wedelte mit beiden Armen, doch der Fahrer des Aufsitzmähers schien ihn weder zu sehen noch zu hören. Zwei Meter noch. Jakob stützte sich mit beiden Armen auf dem Fensterbrett ab und hechtete mit einem gewaltigen Sprung nach draußen. Im letzten Moment erwischte er den Zettel. »Hab ihn!«, rief er.

»Jawoll!« Ling Chen applaudierte, als hätte Jakob Gold im Hundert-Meter-Lauf geholt. Gaby Weinbach klatschte ebenfalls, und drei weitere Gäste schmunzelten ihm entgegen.

Frau Püschel fixierte ihn wie einen exotischen Käfer. »Das ist ja noch mal gutgegangen.« Mehr als nur ein Hauch von Ironie schwang in ihrer Stimme mit.

»Auf jeden Fall.« Jakob stützte sich von außen aufs Fensterbrett und wollte in den Blauen Raum zurück, als auf einmal ein grau eingerahmtes Gesicht am Fenster erschien.

»Was ist hier los?« Die Stimme von Frau Knopp schnitt durch die Luft wie ein Messer durch eine Crema Catalana.

»Mir ist was rausgeflogen«, erklärte Jakob.

»Das sah aber sehr abenteuerlich aus.« Frau Knopp wandte sich an die Therapeutin. »Was, wenn er sich ein Bein bricht? Denken Sie mal an die Versicherung! Das geht so nicht!« Sie senkte die Stimme. »Sie müssen sich schon an die Regeln halten. Zum Wohle unserer Gäste und zu deren Sicherheit.« Frau Knopp zeigte ihre zuckerweißen Zähne. »Wir wollen schließlich nur Ihr Bestes.«

»Nur die Ruhe, ist doch alles halb so wild«, sagte Motte.

»Genau«, schloss sich Ling Chen an. »Machen Sie mal die Ampelübung. Das entspannt!«

»Es ist nichts passiert, aber es hätte etwas passieren können. Und das wollen wir doch alle nicht.« Frau Knopp zeigte ein zweites Mal ihre zuckerweißen Zähne. Jakob zuckte mit den Schultern, versenkte seinen Zettel in der Hosentasche und marschierte über den Rasen Richtung Haupteingang. Vorbei an dem Aufsitzmäher, der immer noch seine Bahnen zog.

Cadaqués, den 9. Juli

Nachtrag II: Warum arbeite ich eigentlich nicht mit Tieren oder mit Pflanzen?! Erst nervt mich dieser Herr Fink mit seinem Gequatsche, dann murrt der Kurs wegen der Hitze, und zu guter Letzt kriege ich auch noch von Frau Knopp eins auf den Deckel. Ich wollte nur einen guten Vortrag halten, sonst nichts! Immerhin eins ist klar: Herr Fink ist niemals der Prüfer, Herr Fink ist bloß ein anstrengender Gast, und es ist mir egal, dass ich mich gerade nicht im Griff habe, ich bin wütend!!!

Tomatensuppe und Omelett mit Kräuterrahm gab es zum Abendessen. Jakob stopfte alles in sich hinein, als müsste er zu einem Meeting. Sechs Minuten für zwei Gänge – ein Rekord, für den ihm niemand gratulieren würde. Wäre Motte im Speisesaal, würde er sein Geschlinge vermutlich kritisieren, aber der erholte sich wohl noch von der Aqua-Gymnastik. Egal. Jakob ließ den Nachtisch sausen und machte sich direkt auf den Weg zu Camping Olivera. Die Hütte der Band war verwaist. Kein Problem, er hatte ja die Telefonnummer des Gitarristen gerettet und die nächste Telefonzelle war nicht weit. »*Hola*, Jakob hier.«

»*Hola*«, sagte der Filzkopf.

»Haben Sie die anderen gefragt?«

»Kannte keiner Frau. Aber erinnern sich«, sagte der Filzkopf. »Blond Haare. Sonnenbrille, blau Glas. Dreißig maybe. Super Katalanisch. Sang Sterne vom Himmel.«

»Okay, das hilft mir weiter.«

»Türkis Kleid noch.«

»Sehr gut.«

»Ach ja: und ohne Schuh.«

»Sie hatte keine Schuhe an?«

»Nicht beim Singen.«

»Interessant.« Jakob überlegte. Passte diese Beschreibung zu Flora? Eine dreißigjährige Frau mit türkisem Kleid und blau getönter Sonnenbrille, die ohne Schuhe mitten in der Nacht bei einer Reggae-Jamsession die Sterne vom Himmel sang? Er konnte es sich kaum vorstellen. Noch dazu war es unwahrscheinlich, dass sie Katalanisch sprach. Wenn, dann höchstens Spanisch. Nein, diese Sängerin war niemals Flora. Aber wer war sie? Eine Freundin? Eine Arbeitskollegin? Irgendeine Verbindung musste es geben – und die würde er herausfinden.

Genau sechs Minuten brauchte Jakob vom Campingplatz bis zu Milan. Eine gute Zeit, und das, obwohl er unterwegs Seitenstechen bekommen hatte. Er sollte dringend mehr Sport machen. Oder überhaupt mal Sport machen. Wenn die Sache mit »Rizo« in trockenen Tüchern war, könnte er das angehen. Oder vielleicht im Herbst.

Wie bei seinem ersten Besuch war das Lokal um die Uhrzeit nahezu leer. Beziehungsweise …

»Motte?«, fragte Jakob.

»Hallo, Herr Nachbar.«

»Was machst du denn hier?«

»Luisa abpassen.«

»Milans Tochter?«

»Sie war gestern auch da.« Motte grinste ertappt. »Warst du noch mal bei der Band?«

Jakob setzte sich zu ihm, bestellte ein kleines Bier und fasste sämtliche Anhaltspunkte zusammen.

»Und wie geht's jetzt weiter?«, fragte sein Nachbar, nachdem er geendet hatte.

»Ich muss Leute befragen.« Jakob sah sich um. Zwei Gäste hatten soeben das Gavina betreten.

Die erste Frau, die er interviewte, trug ein grün-gelb-rot

gestreiftes Kleid, das irgendwie nach Reggae aussah, war am Vorabend aber leider nicht im Gavina gewesen. Stammgast José, der zwanzig Minuten später hereinkam, hatte zwar auf seinem üblichen Platz gesessen, erinnerte sich jedoch bloß an globale Wahrnehmungen (schöne Musik, gute Stimmung). Stammgast Ruben konnte noch die Information »viele hübsche Sängerinnen« beisteuern. Das Lied, das Jakob ihm vorsummte, sagte ihm nichts. Als Papa Milan um kurz vor acht das Lokal betrat, war Jakob noch keinen Schritt weiter. Der Kneipenwirt kam gleich an ihren Tisch.

»Frau gefunden, Jakob?«

»Leider nein.«

»Und jetzt?«

»Ich frage mich durch.«

»Du schaffst das.« Papa Milan klopfte ihm auf die Schultern. »Besser schön Frau finden als immer Arbeit.«

»Ja, wobei … Also wenn das ginge, würde ich schon noch mal gerne ans Laptop.«

»Ah, doch Arbeit.«

»Es ist ziemlich dringend.«

»Du musst wissen.« Milan öffnete ihm die Tür zum Nebenraum. Das Laptop stand noch immer an Ort und Stelle. Zwölf Mails, darunter eine wichtige. Jakobs Puls schnellte hoch, als er die Nachricht von Teddy öffnete.

> Hey Jakob,
> ich habe eben mit »Graf Keilo« telefoniert. Deine Ideen sind richtig gut angekommen. Da du nicht da bist, schicke ich Alex zum Rebriefing, dann kann er sie vorstellen.
> Beste Grüße
> Teddy

»Das gibt's doch nicht«, entfuhr es Jakob.

»Kommst du mal?«, fragte Motte, der mit einem Bier in der Hand im Türrahmen erschienen war.

»Mein Kollege Alex geht zu einem Meeting!«

»Ich möchte dir jemanden vorstellen.«

»Der soll dem Kunden meine Ideen präsentieren!«

»Ja und?« Motte verstand überhaupt nichts. »Irgendeiner muss es ja machen. Und jetzt komm endlich mit.«

»Teddy weiß, dass man so was eigentlich nicht macht!« Jakob starrte auf die Mail, konnte einfach nicht glauben, was er dort las. »Das Team rund um Alex hat einen ganz anderen Ansatz vorbereitet. Und der Kunde hat zugesagt, dass ich meine Ideen als Alternative ausarbeiten und präsentieren darf. Ich! Nicht Alex!«

»Ist doch egal. Hauptsache, deine Agentur bekommt diesen Auftrag.« Motte deutete mit einladender Geste auf den Gastraum. »So, und jetzt steh auf.«

»Kaum ist man ein paar Tage weg, wird man ausgebootet!«

»Aber dein Chef weiß, was du geleistet hast.«

»Wie viel Herzblut in dem Konzept steckt, ahnt er nicht.«

»Dann sag ihm das eben. Und entspann dich endlich. Es gibt Wichtigeres im Leben als dieses Meeting. Zum Beispiel die Frau, die ich dir gerne vorstellen würde.«

»Nein.« Jakob schüttelte heftig den Kopf. »Ich werde Teddy fragen, ob ich bei dem Termin telefonisch zugeschaltet werden kann. Ich bin der Experte für mein Konzept.«

Er hätte sich sicher noch weiter in seine Empörung gesteigert, wäre in diesem Moment nicht eine junge Frau hereingekommen.

»Das ist Luisa!«, raunte Motte nahezu ehrfürchtig. Jakob musterte die Mittzwanzigerin.

Luisa. Wäre sie ein Produkt, müsste man dem Designer zweifellos gratulieren. Die ästhetische Qualität: bemerkenswert, und zwar von den glänzenden dunklen Haaren bis zu den roséfarbenen Fußnägeln hinab. Besonders auffällig waren ihre zimtbraunen Augen. Im Inneren glänzten Karamellsprenkel, während der Außenrand an dunkle Schokolade erinnerte. Kein Wunder, dass sein Zimmernachbar sie auch nach Jahren nicht vergessen konnte. Motte sagte ein paar Worte auf Spanisch oder Katalanisch zu ihr.

»Weiß sie etwas?«, fragte Jakob.

»Moment.« Motte deutete auf die kleine Bühne des Gavina. »Du warst doch gestern auch hier«, sagte er, jetzt auf Deutsch. »Hast du etwas gefilmt? *Càmera*? *Mòbil*?«

»Wir suchen eine Frau«, erklärte Jakob.

»Welch Frau?«

»Sie hat ein Lied gesungen. Eine blonde Frau ohne Schuhe. Mit türkisem Kleid.«

Luisa zog ihr Handy hervor. Tatsächlich hatte sie an dem Abend mehrere Videos aufgenommen, im Mittelpunkt ihrer Aufnahmen stand jedoch bloß eine Akteurin: Katze Chiquita.

»Sie hat nach Mitternacht gesungen«, sagte Jakob, nachdem bereits das dritte Katzenvideo an ihm vorbeigeflimmert war.

»Da gibt es nur noch zwei Filme«, sagte Motte, der sich direkt hinter Luisa gestellt hatte. Der erste zeigte eine Großaufnahme von Chiquita, die sich ihr linkes Bein ableckte, der zweite zeigte Chiquita, die ein gebräuntes Männerbein umschlag.

»Und Fotos hast du keine?«, fragte Jakob enttäuscht.

Luisa ging ihre Aufnahmen durch, schüttelte den Kopf. Fremde Menschen, dazwischen immer wieder die Katze.

»Stopp!«, rief Motte.

»Das ist doch nur Chiquita.«

»Guck doch mal dahinten.«

»Wo denn?« Jakob blickte über Luisas linke Schulter. Motte deutete auf die linke obere Ecke des Bildes. Tatsächlich, da war was. Luisa vergrößerte den Bildausschnitt. Zwei Füße ohne Schuhe! Die Nägel waren türkis lackiert, am linken Knöchel hing ein goldenes Fußkettchen, das eine Narbe verdeckte. Ganz oben am Bildrand konnte man noch einen winzigen Zipfel des türkisen Kleides erkennen.

»Das ist sie!«, rief Jakob, während ein Feuerwerk aus Erinnerungen durch seinen Kopf blitzte. Hell, bunt, flüchtig. Einzelbilder eines Videoclips, wild hintereinander geschnitten. Er: zehn Jahre jünger, Student, ein Mensch wie aus einem anderen Leben. Seine Gitarre. Ein verrückter Sommer. Jede Menge Postkarten. Und eine Frau, deren Gesicht er nicht kannte …

Cadaqués, den 9. Juli

Nachtrag III: Heute war ich nach der Arbeit noch bei meiner Freundin Rosalie. Sie hat ihre Hochzeit jetzt doch um zwei Monate verschoben. Schade, aber verständlich: Ohne ihre Mutter kann sie unmöglich feiern. Und so bleibt mir wenigstens noch Zeit, um meine Überraschung zu perfektionieren. Der Abend war richtig schön. Wir haben eine Zucchini-Lasagne gekocht und Wein getrunken. Etwas Neues von Ramon gäbe es nicht, hat sie gesagt. Er habe sich einen Hund gekauft, so einen großen braunen, von einer Frau wüsste sie nichts. Ich bin nicht sicher, ob das stimmt, habe aber nicht weitergefragt. Das Thema ist abgehakt.

Auch an diesem Morgen kannte die Möwe jenseits des Fensters keine Gnade. »Ya! Ya! Ya!«, kreischte sie, und zwar so laut, als säße sie mit Absicht direkt auf seinem Fensterbrett. Vorsichtig bewegte Jakob seinen Kiefer nach rechts und links. Er hatte in der Nacht offenbar wieder übel mit den Zähnen geknirscht. Das passierte ihm, wenn etwas nicht rund lief. Bei Milan hatte er zwar noch eine ganze Weile vor dem Laptop gesessen, war aber mit seinem Reis-Konzept nur unwesentlich weitergekommen. Kein Wunder nach Teddys Nachricht. Dass sich Alex mit seinen – Jakobs! – Federn schmückte, war eine Frechheit. Hoffentlich würde sein Chef ihn wenigstens telefonisch zuschalten. Und wenn nicht … Den Gedanken wollte er lieber nicht zu Ende denken.

»Herr Fink?«, tönte es von der Rezeption, als Jakob um halb acht das Foyer betrat. El Fish winkte ihn herbei. »Eine Elena Fink hat gestern Abend für Sie angerufen«, sagte er.

»Ach so, danke.« Bestimmt hatte Nelly wissen wollen, wann er genau in Barcelona ankäme. »Darf ich sie kurz zurückrufen?«

El Fish schüttelte seinen kleinen roten Kopf. »Dieser Apparat ist nur fürs Personal. Unten am Strand gibt es ein öffentliches Telefon.«

Jakob blickte auf seine Uhr. Nelly würde er jetzt sowieso nicht mehr zu Hause erreichen, die saß längst im Zug nach

Barcelona oder war vielleicht sogar schon angekommen. Ihre Handynummer kannte er nicht auswendig, von daher hatte sich der Rückruf erledigt. So wichtig war es ohnehin nicht, ihr seine Ankunftszeit mitzuteilen. Wenn Nelly nicht zu Hause bei Carlos war, steckte sie im »Felicitat«, der Boutique, die ihre Stoffkreationen verkaufte. Er würde sie schon finden.

Neun Leute warteten auf den Bus, der mit zwölf Minuten Verspätung eintraf. Wie das Busunternehmen Catalunya Autobús langfristig Kunden an sich binden wollte, war Jakob ein Rätsel, denn der moderate Reisepreis konnte die Mängel nicht aufwiegen. Verbesserungsbedarf gab es vor allem im Hinblick auf die Pünktlichkeit, die Taktung – nur zwei Verbindungen pro Tag?! –, die Sauberkeit und den Reisekomfort. Dem Umstand, dass der Fahrer ordentlich auf die Tube drückte, stand Jakob zwiegespalten gegenüber. Auf der einen Seite kam die Raserei seinem Zeitplan entgegen, auf der anderen Seite gab es dafür Abzüge in puncto Sicherheit. Gerade die ersten fünfzehn Kilometer der Fahrt hatten es in sich, da der Weg nicht nur äußerst schmal und kurvig war, sondern am Rande von Steilhängen mitten durch die Berge führte.

Zwei Stunden und fünfundvierzig Minuten sollte die Fahrt dauern. Viel Zeit blieb nicht, um sich mit dem Anblick der vorbeiziehenden Hügellandschaft zu befassen, mit Olivenbäumen, Schiefergestein und Kakteen, und so nahm Jakob nach acht Minuten sein Notizbuch zur Hand. Kaum hatte er das Reis-Konzept aufgeschlagen, als ihn etwas an der Stirn berührte. Ein roter Luftballon, auf dem die faustgroße Silhouette eines Schuhs prangte. Ein Werbegeschenk war der betagte Promoter also schon am Morgen losgeworden. Jakob schnipste den Ballon zurück zu seiner höchstens fünfjährigen Besitzerin.

Er hatte gerade seine letzten Notizen durchgelesen, da schwebte ihm der Ballon mit dem Schuh ein zweites Mal entgegen. Wieder schnipste ihn Jakob nach vorne, diesmal mit etwas mehr Nachdruck, was ein Fehler war. Das Mädchen jauchzte auf, wähnte sich wohl in einem Spiel und schlug mit der Faust heftig gegen den Ballon, der ihm daraufhin zum dritten Mal den Schuh symbolisch ins Gesicht beförderte.

»*No.*« Jakob hielt sein Notizbuch in die Höhe, um dem Mädchen zu demonstrieren, dass er arbeiten müsse. Sie verstand ihn nicht, hielt das Notizbuch vermutlich für eine Zielscheibe – und schon wieder kam der Luftballon angeflogen.

»*No. Non.* Nein.« Jakob hob seine Stimme. Die Dame auf dem Sitzplatz jenseits des Gangs sah ihn strafend an. Jetzt lassen Sie doch das Kind mal spielen, schien ihr Blick zu sagen. Jakob hob zum zweiten Mal sein Notizbuch. *»I have to work«*, erklärte er. »*Travail.* Arbeiten.«

Die Dame sah nicht so aus, als würde sie ihn verstehen. Auch das Kind machte keine Anstalten, mit seinem Treiben aufzuhören, und die Mutter zu ihrer Linken war vermutlich eingeschlafen.

Jakob nahm seinen Kugelschreiber zur Hand. Nur nicht aus der Ruhe bringen lassen. Er war es gewohnt, Störungen auszublenden. Ob es nun ein klingelndes Telefon am Nebentisch oder eine hitzige Diskussion zwischen Teddy und Kollege Alex war: Arbeiten konnte er immer. Es war so nur etwas mühsamer. Oder besser gesagt: viel mühsamer. Als er kurz vor eins in Barcelona ankam, war Jakob mit seinem Konzept nur unwesentlich weitergekommen. Kein Problem, dann würde er bei Papa Milan eben eine Nachtschicht einlegen. Wie hatte schon die amerikanische Autorin Dottie Walters gesagt? »Erfolg ist eine Treppe, keine Tür.« Jakob hatte kein Problem mit Treppen. Er würde einfach drei Stufen auf einmal nehmen, dann passte das schon!

Er verließ Bus und Ballon an einer Haltestelle unweit des Park Güell. Den Weg in die Carrer de Sant Eudald, in der Nellys Freund Carlos wohnte, kannte Jakob noch grob, da er die beiden im Urlaub vor vier Jahren einmal besucht hatte. Kurz danach hatte er die Stelle bei Kitze & Partner angetreten. Gefühlt waren seitdem Jahrzehnte vergangen.

Er stapfte die schmale Einbahnstraße hinauf, die auf der rechten Seite von rotblättrigen Bäumen gesäumt war. Carlos wohnte in der Nummer 35, einem Eckhaus mit bogenförmigem Eingangstörchen. »Hier ist Jakob«, sagte er, als sich Nelly über die Gegensprechanlage meldete.

»Gibt's ja gar nicht!« Die Tür summte auf, und eine Aufzugfahrt später stand er auch schon seiner Schwester gegenüber. Sie trug ein Kleid in ihrer Lieblingsfarbe Altrosa und klemmte gerade eine kurze schwarze Strähne mit einer farblich zum Kleid passenden Haarklammer fest.

»So eine Überraschung!«, rief sie.

»Ich habe doch gesagt, dass ich komme.«

»Das hast du schon oft gesagt. Ich hätte nie gedacht, dass dieser Traum tatsächlich wahr wird.« Nelly marschierte in die Küche. Jakob zog seine Schuhe aus und folgte ihr auf Sneakersocken. Sie öffnete den Kühlschrank.

»Was möchtest du trinken?«

»Nur einen schnellen Espresso. Ich habe echt nicht lange Zeit.«

Nelly drehte sich zu ihm um, die Hand an der geöffneten Kühlschranktür. »Das ist ein Scherz, oder?«

»Leider nein. Ich habe Aromabad um fünf.«

»Das ist doch Mist.« Sie stellte eine Packung Milch auf den Tisch und betätigte die Kaffeemaschine. »Jetzt bist du ein Mal hier und hast schon wieder keine Zeit! Bist du also wirklich nur wegen deinem Kram gekommen oder was?«

»Immerhin sehen wir uns überhaupt. Und an den Veranstaltungen muss ich teilnehmen. Dazu hat mich ein Familienmitglied quasi genötigt!«

»Schon gut, hast ja recht.« Nelly klang versöhnlich. »Weißt du was? Ich fahre dich zurück. Carlos ist heute in Barcelona unterwegs, der braucht sein Auto sowieso nicht mehr.« Sie reichte ihm einen Espresso und einen Löffel.

»Danke.« Jakob setzte sich. Die Sonne fiel auf den Küchentisch, auf dem zwei dunkelgelbe Tischsets lagen. Beide waren mit einem Labyrinthmuster bedruckt, einem Klassiker ihrer Kollektion.

»So richtig erholt siehst du nicht aus«, sagte Nelly.

»Die Fahrt war anstrengend.« Jakob berichtete von dem Mädchen mit dem Luftballon, während er sich unauffällig in der Küche umsah. Wo lag sie, die CD? Er konnte sie nirgendwo entdecken.

»Jetzt erzähl mal«, sagte Nelly. »Was sind das für wahnsinnig wichtige Sachen, die ich dir hätte mitbringen sollen?«

Jakob stellte seine Tasse, an der er gerade nippen wollte, wieder zurück. »Wieso ›hätte‹?«, fragte er alarmiert.

»Na ja, die CD …«

»Was ist damit?«

»Ich habe sie nicht gefunden.«

»Was?!«

»Tut mir echt leid«, sagte Nelly. »Ich habe noch versucht,

dich zu erreichen, bin aber nicht bis zu dir vorgedrungen. In deinem Schrank war sie jedenfalls nicht, den habe ich komplett umgekrempelt.«

»Das kann aber nicht sein!«

»Hey, immerhin habe ich deine Mappe.« Nelly nahm einen vierfarbigen Stoffbeutel aus ihrer eigenen Kollektion zur Hand. »Schwelgst du in Erinnerungen an eine Verehrerin?«

»Flora war keine Verehrerin«, sagte Jakob.

»Aha. Flora heißt sie also.« Seine Schwester reichte ihm das Album. »Wie ist sie denn so?«

Eine gute Frage. Jakob schloss für einen Moment die Augen. Bei Kitze & Partner hatte das Team gelegentlich eine Persona erstellt, also das Modell eines typischen Kunden. Statt allgemein von der Zielgruppe zu sprechen, ging es in den Meetings dann um Jürgen Weber aus Hontheim, den siebenundfünfzigjährigen Kaninchenzüchter. Dank der Vorlage, die sie in der Agentur für die Personas nutzten, hatte Jakob ein ziemlich genaues Bild von Flora vor Augen.

Flora Bergental

FACTS & DEMOCRAPHICS: Flora Bergental war 31 Jahre alt und lebte unverheiratet in Düsseldorf. Sie hatte Kunstgeschichte studiert und arbeitete in einer Galerie.

BEHAVIOURS: Flora hatte eine Katze und las sehr gerne. Bücher lieh sie in der Stadtbibliothek aus. Bei Facebook war sie nicht, an den Wänden ihrer Wohnung hingen Zeichnungen von zeitgenössischen Künstlern. Sie hörte Rockmusik aus den Siebzigern und liebte selbstgebackene Brownies.

NEEDS & GOALS: Flora arbeitete ehrenamtlich für einen Verein, der herrenlose Katzen vermittelte. Ihr großer Traum war es, eine eigene Kunstgalerie zu eröffnen.

Na, ob das alles so stimmte? Jakob hatte das Profil auf Basis der Postkarten entworfen, von daher konnte er nicht völlig danebenliegen. Er strich über den blauen Einband, auf dem der Schriftzug »Memento 23« prangte. Nur mit Mühe widerstand er dem Wunsch, die Mappe aufzuklappen. Das würde er abends machen, wenn er alleine war.

»Sie ist so besonders«, antwortete er mit kleiner Verzögerung.

»Und was war das für eine CD?«, fragte Nelly. »Kannst du die nicht im Internet streamen?«

»Leider nein.« Jakob hielt sich an der blauen Mappe fest, und dann erzählte er alles: die Flora-Geschichte vom geplatzten Luftballon über die Postkarten bis hin zu seinem Lied.

Nachdem er geendet hatte, war Nelly einen Moment lang ganz still. »Du bist ein Phänomen«, sagte sie dann. »Ich wünschte wirklich, wir würden uns öfter treffen.«

»Da sagst du was.« Jakob lehnte sich zurück. »Ach so, apropos treffen, darf ich mal kurz an dein Handy? Ich muss noch meine Mails checken.«

»Du hast Handyverbot.«

»Das ist ja wohl nicht dein Ernst?!«

»Nein.« Nelly lachte und hielt ihm ihr Handy vor die Nase. »Guck ruhig.«

Hastig griff Jakob nach dem Gerät. Tatsächlich: Sein Chef hatte geschrieben.

»Hallo Jakob, klar kann ich dich zuschalten. Das Meeting ist morgen um 16 Uhr. Halte dich bereit! Gruß, Teddy«

Jakobs Blick schnellte zur Kopfzeile. Die Mail war am gestrigen Abend versandt worden. Glück gehabt! Jetzt brauchte er nur noch eins …

»Nelly?«

»Was ist?«

»Wäre das okay, wenn ich um vier kurz telefoniere? Da sind wir auf der Autobahn.«

»Klar, kein Problem.«

»Super. Vielen Dank! Mein Chef hat mir nämlich …«

»Moment«, unterbrach ihn Nelly. »Geht es etwa um deine Arbeit?«

»Eine Telefonkonferenz. Dauert nicht lange.«

»Du kannst es nicht lassen, oder?« Sie musterte ihn wie einen Schwerverbrecher.

»Ich habe doch von dem Reis-Pitch erzählt. Davon hängt meine Zukunft ab!« Er dachte an die neonschwarze Tür zu dem Büro, das seins werden könnte, seins werden musste!

»Tja.« Nelly zuckte mit den Schultern.

»Wie: tja?«

»Da kann man wohl nichts machen.«

»Nelly, bitte.«

»Für irgendwas Privates kannst du mein Handy gerne haben. Für die Arbeit nicht.«

»Jetzt hör aber auf.« Jakob verschränkte die Arme. Einen Moment sprach keiner ein Wort, dann hörte er, wie ein Schlüssel ins Schloss der Wohnungstür gesteckt wurde.

Cadaqués, den 10. Juli

»Das Geheimnis des Könnens liegt im Wollen.«

Giuseppe Mazzini

Ich habe noch nie einen Gast erlebt, der so wenig mitmacht wie Herr Fink. Als er heute nicht zum Vortrag erschien, gab es einen Riesenwirbel. Zusammen mit Lothar musste ich die ganze Anlage nach ihm absuchen, er war einfach weg. Ich wollte schon Ramon anrufen, der ist schließlich Polizist, aber auf einmal kam der Zimmernachbar von Herrn Fink an und hat erzählt, dass dieser zu seiner Schwester nach Barcelona gefahren sei. Frau Knopp ist fast ausgeflippt, und ich habe eine geballte Ladung ihrer schlechten Laune abbekommen. Es gibt Tage, da finde ich meinen Traumjob gar nicht so traumhaft ...

»*Hola*!«, tönte eine tiefe Männerstimme. Halbspanier Carlos, der sich seinen Oberarmen nach gut als Markenbotschafter für ein Umzugsunternehmen machen würde, sprach fließend Deutsch mit gerolltem »R« und badischem Akzent.

»Jakob! Wie geht's?« Er fixierte ihn mit seinen nussbraunen Augen. »Du siehst aber nicht frisch aus.«

»Alles okay«, sagte Jakob matt.

»Wie man's nimmt.« Nelly klang wie eine Staatsanwältin, die gerade die Anklageschrift verlas.

»Was ist denn los?«, fragte Carlos.

»Mein Bruder will arbeiten.«

»Und?«

»Wie: und? Er steht kurz vorm Burnout!«

»Stehe ich nicht«, sagte Jakob. »Ich bin nur zur …«

»Ja, ja. Zur Prävention bist du in Cadaqués. Aber sieh dich doch mal an: Du bist völlig fertig!«

»Ich bin fertig, weil ich deinetwegen nicht an der Telko teilnehmen kann! Und die ist wirklich wichtig!«

»Da hörst du es. Er ist arbeitssüchtig«, sagte Nelly. »Ich will ihn zurück nach Cadaqués fahren, damit wir ein bisschen Zeit haben zum Reden, aber statt sich darüber zu freuen, denkt er nur an diese blöde Telefonkonferenz!«

»Denke ich nicht«, sagte Jakob. »Ich denke genauso oft an Flora und an dich und …« Er unterbrach sich.

»Ich denke auch an dich, *mi corazón.*« Carlos lächelte Nelly zu. »Aber nach Cadaqués kannst du ihn sowieso nicht fahren, ich brauche jetzt das Auto.«

»Was, wieso das denn?«

»Noteinsatz in Mataró.«

»Dann muss ich sofort los.« Jakob wollte schon in den Flur stürmen, doch Carlos stoppte ihn.

»Ich könnte dich mitnehmen«, sagte er. »Die Richtung passt, kein Problem.«

»Wirklich? Das wäre ja genial!«

Nelly lehnte sich gegen die Spüle. »Ach Mensch, jetzt haben wir uns nur so kurz gesehen und dann auch noch gestritten. Ich wäre viel lieber mit dir spazieren gegangen.«

»Hat mich aber trotzdem gefreut«, sagte Jakob. »Und danke noch mal für meine Mappe.«

»Erzählst du mir irgendwann noch mehr von Flora?«

»Jedes schmutzige Detail.« Er drückte seine Schwester zum Abschied.

Zehn Minuten später hockte Jakob müde, platt und mit schmerzendem Nacken in einem Kombi, der jeden Moment auseinanderzufallen drohte. Auf den Straßen war einiges los, aber immerhin lagen sie gut in der Zeit. Und Carlos' Handy steckte griffbereit in der Mittelkonsole … Jakob konnte seinen Blick nicht von dem dunkelgrauen Kunststoff lassen. Sollte er fragen? Er war sich nicht sicher, wie Nellys Freund reagieren würde, dafür kannte er ihn zu wenig.

Kein Wunder, denn oft hatten sie sich bisher nicht getroffen. In der Woche in Barcelona, damals vor vier Jahren, und dann noch drei- oder viermal bei Nelly zu Hause in Düsseldorf. Jeweils unter Zeitdruck, wie das eben immer so war.

Jakob knibbelte an den Ecken der blauen Mappe, die er auf den Knien platziert hatte. Er schwitzte, was sicher nicht nur daran lag, dass es in dem Kombi keine Klimaanlage gab.

Carlos ahnte von seiner Nervosität vermutlich nichts. Er plauderte über seine Arbeit als IT-Notdienstler, über die sechs Stadien der Aufregung, mit denen er bei seinen Einsätzen konfrontiert wurde, und über die tiefe Dankbarkeit, die ihm entgegenströmte, wenn die EDV wieder lief. Jakob konnte seinen Erzählungen kaum folgen, da er immer wieder an Carlos' Handy denken musste. Sollte er fragen? Fragen schadete nichts. Im schlimmsten Fall sagte er nein. Jakob gab sich einen Ruck.

»Sag mal, Carlos, wäre …«

»Wann ist dieses Meeting?«

»Um vier …?«

»Na, das passt doch.« Carlos klappte den Deckel der Mittelkonsole hoch. »Nelly übertreibt manchmal mit ihrer Fürsorge.« Mehr sagte er nicht. Überrascht kurbelte Jakob sein Fenster hoch, das er wegen der Hitze einen Spaltbreit geöffnet hatte. Seine Finger zitterten, als er Teddys Nummer wählte.

»Kitze!« Teddy klang wie immer so dynamisch, als würde er gerade eine Sport-Messe eröffnen.

»Ich bin's, Jakob.«

»Ah, sehr gut. Hast du meine Mail bekommen?«

»Ja. Ich wollte auch nur noch mal den Termin bestätigen. Ich melde mich um vier.«

»Nein, ich meinte die Mail von vor zehn Minuten.«

»Ach so? Nein, die habe ich noch nicht gelesen.«

»Das Meeting muss verschoben werden, Alex ist krank. Magen-Darm. Kann man nichts machen.«

Jakob konnte sich ein Lächeln nicht verkneifen. Das lief ja noch besser als gedacht! »Du musst das Meeting nicht verschieben«, sagte er. »Ich bin da! Ich kann den Leuten von ›Graf Keilo‹ alles ganz genau erklären!«

»Sorry, aber das geht nicht.«

»Wieso? Wir reden doch über meinen Ansatz.« Jakob hob seine Stimme. »Niemand ist besser informiert als ich!«

»Ich hätte gerne einen Mann vor Ort.«

»Dann schalte mich per Skype zu.«

»Das ist nicht dasselbe.« Teddy klang genervt, was Jakob ärgerte. »Bei dem Meeting geht es doch nicht nur um den Ansatz«, fuhr sein Chef fort. »Es geht darum, dass man sich beschnuppert. Schaut, ob die Chemie stimmt. Ob die Zusammenarbeit funktioniert.«

»Das weiß ich doch. Und genau dafür bin ich der richtige Mann«, sagte Jakob unbeeindruckt. »Wenn wir den Auftrag bekommen, muss die Chemie zwischen mir und ›Graf Keilo‹ stimmen, und genau darauf möchte ich hinarbeiten.«

»Ich erkläre dir das, wenn du wieder in Düsseldorf bist.«

»Was gibt es da zu erklären?« Jetzt klang Jakob fast so genervt wie Teddy. »Dann gib mir wenigstens die Nummer meines Ansprechpartners!«

»Schick mir deine Fragen per Mail, ich leite alles weiter.«

»So, so«, sagte Jakob bloß. Er sollte also keinen Kontakt zu »Graf Keilo« haben, bis der Deal unter Dach und Fach war. Sehr nett, wirklich! Ein ganz feiner Zug! Aber wenn sein Chef das so wollte, hatte er keine Wahl. Da konnte man nichts machen. Wie bei Magen-Darm.

Jakob legte das Handy zurück.

»Alles in Ordnung?«, fragte Carlos.

»Nicht so ganz. Aber trotzdem danke.«

»Kein Problem.« Er gab Gas.

Jakob schloss die Augen. »Rizo« hatte sich für ihn erledigt. Sollte Teddy doch selber sehen, wie er klarkam. Oder Kollege Alex, dieser superfähige Performer, ohne den anscheinend kein Meeting lief. Nicht mal eins, in dem Jakobs Konzept besprochen wurde …

Jakob ertappte sich dabei, wie er die Zähne aufeinanderbiss. Prompt begann sein Kiefer wieder zu schmerzen, so wie am Morgen. Er musste sich entspannen. Nicht an »Graf Keilo« denken. Nicht an Teddy. Auf etwas Schönes fokussieren. Was war schön? Er riss die Augen wieder auf, bemerkte erst jetzt, wie fest er die blaue Mappe in den Händen hielt. Er lockerte seinen Griff.

Flora. An sie könnte er denken. An ihre Postkarten. An sein Lied … *A new life: the dish of the day. A new life: to takeaway.* Er konzentrierte sich auf die Verse und merkte, wie er langsam eindämmerte. Als sie das »Centro del Sol« von Cadaqués erreichten, schreckte er hoch.

Viertel vor fünf. Er hatte die halbe Fahrt verschlafen! »Wieder wach?«, fragte Carlos vom Fahrersitz, nachdem er den Wagen zum Stillstand gebracht hatte.

»So halb.« Aufgekratzt und geplättet zugleich verabschiedete sich Jakob. Sein Hemd war völlig durchgeschwitzt, seine schwarze Jeans ebenso, und sein Gesicht sah vermutlich genauso zerknittert aus, wie er sich fühlte. Kaum hatte er einen Fuß in das Foyer gesetzt, kam ihm Frau Püschel entgegen. In kurzen Hosen und mit Turnschuhen an den Füßen.

»Wo waren Sie denn?«, fragte sie.

»Ich? Nur kurz weg«, murmelte Jakob.

»Kurz? Sie waren sieben Stunden unterwegs!«

»Da habe ich wohl die Zeit vergessen.«

»Wir haben Sie gesucht! Sie können doch nicht einfach verschwinden! Wo waren Sie denn?«

»Das tut mir leid.« Jakob hatte aus verständlichen Gründen keine Lust, ins Detail zu gehen. »Ich musste einfach mal raus. Ein bisschen frische Luft schnappen.« Er klammerte sich an die blaue Mappe.

»Den ganzen Tag?« Frau Püschel musterte seine durchgeschwitzte Kleidung, die so gar nicht zu den Witterungsverhältnissen passen wollte.

»Es wird nicht wieder vorkommen«, sagte Jakob.

»Das geht so nicht.« Die Therapeutin klang überhaupt nicht mehr nach Sonntag, sondern nach einem Montag voller Überstunden. »Frau Knopp wird sich noch mit Ihnen unterhalten«, sagte sie. »Sie war sehr ungehalten wegen Ihres Ausflugs nach Barcelona.«

»Woher …?«

»Ihr Nachbar. Wir hätten fast die Polizei gerufen, und dann hätten Sie jetzt ein echtes Problem.«

»Da habe ich wohl noch mal Glück gehabt.« Jakob war auf einmal so erschöpft, dass er am liebsten in einen Besuchersessel gesunken wäre. Das Gespräch mit Teddy hing ihm immer noch nach. War die Reise mit »Rizo« vorbei, bevor sie richtig begonnen hatte?

Cadaqués, den 10. Juli

»Verweile nicht in der Vergangenheit, träume nicht von der Zukunft. Konzentriere dich auf den gegenwärtigen Moment.«

Buddha

Heute habe ich Ramon getroffen, beim Joggen. Ich hänge nicht mehr an ihm, die Zeiten sind vorbei, trotzdem war das irgendwie komisch, ihn zu sehen. Er hat jetzt einen schokobraunen Labrador. Wir wollten uns damals auch so einen anschaffen. Na ja, ich bin trotzdem froh, wie alles gekommen ist. Ohne Ramon würde ich nicht in Cadaqués leben. Ich habe einen Traumjob und kann jeden Tag ans Meer, besser geht's doch nicht. Wobei – manchmal ginge es schon besser. Was sich dieser Herr Fink heute geleistet hat – kein Kommentar! Den ganzen Laden hat er auf Trab gehalten mit seinem »Ausflug«, und meine Mittagspause war auch hinüber! Keine Ahnung, was sich der Typ dabei gedacht hat. Na, Frau Knopp wird das schon regeln …

Jakobs Bettdecke fühlte sich nach dem warmen Aromabad angenehm kühl an. Nicht an Teddy denken. Nicht an Alex. Nicht an »Rizo«. Er zögerte, bevor er den Deckel der blauen Mappe öffnete.

Memento 23 … Er hatte ewig nicht reingesehen. Mit zwanzig hatte er angefangen, Erinnerungen zu sammeln. Nicht als Tagebuch – so einer war er nicht –, sondern in Form von Fotos, Eintrittskarten, Zeitungsausschnitten, Aufklebern, Postkarten und Liedtexten, die er in blauen Mappen aufbewahrte. Jahr für Jahr. Mit dreißig hatte er sein letztes Werk begonnen, doch Memento 30 war nahezu leer geblieben. Seit Kitze & Partner blieb einfach keine Zeit mehr für die Sammlung. Schade – aber nicht zu ändern. So war das eben in der Rushhour des Lebens.

Memento 23 dagegen platzte aus allen Nähten. Eine Eintrittskarte zu Rock am Ring. Der Text eines selbst komponierten Liedes (Titel: »Dream«). Es folgte ein Foto von ihm und seinen damaligen WG-Kollegen. Vier Studenten auf einem Sofa. Zwei lagen mehr, als dass sie saßen. Der dritte pustete mit hochkonzentrierter Miene auf den Rand einer Bierflasche. Und der vierte? Der saß im Schneidersitz auf dem Sofa und spielte Gitarre. Jakob erkannte sich fast nicht wieder, und das lag nicht an seinem Haar, das bestimmt zehn Zentimeter länger war als heute. Es lag auch nicht an seiner

Haut, die seit Jahren nicht mehr so sonnenbraun gewesen war. Es war diese Leichtigkeit. »Alles gut hier!«, schien sein Blick zu sagen. Wann hatte er sich eigentlich zuletzt so gefühlt wie auf dem Foto?

»Fried Fish Party« – ein weiterer Songtext. Dann kamen sie. Floras Postkarten. Einundzwanzig Stück waren es in der Summe, auf Karte Nummer 22 hatte er lange vergeblich gehofft. Die erste zeigte den »Wanderer über dem Nebelmeer«, die zweite das Logo der Uni, auf dem dritten prangte eine Katze, ab Karte vier folgten Naturmotive wie Bäume, Steine und Wellen. Floras allererste Sätze an Jakob kannte er noch heute auswendig.

Hey, Mister Balloon!
Na, so was?! Mit einer Antwort habe ich nun wirklich nicht gerechnet, als ich meine Karte für Elsa abgeschickt habe. Woher hast du denn meine Adresse? Ja, ich vermisse meine Katze immer noch sehr. Vor allem, wenn ich ein Haar von ihr auf dem Sofa finde. Vielleicht sollte ich öfter staubsaugen. Wobei, ob das hilft? Danke jedenfalls für deine nette Karte.
Viele Grüße
Flora

Jakobs Blick ruhte auf den dunkelblauen Buchstaben. Wenn er die Karten vor sich sah, war ihm Flora plötzlich wieder so nah und vertraut, als hätte er die Postkarte mit dem zerplatzten Luftballon gerade erst aus der Hecke gefischt. Für Außenstehende mochte der Inhalt der Nachricht belanglos sein, aber nicht für ihn. Er legte sich auf den Rücken und las weiter.

»Nicht aufregen, Mister Balloon, es ist doch nur ein Stück Papier« hatte sie zum Beispiel in ihrer achten Nachricht geschrieben, nachdem er sich per Karte über einen Strafzettel aufgeregt hatte. »Nur ein Stück Papier.« Ein simpler Gedanke, aber sie hatte ja so recht. Bezahlen, abheften, vergessen. Im Leben gab es wichtigere Dinge. Sie wusste das, er hatte es erst lernen müssen.

Und überhaupt. Wie Flora ihn damals beflügelt hatte, ohne es zu ahnen … Er würde nie vergessen, wie er nach Themen für seine Masterarbeit gesucht hatte. Unheimlich schwer hatte er sich damit getan, und das bereits bei der Frage, ob er sich für eine theoretische oder empirische Arbeit entscheiden sollte. Dann kam ihre Karte.

Hey, Mister Balloon,
na, wie ist die Lage? Hast du dein Thema gefunden? Mit Entscheidungen ist das ja immer so eine Sache. Ich überlege auch schon seit Ewigkeiten, ob ich in meiner WG bleibe oder mir eine eigene Wohnung suche. Auf der einen Seite mag ich meine Mitbewohnerin, auf der anderen Seite hätte ich oft gerne mehr Ruhe und weniger Geschirr in der Spüle. Keine Ahnung, was das Richtige ist. Ich habe jedenfalls beschlossen, mich bis Ende des Monats zu entscheiden. Kein Witz: Zur Not werfe ich eine Münze! Vielleicht wäre das ja auch was für dich …? ;)
Liebe Grüße
Flora

Nachdem er diese Nachricht gelesen hatte, hatte Jakob tatsächlich eine Münze geworfen. Nicht, weil er ernsthaft auf die Lösung seines Problems gehofft hatte, sondern hauptsächlich, um Flora in seiner nächsten Karte davon zu erzählen. Welche Art von Arbeit sollte er schreiben, eine empirische (Kopf) oder eine theoretische (Zahl)? Während die Münze durch die Luft flog, ertappte er sich plötzlich dabei, wie er auf »Zahl« hoffte. Er fing das Geldstück auf, noch bevor es den Boden berührte. Am nächsten Morgen war er mit drei guten Ideen im Kopf erwacht, eine Woche später hatte er sein Thema gefunden. Alles dank Flora.

Er klappte Memento 23 wieder zu. Natürlich hatte es Frauen nach ihr gegeben. Kleinere Liebeleien und auch zwei längere Beziehungen – aber niemand hatte ihn so fasziniert wie Flora. Warum er nicht früher den Kontakt gesucht hatte, den echten, den persönlichen, war ihm heute unbegreiflich. Vielleicht hatte ihm der Mut gefehlt. Heute wäre er mutig genug, und genau deshalb musste er sie finden, und er würde sie auch finden. Jakob hatte die Mappe gerade auf seinen Nachttisch gelegt, als es klopfte. El Fish. »Frau Knopp erwartet Sie. Grüner Raum.« Er lächelte süffisant.

»Alles klar.« Jakob schloss die Tür hinter sich. Ein Donnerwetter würde ihn nicht beeindrucken.

Die Leiterin des »Centro del Sol« machte sich gerade Notizen, als Jakob eintrat. Die senkrechte Falte über ihrer Nase war fast zwei Zentimeter lang. »Herr Fink, Sie wissen, warum ich mit Ihnen sprechen möchte.«

»Ich war nicht beim Vortrag.« Jakob wollte gerade zu einer Entschuldigung ansetzen, doch dann zog plötzlich eine andere Person seine Aufmerksamkeit auf sich. Eine Frau jenseits des Fensters, um genau zu sein. Selbst aus der Entfernung glaubte er das Strahlen ihrer zimtbraunen Augen zu erkennen. Ob Luisa etwas über die Sängerin herausgefunden hatte? »Ich …« Jakob verstummte. Milans Tochter war nur noch zehn Meter vom Haupteingang entfernt. Er musste sie abpassen!

»Wo waren Sie denn?«, fragte Frau Knopp.

»Bei …« Jakob fasste an seine Hautfalte. »Ich war bei meiner Schwester. In Barcelona.«

»So.« Frau Knopp machte eine Notiz. Jakob nutzte die Gunst der Sekunde, trat ans Fenster und streckte den Arm zu einem Winken aus, doch Luisa sah ihn nicht.

»Was wollten Sie bei Ihrer Schwester?«, fragte Frau Knopp.

»Ich habe sie ewig nicht gesehen.« Luisa war nur noch fünf Meter vom Haupteingang entfernt. Jakob hob die Hand, zuckte jedoch sofort zurück, als Frau Knopp aufsah.

»Das geht so nicht.« Ihre Stimme klang frostig. »Sie kennen die Regeln. Halten Sie sich daran.«

»In Ordnung.«

»Wenn Sie eine weitere Veranstaltung versäumen, werden wir Ihren Platz vergeben.«

»Verstehe schon.«

»Ohne Wenn und Aber.«

»Ab jetzt werde ich keinen Kurs mehr verpassen, versprochen.« Jakob bemühte ein verbindliches Lächeln in sein Gesicht, und er glaubte in diesem Moment auch fest daran, dass er sein Versprechen halten würde.

Als er das Foyer betrat, war Luisa nicht mehr da. Jakob spähte durch die Eingangstür Richtung Straße – niemand. Ob sie vor seinem Zimmer wartete? So schnell würde sie es wohl kaum gefunden haben. Oder war sie bei Motte? Der Gang war verwaist, sein Nachbar öffnete nicht. Seltsam. Jakob kehrte noch einmal ins Foyer zurück, lief sämtliche

Gänge des Erdgeschosses ab, lauschte an jedem einzelnen Kursraum, doch Luisa war verschwunden.

Beim Aufwachen verspürte Jakob einen starken Druck an den Schläfen, und sein Kiefer schmerzte noch mehr als am Vortag. Zweimal war er in der Nacht hochgeschreckt und hatte ewig nicht mehr einschlafen können. Zu sehr hatte ihn eine Frage gequält, auf die er partout keine Antwort finden konnte: Sollte er überhaupt an dem Reis-Konzept weiterarbeiten? Nach allem, was passiert war?

Im Speisesaal wählte Jakob einen Platz direkt am Fenster, abseits der übrigen Gäste. Nach dem ersten Espresso besserten sich die Kopfschmerzen, doch sein Kiefer fühlte sich immer noch so an, als hätte er in der Nacht auf Granit gebissen. Als er den zweiten Espresso gerade ausgetrunken hatte, kam Motte mit seinem Tablett zu ihm.

»Wie läuft's?«, fragte er.

»Es ging schon besser.«

»Wie war's in Barcelona?«

»Die Postkarten habe ich, das Lied nicht.«

»Die hätten fast die Polizei gerufen. Ich musste denen sagen, dass du bei deiner Schwester bist.«

»Frau Knopp hat schon mit mir geredet. Sie war nicht begeistert.« Jakob zuckte mit den Schultern. Sein Glück hing nicht vom Wohlwollen der Zentrumsleitung ab. »Hauptsache, sie haben dich nicht rausgeschmissen.«

Motte gähnte. »Übrigens war Luisa gestern hier.«

»Ich weiß, ich habe sie gesehen.«

»Ach so? Wo denn?«

»Ich wollte sie im Foyer abpassen, habe sie dann aber nicht mehr gefunden.«

»Aber sie hat mich gefunden.« Motte lehnte sich zurück, die Hände hinter dem Hinterkopf verschränkt »Und sie hat mir was mitgebracht. Oder besser gesagt dir.«

»Was denn?«

»Hier.« Motte reichte ihm einen Briefumschlag. Drei Farbfotos von dem Fuß der Sängerin steckten darin. Luisa hatte sie sogar ausgedruckt. Die türkisen Zehennägel leuchteten ebenso wie der Rocksaum, und auch das Fußkettchen konnte man gut erkennen. Nicht, dass er mit diesem Fuß sonderlich viel anfangen konnte, aber er war zumindest ein Anhaltspunkt.

»Fotos aus Barcelona?«, fragte Gaby, die mit einem Tablett zu ihrem Tisch kam.

»Nicht ganz.« Jakob schob ihr die Aufnahmen zu und eine kurze Erklärung hinterher.

»Ein Fuß?«

»Ja, ich weiß, richtig viel erkennt man nicht. Aber vielleicht gibt es ja hier im Ort jemanden, der immer barfuß rumläuft oder dieses Kleid genäht hat, wer weiß?«

Gaby schüttelte den Kopf. »Ich würde bei der Narbe ansetzen.« Sie deutete auf die zartrosa Striche links unterhalb des Knöchels.

»Wie meinst du das?«, fragte Jakob.

»Der Form nach könnte sie von einer Qualle stammen. Mein Ex-Mann hat so eine Narbe an der Wade. Vielleicht wurde die Sängerin ja auch von einer erwischt und war beim Arzt …«

»Der der Schweigepflicht unterliegt …«

»Wir sind hier in Spanien.« Gaby erhob sich und steuerte auf den Mitarbeiter zu, der gerade das Buffet bestückte. Eine Minute verging, dann zog der Kurzgeschorene ein Handy aus der Hosentasche, eine weitere Minute später zückte er einen Kugelschreiber und notierte etwas auf einer Serviette. Triumphierend kam Gaby an den Tisch zurück. »Doktor Porras.« Auf der Serviette stand die Adresse. »Die Praxis ist direkt bei der Kirche. Sie öffnet um acht.«

»Das ist ja unglaublich.« Jakob faltete die Serviette zusammen. »Wie hast du das geschafft?«

»Ich habe gesagt, dass ich ein Frauenproblem hätte und einen Arzt bräuchte. Das stimmt ja auch.« Gaby setzte sich.

Jakob stand auf. »Dann schaue ich am besten direkt dort vorbei.« Eine gute Gelegenheit, um sich von Teddy und »Rizo« abzulenken. Je mehr er zu tun hatte, umso besser.

»Willst du nicht erst frühstücken?«, fragte Motte.

»Professor Günther hat immer gesagt: Chancen nutzen, Risiken stutzen.« Jakob steckte die Serviette ein, nahm seine Fotos und machte sich auf den Weg.

Im Foyer stieß er auf Frau Püschel, die hinter der Empfangstheke nach irgendetwas suchte. Als er an ihr vorbeieilen wollte, hielt sie ihn auf. »Darf ich fragen, wo Sie hingehen?«, wollte sie wissen, nun wieder mit Sonntagsstimme.

»Etwas erledigen«, brummte Jakob.

»Aber nicht in Barcelona, hoffe ich.«

»Nein, hier im Ort.«

»Zum Vortrag sind Sie aber pünktlich.«

»Selbstverständlich.«

»Na schön, dann bis gleich.« Frau Püschel sah nicht begeistert aus, aber das war nicht sein Problem.

Das metallene Läuten der Kirchenglocken war noch nicht lange verklungen, als Jakob die Praxis von Doktor Porras betrat. Der ramponierten Empfangstheke nach stand die

Praxis finanziell auf äußerst wackeligen Beinen. Hinter dem Computer saß eine junge Frau mit einem lila Pony, die Clara Gonzáles-Michels hieß und gemäß der Flagge auf ihrem Namensschild Deutsch sprach.

»Hallo, ich wollte fragen, ob ich mit Doktor Porras sprechen könnte«, sagte Jakob. »Es geht um eine Narbe.«

»Wir können gerne einen Termin ausmachen«, sagte die Mitarbeiterin. »Wo befindet sich denn Ihre Narbe?«

»Also nicht ich habe die, sondern eine Bekannte. Oder besser gesagt eine Unbekannte.« Jakob zog das Foto von dem Fuß aus seinem Umschlag. »Das ist sie.«

Clara Gonzáles-Michels betrachtete die Aufnahme. »Narben lasern wir hier leider nicht weg, aber ich gebe Ihnen gerne eine Adresse in Roses.«

»Nicht weglasern, nein.« Jakob beugte sich über die Theke, die sich daraufhin um bestimmt drei Grad nach rechts neigte. »Ich suche eine Frau«, erklärte er leise. »Eine Frau mit solchen Füßen.«

»Mit Frauenfüßen können wir nicht dienen«, sagte die Mitarbeiterin. Jakob ignorierte die Bemerkung. Zu viele Präsentationen hatte er schon erlebt, wo er von Entscheidungsträgern mit versteinerten Blicken bedacht wurde, sobald er auf die Kosten zu sprechen kam. Er wusste nur zu gut, wie schnell sich Gesichtsausdrücke ändern konnten. »Ich suche nicht irgendeine Frau«, erklärte er. »Ich suche meine Brieffreundin. Flora heißt sie, und ich bin mir ziemlich sicher, dass diese Frau sie kennt. Sie hat bei einem Musik-Event gesungen, das sind ihre Füße, und mehr weiß ich leider nicht.« Er brauchte nicht lange zu warten, und da war es auch schon, das Lächeln, das den Übergang von der Frühphase der Vertrauensbildung in die Wachstumsphase markierte.

»Und was wollen Sie genau von Doktor Porras?«, fragte die lächelnde Clara.

»Er könnte nachschauen, wer in letzter Zeit wegen einer Qualle hier behandelt wurde …«

»Ich frage mal.« Sie griff nach dem Foto und verschwand im Nebenzimmer. Ewige Minuten passierte nichts, und Jakob setzte sich. Der Kunstlederbezug des Freischwingerstuhls war so abgewetzt, als wäre die Praxis von Katzen bevölkert.

Auf einmal musste Jakob an Quant denken. Genauer gesagt an den Marmeladen-Pitch, der schon einige Wochen zurücklag. »Bring das Baby nach Hause«, hatte Teddy zu ihm gesagt – und das war Jakob nicht gelungen. Weder im ersten noch im zweiten Anlauf. Auf einmal wurde ihm ganz heiß. Hatte Teddy bei dem Pitch womöglich sein Vertrauen in ihn verloren? War er selbst, Jakob, die Wurzel des Problems? Die Gedanken taten nicht gut, und der Kopfschmerz, der ihn am Morgen abgesehen von seinem Kiefer so übel gequält hatte, kehrte zurück. Mit leichtem Druck massierte er seine Schläfen. Besser nicht daran denken. Nicht jetzt.

Ein Senior mit Hut trat herein und griff nach einer ausliegenden Tageszeitung. Als Clara Gonzáles-Michels zurückkam, lächelte sie nicht mehr. »Es tut mir sehr leid, aber ich kann Ihnen nicht weiterhelfen«, sagte sie leise. »Doktor Porras darf keine Auskünfte geben.«

Obwohl Jakob diese Antwort schon halb erwartet hatte, war er enttäuscht. Er packte das Foto ein, murmelte einen Abschiedsgruß und wollte verschwinden, als Clara ihn doch zurückrief.

»Kann ich das Foto noch mal sehen?«

Er reichte ihr die Aufnahme.

»Dieses Fußkettchen …« Sie deutete auf das silberne Kettchen, das zweimal um den Knöchel gewunden und mit winzigen Seesternen bestückt war. »Das unterliegt nicht der Schweigepflicht. Und in Port Lligat gibt es eine Designerin, die ist – glaube ich – für diese Art von Kettchen bekannt.« Clara gab etwas in den PC ein, dann drehte sie den Bildschirm in seine Richtung.

»Hier: ›Soul Design‹ heißt es. Das ist beim Dalí-Haus. Vielleicht kann Ihnen dort jemand helfen.«

»Hat der Laden jetzt schon auf?«

Sie klickte auf die Öffnungszeiten.

»Von zehn bis zwölf und von sechzehn bis achtzehn Uhr.«

»Perfekt, danke!« Jakob verließ die lächelnde Clara trotz seiner Kopfschmerzen mit einem guten Gefühl. Er hatte eine neue Spur!

Motte und Gaby verließen gerade den Kiosk, als Jakob ins »Centro del Sol« zurückkam. Frau Püschel stand immer noch – oder schon wieder? – im Foyer neben der Rezeption. Als sie ihn kommen sah, blickte sie auf ihre Uhr.

»Du warst schnell«, sagte Motte. »Wie lief's?«

»Der Arzt hat sich in Schweigen gehüllt, aber im Nachbarort gibt es eine Schmuckdesignerin, die könnte mir helfen.«

»Klingt gut, wann gehst du hin?«

»Die Frage ist: Was lasse ich sausen, den Vortrag oder die Massage?« Jakob musste nicht lange überlegen. Er steuerte die Rezeption an. »Es tut mir leid, aber ich muss meinen Massagetermin heute Nachmittag verschieben«, sagte er. »Mir ist etwas dazwischengekommen.«

Frau Püschel hob die Augenbrauen. »Sie machen eine Kur. Ihnen kann hier nichts dazwischenkommen.«

»Offenbar schon.« Jakob lächelte zaghaft. »Also wäre das möglich? Nur ausnahmsweise?«

»Die Veranstaltungen sind verbindlich. Wir sind kein Friseursalon.«

»Ich muss etwas erledigen. Etwas Dringendes.«

»So, so. Was denn?«

»Das ist sehr persönlich.« Jakob senkte seine Stimme. »Kommen Sie schon. Dieses Zentrum ist doch bekannt für seinen guten Service.«

»Guter Service bedeutet, verbindliche Pläne zu entwickeln. Wir wollen Ihnen helfen, und das geht nur, wenn Sie an den Veranstaltungen auch teilnehmen.«

»Das verstehe ich. Guter Service bedeutet aber auch, individuelle Kundenwünsche zu berücksichtigen.«

»Ich fürchte, daraus wird nichts.« Frau Püschel klang nicht, als würde ihr die Absage leidtun. »Und jetzt müssen wir im Übrigen los. In zwei Minuten startet der Vortrag.«

»Sehr schade.« Jakob machte sich mit Motte und Gaby auf den Weg zum Grünen Raum. »Warum ist das bloß alles so schwierig? Die sind so was von unflexibel.«

»Und wenn wir tauschen?«, fragte Gaby. »Ich habe zwar keine Massage, aber Aroma-Bad.«

»Wann denn?«

»Um zwei.«

»Ich habe um vier. Das würde gut passen.«

»Und wenn das Ärger gibt …?«, fragte Gaby zögerlich.

»Es geht hier um Jakobs Glück«, sagte Motte. »Das kann man nicht von einer Therapeutin abhängig machen.«

»Wie wahr«, sagte Jakob, und sie reichten sich in stillem Einvernehmen die Hände.

Cadaqués, den 11. Juli

»Jeder Mensch ist wie ein Mond,
er hat eine dunkle Seite,
die er niemandem zeigt.«

Marc Twain

Herr Fink könnte doch der Prüfer sein, so verrückt das auch klingt. Er hatte heute einen Umschlag mit Fotos dabei, die er sich unauffällig – aber nicht unauffällig genug – während meines Vortrags angesehen hat. Außerdem hat Jessy vom Kiosk erzählt, dass er gestern durch sämtliche Gänge des Hauses geschlichen wäre. Er hätte sogar an den Türen gelauscht, sagt sie. Frau Knopp ist hellhörig geworden. Sie hat uns eingeschärft, höchst professionell auf seine Bedürfnisse einzugehen und immer wieder Gesprächsbereitschaft zu signalisieren – egal, was er treibt. Samthandschuhe wären gefragt. Kollege Lothar hat direkt mal durchblicken lassen, dass er gegen Samt allergisch ist. Das kann ja heiter werden ...

Der Massagebereich grenzte an ein weiß gefliestes Vorzimmer, in dem ein weißer Tisch mit zwei weißen Stühlen stand. Eine Mitarbeiterin schlug gerade eine grellorange Mappe auf, die farblich nicht in das Ambiente passte.

»Kann ich Ihnen weiterhelfen?«, fragte sie.

»Ich habe einen Termin«, sagte Jakob.

»Wann denn?«

»Jetzt.«

»Oh, ich fürchte, da liegt ein Missverständnis vor.« Die Mitarbeiterin klappte die Mappe zu. »Könnten Sie mir bitte Ihren Wochenplan zeigen?«

»Nein, beziehungsweise: ja, natürlich, könnte ich. Aber ich habe getauscht. Frau Weinbach hätte um vierzehn Uhr, ich um sechzehn Uhr.«

»Jakob?«, tönte es in dem Moment aus einer Massagekabine. Jakob erkannte die Stimme von Gaby.

»Wir wollten doch tauschen«, sagte er.

»Dieser eine Mitarbeiter … Lothar irgendwas … der hat eben gesagt, dass das nicht geht.«

»Aber –« Jakob verstummte.

»So wären die Regeln, hat er gesagt. Tut mir sehr leid. Ich hätte gerne geholfen.«

»Gar kein Problem.« Er verließ die weißen Räume ohne Verdruss. Dann musste der Termin eben ausfallen.

Achtzehn Minuten brauchte Jakob bis nach Port Lligat, dem Nachbarort von Cadaqués. Achtzehn Minuten, in denen er in Gedanken ganz bei Teddy war, auch wenn er das eigentlich nicht wollte, da sich zeitgleich seine Kopfschmerzen verstärkten. Immerhin hatte die Kopfkralle noch nicht zugeschnappt. Ob das ein Effekt der Kur war? Oder könnte ihm das auch noch blühen? Bitte nicht. Wenn die Kopfkralle zuschnappte, war der Tag gelaufen.

Er sollte sich schleunigst entspannen, aber wie? »Ich erkläre dir das, wenn du wieder in Düsseldorf bist«, hatte Teddy gesagt. Der Satz gab ihm am meisten zu denken. Was gab es zu erklären? Wollte sein Chef, dass sich Alex – und nur Alex! – um Jakobs Ansatz kümmerte? Das könnte er doch nicht ernsthaft durchziehen?! Und warum konnte oder wollte er das nicht einfach schreiben? Jakob hatte eine ungute Vorahnung.

Als er Port Lligat erreichte, klebte ihm das Hemd am Rücken. Wo steckte dieses »Soul Design«? Er marschierte am Dalí-Haus vorbei, das von ganzen Menschenscharen umgeben war. Vielleicht den Berg hinauf? *»Hello!«*, tönte eine männliche Stimme.

Jakob drehte sich um. Ein etwa zwanzigjähriger Kerl, der – warum auch immer – zu kurzen Hosen eine zerschlissene Lederjacke trug. *»Looking for Dalí's house?«*, fragte er.

Jakob schüttelte den Kopf. Das Haus von Dalí suchte er nun wirklich nicht. Und er wollte auch nicht wissen, wie man dort hinkam. Nein, eine Sonnenbrille plante er auch nicht zu kaufen. Auch keine für seine Frau. Uhren erst recht nicht. Der geschwätzige Kerl folgte ihm bis zur Pforte des »Soul Design«, das Jakob schließlich in einer Seitengasse entdeckte.

Hätte er gewusst, dass im selben Haus ein gigantischer Riesenhund lebte, der auf der Terrasse wie besessen hin und her sprang, wäre er einfach dem Gebell gefolgt, das er schon zwei Querstraßen zuvor gehört hatte. Na egal, Hauptsache, er war da.

Seinem Namen machte das Atelier alle Ehre, denn es war mit sehr viel Liebe oder besser gesagt viel Seele eingerichtet. Die Vorhänge warteten mit einem pastellfarbenen Blumenmuster auf, das sich auch auf den Kissenbezügen einer kleinen Sitzgruppe wiederfand.

»*Hola.*« Die Designerin, eine Frau von Mitte fünfzig, sagte ein paar Brocken auf Spanisch oder Katalanisch zu ihm, die er nicht verstand. Jakob zog seinen Umschlag hervor und zeigte ihr das Foto von dem Fuß. Im selben Moment begann der Hund auf dem Balkon wieder zu bellen, als müsste er einen Einbrecher in die Flucht schlagen. Das Gesicht der Designerin verfinsterte sich. Sie verließ das Atelier, marschierte auf die Straße und brüllte zwei unerwartet seelenlos klingende Sätze zu dem Tier hinauf, das dann auch prompt verstummte.

»*Perdó.*« Sie kam zurück und führte Jakob zu einem Schmuckständer beziehungsweise zu einem ausgeblichenen Stück Treibholz, das auf einer weiß lackierten Kommode auslag. Um die Verästelungen waren eine Reihe von Fußkettchen gebunden. Jakob nahm die Schmuckstücke ins Visier, deutete schließlich auf das Fußkettchen, das dem Schmuck der Sängerin am ähnlichsten sah.

»Können Sie mir sagen, wer das gekauft hat?«, fragte er. Die Designerin verstand ihn nicht, weder auf Deutsch noch auf Englisch. Er wollte es gerade auf Französisch probieren, da begann der Riesenhund erneut zu bellen, und das Gesicht der Designerin verfinsterte sich ein zweites Mal. Wieder verließ sie den Laden und brüllte irgendwas zu dem Tier hinauf. Diesmal verstummte es nicht.

Der Kerl mit der Lederjacke beobachtete das Spektakel von einem Mäuerchen aus, das dem Atelier direkt gegenüberlag. »*The dog of her ex-husband*«, sagte er zu Jakob, der in der Tür stehengeblieben war. »*She hates him.*« Ob die Frau den Hund ihres Ex-Mannes hasste oder den Ex-Mann, ließ er offen. Jakob war das ohnehin egal. Er wollte nur seine Informationen, und das so schnell wie möglich. Leider war »schnell« überhaupt keine Option, im Gegenteil. Der Hund gab keine Ruhe, und je mehr die Designerin mit ihm schimpfte, umso mehr schien er sich aufzuregen. Irgendwann winkte sie Jakob aus dem Laden.

»Sie schließen?« Er bewegte seine Hand, als würde er eine imaginäre Tür abschließen. Die Designerin nickte und tat genau das, was er mit seiner Geste angedeutet hatte. »*But I just have a little question*«, sagte Jakob hastig. Er hatte doch nur eine kleine Frage! »*Can I help you?*«, bot sich der Kerl mit der Lederjacke jetzt an. Für fünf Euro würde er ihm gerne helfen. Für zehn noch lieber. Wie denn die Frage lautete, wollte er wissen. Danach könne man immer noch über den Preis verhandeln.

Während der aufdringliche Kerl auf Jakob einredete, stieg die Designerin auf einer Außentreppe zu dem Riesenhund empor, der bei ihrem Anblick so wild gegen das Geländer sprang, dass es ordentlich rumste. Auch an der Leine gab er keine Ruhe. Er zog die Designerin erst die Treppe hinab und dann die Straße entlang Richtung Meer, als wäre der Strand nicht voller Kiesel, sondern voll Fleischwurst.

Jakob folgte der Frau, was nicht einfach war, da der Riesenhund nicht nur ordentlich Gas gab, sondern auch alle paar Meter die Straßenseite wechselte und dann auch noch auf einen Labrador zustürmte, der ihnen vom Strand her entgegenkam. Der Typ mit der Lederjacke folgte ihnen wie ein Schatten.

»Also ...«, sagte Jakob zu der Designerin, doch im selben Moment erreichte der Riesenhund den Labrador, und die beiden beschnupperten sich mit einer Euphorie, als hätten sie nach jahrelanger Suche das Parfum ihres Lebens entdeckt. Der Hundehalter grüßte. Was für eine Erscheinung. Wollte man den Körper des Mannes mit einem Buchstaben vergleichen, wäre er ein äußerst muskulöses V. Erstaunlich, dass so einer ausgerechnet Vogelgezwitscher als Klingelton seines Handys eingestellt hatte.

»*Hola? Hola?*«, sagte er in sein Handy. Der Anrufer schien ihn nicht zu hören. Das Muskelpaket zuckte mit den Achseln, steckte das Gerät wieder weg und schlenderte weiter. Der Riesenhund erledigte derweil ein kleines Geschäft.

Das war Jakobs Chance. Da er mit Deutsch und Englisch bereits gescheitert war, versuchte er sein Glück nun auf Französisch. Damit kam er tatsächlich durch, aber nicht weiter, da die Designerin – er hatte das schon befürchtet – über ihre Kundschaft kein Buch führte und sich auch spontan nicht an den Frauenfuß auf dem Foto erinnerte. Auch Sängerinnen kannte sie keine, so leid ihr das tat. Enttäuscht verabschiedete sich Jakob.

»*Can I help you now?*«, fragte der Kerl mit der Lederjacke, der wohl immer noch auf einen schnellen Euro hoffte. Jakob ignorierte die Frage. Er könne ihm aber wirklich helfen, sagte der Kerl. Oder besser gesagt wüsste er jemanden, der ihm helfen könnte. Er habe nämlich mitbekommen, dass er eine Sängerin suche. Und es gäbe eine Frau, die wirklich alle Stimmen der Region kannte. Nein, das sei kein Scherz, und er wolle ihn da auch nicht übers Ohr hauen.

Jakob blickte ihn misstrauisch an. »*Who is it?*«, wollte er wissen. Wer war gemeint? Der Kerl mit der Lederjacke hielt seine Hand auf. Widerstrebend legte Jakob zwei Euro darauf. Und dann noch mal zwei, weil nichts passierte. Und einen letzten Euro.

»El Rossinyol.« Der Kerl sprach den Namen aus, als würde Jakob mitschreiben. Die müsse er suchen. Eine achtundachtzigjährige Sängerin. Sie lebte schon immer in Cadaqués und sei bis vor drei Jahren bei jedem Musikfestival Kataloniens der Stargast gewesen. Wo sie genau wohnte, wusste er nicht, aber da könne man sich ja durchfragen. Wenn ihm jemand bei der Suche nach einer Stimme helfen könnte, sei sie es. Allerdings bräuchte sie natürlich eine Aufnahme – doch die gab es nicht. Eine teure Information. Und leider brachte sie Jakob kein bisschen weiter.

Der Kerl mit der Lederjacke dagegen lächelte zufrieden, als er die Münzen einsteckte. Kein Wunder, er hatte ja auch sein Ziel erreicht und Jakob ein paar Euro abgeknöpft. Hartnäckigkeit zahlte sich eben aus. Nachdenklich beobachtete Jakob, wie sich der Kerl umsah, vermutlich, um sein nächstes Opfer auszuwählen. Ein unangenehmer Mensch und beileibe kein Vorbild. Höchstens in einer einzigen Eigenschaft.

Jakob wandte sich ab, schaute zum Strand, zum Meer, zum Horizont. Sollte ihn der Rückschlag wirklich stoppen? Nein. Man musste sich durchbeißen, auch wenn das Leben hart wie altes Brot war. Er war fähig, das wusste er. Unzählige Male hatte er sich schon bewiesen! Wenn Teddy präsentierte, gewann er auch nicht jeden Pitch! Jakob massierte seine schmerzenden Schläfen.

Gab es einen Weg aus der Misere? Natürlich gab es den, wie immer im Leben. Die Lösung, die einzige und perfekte: Er musste alles geben! Er würde es seinem Chef schon zeigen. Wenn er das Reis-Konzept perfektioniert hätte, würde Teddy sehen, was in ihm steckte. Die Marschrichtung war klar: Vorwärts ging es. Und zwar mit Vollgas!

Entschlossen stapfte Jakob die Straße entlang Richtung Ortsausgang, bis er zu einer Telefonzelle kam. Ein paar Münzen hatte er zum Glück greifbar. Sein Chef hob beim zweiten Klingeln ab.

»Hallo, Teddy, Jakob hier.« Jakob bemühte sich um einen gut gelaunten Tonfall. »Ich wollte nachfragen, ob es noch was Neues von ›Graf Keilo‹ gibt. Ich würde nämlich gerne weiterarbeiten.« Er räusperte sich. »Alex stellt ja bald meine Ideen vor, und die sollen natürlich so perfekt wie möglich sein.«

»Das finde ich gut«, sagte Teddy.

»Danke!« Jakob straffte die Schultern.

»Da muss schließlich noch einiges passieren.«

»Klar, weiß ich, das wird es auch.« Jakob lehnte sich gegen die Seitenwand des Telefonkastens. »Deshalb rufe ich ja auch an. Was denkst du, wo brennt es am meisten?«

»Da gibt es einiges. Die Idee mit dem Markenbotschafter ist ja schön und gut …«

»Aber?«, fragte Jakob, da sein Chef nicht weitersprach.

»Na, die Umsetzung ist doch noch sehr mittelmäßig.«

»Mittel-?« Jakob hielt die Luft an. Hatte er gerade richtig gehört?

»Ich meine, was ist denn mit den Consumer Touchpoints?«, fuhr Teddy fort. »Bisher erzählst du immer nur von dieser

Internetseite, und selbst die ist nicht ausgereift. Das ist alles noch ein bisschen dürftig.«

Jakob sackte in sich zusammen. Mittelmäßig. Ein böses Wort. Nicht ausgereift. Dürftig. Auch nicht besser.

»Also nicht falsch verstehen«, fuhr sein Chef fort, »du hast das nicht schlecht gemacht, die Idee ist okay, aber man muss sie eben ausarbeiten. Alex hat sich in der Zwischenzeit zum Glück ein paar Gedanken dazu gemacht.«

»Wie: zum Glück?!«, rief Jakob. »Was glaubst du, wie viel Zeit ich bereits in dieses Projekt investiert habe! Und nur mal fürs Protokoll: Ich bin im Urlaub und arbeite trotzdem Tag und Nacht!«

»Ja, ja, das ist wirklich super.« Teddy schwieg einen Moment. »Hey, wie wäre denn das: Ihr könnt ja beide an der Idee weiterarbeiten. Du und Alex. Und dann vergleichen wir am Schluss und wählen aus.«

»Alex und ich … Wir sollen beide schauen, was wir aus meiner Idee machen?«

»Möge der Bessere gewinnen!« Teddy lachte, doch Jakob war nicht zum Lachen zumute.

»Toll.« Seine Stimme klang, als habe er seit Tagen nichts getrunken. Völlig fertig legte er auf, und im selben Moment schnappte sie zu: die Kopfkralle.

Mittelmaß.

Cadaqués, den 11. Juli

Nachtrag I: Heute Mittag hätte ich fast Ramon angerufen. Nein, nicht nur fast, ich habe ihn wirklich angerufen! Und sofort wieder aufgelegt, da ich es mir in der letzten Sekunde anders überlegt habe. Ein Glück nur, dass meine Rufnummer nicht angezeigt wird! Nein, es bringt nichts, den Kontakt aufzufrischen, das weiß ich genau. Ein schwacher Moment. So was soll verkommen ...

Mit letzter Kraft kaufte Jakob im Kiosk des »Centro del Sol« ein Wasser. Seine Zunge klebte am Gaumen, sein Hemd am Körper. Das böse Wort donnerte durch seinen dröhnenden Kopf. Durchbeißen.

Dranbleiben.

Er konnte es immer noch schaffen.

»Hey, Jakob«, sagte Motte, der neben ihm auftauchte. »Kommst du mit auf die Terrasse?«

»Keine Zeit.«

»Wir sind zum Entspannen hier!«

»Ich nicht.« Jakob hätte sich das Wasser am liebsten übergekippt, so heiß war ihm.

»Nix da, du kommst jetzt mit.« Motte kaufte eine Flasche Eistee. »Zehn Minuten.«

Zehn Minuten. Das würde er durchhalten. Im besten Fall lockerte sich sogar die Kopfkralle. Mit diesem Kopf könnte er ohnehin keinen klaren Gedanken fassen. Jakob ließ sich neben seinen Nachbarn in den Schatten fallen und öffnete sein Wasser. Motte zeigte auf den Umschlag in seiner Hand.

»Bist du weitergekommen?«, fragte er.

»Geht so.« Jakob war in Gedanken so sehr bei Teddy, dass er den Fuß und das Kettchen fast vergessen hätte. Er massierte seine Schläfen mit allen Fingerkuppen.

»Du siehst nicht gut aus. Ist alles okay?«

»Ich hab Kopfweh.«

»Dann trink mal was.«

Jakob kippte die halbe Wasserflasche in sich hinein, schloss für einen Moment die Augen.

Durchatmen.

Entspannen.

Er streckte die Beine aus, blickte in den Olivengarten hinab, massierte wieder seine Schläfen, trank den Rest der Flasche leer, und tatsächlich: Der Druck ließ nach, minimal zumindest, die Kopfkralle lockerte sich.

»Die Designerin kannte die Sängerin nicht«, sagte er zu Motte, »aber immerhin weiß ich jetzt, wer sich mit Gesang auskennt: El Rossinyol. Ohne Aufnahme hilft mir das allerdings auch nicht weiter.« Aber was würde ihm schon weiterhelfen?

Konzentrieren.

Nachdenken.

Er brauchte Ideen. Frische, neue Ideen. Das Konzept war nicht gut genug. Noch nicht. Aber wie sollte es besser werden, wo könnte er ansetzen?

»Darf ich mal sehen?«, fragte Motte.

»Klar.« Jakob reichte ihm den Umschlag mit den Fotos.

Motte zog die Aufnahmen hervor. »Narbe und Fußkettchen – mehr gibt das nicht her«, stellte er fest. »Die Fußform ist völlig normal, und dieser Saum dort hilft uns auch nicht weiter.« Er gab ihm die Fotos zurück.

»Ich werde bei Milan einen Aushang machen«, sagte Jakob. Wenn er denn Zeit dazu finden sollte, was unwahrscheinlich war. Wobei … Doch. Das sollte er wirklich machen. Vielleicht könnte ihm Flora mehr helfen, als er ahnte. Vielleicht würde sie ihn wieder so beflügeln wie bei der Masterarbeit. Womöglich würden seine Ideen nur so sprudeln, so wie damals zu Studentenzeiten, als das Leben ganz anders war als heute. Ganz sicher würden sie das!

Wenn er mit ihrer Hilfe den Jakob wiederfand, der zu allem fähig war, der tausend Einfälle hatte und niemals Kopfschmerzen, dann wären sämtliche Herausforderungen ein Kinderspiel: das Konzept, das Projekt, die neonschwarze Tür! Ganz klarer Fall. Mit Floras Hilfe könnte er alles schaffen!

»Ich gehe auf jeden Fall noch zu Milan.« Jakob blickte von dem Fuß-Foto auf, da ihr Tisch ungebetenen Besuch bekommen hatte.

»Sie waren nicht bei der Massage.« El Fish hielt ihm ein Klemmbrett vor die Nase. Zuoberst: eine Liste. Lauter Häkchen und ein rotes Fragezeichen. »Frau Püschel hat Ihnen doch extra noch gesagt, dass die Teilnahme verbindlich ist.«

»Ich musste etwas erledigen.«

»Sie wissen, wie lang die Warteliste für das ›Centro del Sol‹ ist.« El Fish ließ das Klemmbrett sinken.

»Ja, habe ich schon mal gehört.«

»Die Veranstaltungen, für die Sie angemeldet sind, müssen Sie auch wahrnehmen.«

»Ich wollte ja tauschen.«

»Die Termine kann man nicht tauschen.«

»Was Sie nicht sagen.« Jakob wollte noch etwas erwidern, doch in diesem Moment kam Frau Püschel zu ihnen, und er verstummte.

»Alles in Ordnung?«, fragte sie.

»Alles in bester Ordnung. Abgesehen davon, dass Herr Fink seinen Massagetermin nicht wahrgenommen hat.« El Fish deutete auf das Klemmbrett.

»Wieso waren Sie denn nicht bei der Massage?«, fragte Frau Püschel. Ihre Stimme klang zwar nach Sonntag, allerdings nach einem verregneten. »Dafür gibt es doch sicher einen guten Grund.«

»Das glaube ich nicht«, sagte El Fish.

»Ich musste etwas erledigen«, sagte Jakob.

»Hier im Haus?«

»Nicht im Haus.«

Frau Püschel nickte bedächtig. »Möchten Sie mit uns über Ihre Unternehmung sprechen?«, fragte sie.

»Am liebsten würde ich mich einfach hinlegen.« Jakob verzog seine Lippen zu einer Art Lächeln.

»Dann legen Sie sich hin«, sagte Frau Püschel. »Wenn der Körper nach einer Auszeit verlangt, muss man ihm die auch gönnen.« Und mit diesen Worten verschwand sie.

Kurz nach acht betraten Jakob und Motte das Gavina. Ein Dutzend Gäste bevölkerte das Lokal, und auch Papa Milan weilte bereits unter ihnen. Seine grauen Brauen wölbten sich sorgenvoll über seinen Augen, als er sie begrüßte. »Du arbeitest immer«, sagte er. »Und hier gibt es so schön Strands. Kann man sitzen mit Glas Wein am Meer.«

»Ich komme nicht nur zum Arbeiten, ich möchte auch etwas aufhängen.« Jakob hob sein Plakat in die Höhe.

Ein Foto von dem Fuß klebte darauf, darüber stand in vier Sprachen die Frage: »Wer kennt diese Frau?« Nun sah der Kneipenwirt nicht mehr ganz so besorgt aus, im Gegenteil: Auf seinem Gesicht zeigte sich sogar ein Lächeln. Er hängte das Blatt links über die Theke, sodass es jeder sehen konnte.

»Wollen wir was trinken?«, fragte Motte.

»Ich habe noch nichts geschafft.«

»Denk mal daran, wie platt du eben warst.«

»Es geht schon besser, und damit das auch so bleibt, muss ich vorankommen.« Jakob deutete zur Tür. »Aber frag doch mal Luisa. Die hat bestimmt Zeit.«

Milans Tochter trug ein Kleid, das an die Farbe von Stracciatella-Eis erinnerte. Motte hob die Hand zu einem Winken – und ließ sie wieder sinken. Direkt hinter Luisa betrat ein Mann das Lokal. Er hielt einen schokobraunen Labrador an der Leine, der beim Anblick von Katze Chiquita wild zu wedeln begann. War das der Hundehalter aus Port Lligat? Klar war er das! Luisa lachte und sagte ein paar Worte zu dem Muskelpaket.

»Wer ist das?«, fragte Motte.

»Bist du eifersüchtig?«

»So Typen habe ich gefressen.«

»Du bist eifersüchtig!«

»Ich will nur das Beste für Luisa.« Motte wandte sich wieder dem Kneipenwirt zu. »Soll ich da mal nach dem Rechten sehen?« Er deutete auf das Muskelpaket.

»Ramon?« Milan winkte ab. »Lieb Mann.«

»So richtig lieb sieht er nicht aus.«

»Er ist Polizist. Und Hundemann.«

Finster blickte Motte zu dem Muskelpaket hinüber. »Ich geh jetzt nach Hause«, knurrte er.

»Jetzt stell dich nicht an.«

»Ich stelle mich nicht an.«

Zehn Sekunden später fiel die Tür des Gavina ins Schloss. Jakob überlegte noch, ob er Motte folgen sollte, doch dazu war keine Zeit. Arbeit ging vor.

Cadaqués, den 11. Juli

Nachtrag II: Lothar hat Frau Knopp eben von den Fotos erzählt, die Herr Fink mit sich herumträgt. Er hat nicht das Zentrum dokumentiert, sondern Füße! Dass ein Prüfer Füße fotografiert, ist natürlich höchst unwahrscheinlich, und deshalb gab es eine neue Ansage von der Chefin: Wir sollen Herrn Fink doch nicht mit Samthandschuhen anfassen, sondern ihn unterstützen wie jeden anderen auch und gleichzeitig ein Auge darauf haben, dass er sich an die Regeln hält. Ich vermute, dass er das Centro bald verlässt, aber mal abwarten. Zur Feier des Abends mache ich mir erst mal Ofenkartoffeln mit Thymian und extra viel Gouda. Wie heißt es doch so schön? »Wer braucht schon Liebe, wenn man Dinge mit Käse überbacken kann?«

Frau Püschel sah irgendwie grau aus, aber vielleicht wirkte das auch nur so wegen der heruntergelassenen Jalousien. »Resilienztraining« lautete der Titel ihres Vortrags. Um Krisen und Widerstandskräfte ging es darin, um Stärken und Ressourcen. Jakob hörte bloß mit halbem Ohr zu. Seine Gedanken kreisten um die Website, über die er sich die halbe Nacht tausend Gedanken gemacht hatte. Im Mittelpunkt: Rizo, der geflügelte Esslöffel, der als Markenbotschafter durch die Seite führte.

Passend dazu die Rubriken: Rizo reist (Anbaugebiete im Porträt), Rizo referiert (Fakten über Reis), Rizo rührt (die besten Reisgerichte), Rizo räumt auf (Reis-Mythen im Check). Wie könnte man den Chat nennen? Rizo reagiert? Klang doch gar nicht verkehrt.

Jakob blickte zu seinem Nachbarn hinüber, um eine zweite Meinung einzuholen, entschied sich jedoch um. Motte sah zerknirscht aus. Sobald er, Jakob, irgendwann mal ein paar Minuten freischaufeln konnte, würde er unbedingt mit ihm reden. Reden … Jakob zückte seinen Kugelschreiber. Ein gutes Stichwort! Rizo redet (der Reis-Chat). Zufrieden notierte er die Idee. Wobei – für Zufriedenheit war es zu früh. Und klang »reagiert« nicht doch engagierter als »redet«? Jakob legte den Kugelschreiber beiseite, um seinen Nacken zu massieren. In der Nacht hatte er wohl falsch gelegen, das passierte ihm öfter.

Frau Püschel referierte über irgendwelche positiven Dinge, während er weitergrübelte, welcher Content die Internetseite attraktiver machen könnte. Auf einmal knallte Motte seinen Stift auf den Tisch und riss Jakob damit aus den Gedanken. »Hey, alles okay?«, fragte er.

»Klar doch«, brummte Motte.

Armer Kerl. Die Sache mit Luisa schien ihn wirklich mitzunehmen, auch wenn es objektiv gesehen dafür keinen Grund gab.

»Jetzt denk doch mal nach«, raunte Jakob. »Du hattest vor hundert Jahren was mit Luisa – okay. Du findest sie immer noch toll – warum nicht. Aber du ...«

»Pssst«, zischte der Mann aus der bürgerlichen Mitte.

»Du lebst nicht hier, ihr seid kein Paar und sie kann treffen, wen sie will«, flüsterte Jakob.

»Du hast keine Ahnung«, sagte Motte.

»Dann klär mich auf.«

»Die Herren.« Frau Püschel nahm sie in den Fokus. »Ich nehme an, Sie sprechen über Optimismus?«

»Ja. Im weiteren Sinn«, sagte Jakob.

Frau Püschel blickte ihn mit strenger Miene an, was jedoch nicht ganz so streng rüberkam, da sie im selben Moment den Mund öffnete und gähnte. »Entschuldigung.« Sie wurde tatsächlich rot. Passenderweise genau auf Höhe der Wangenknochen, dort, wo sich Frauen oft mit Rouge einpudern. »Könnte jemand zusammenfassen, was wir besprochen haben?«, fragte sie.

Ling Chen nickte. »Wir sollen uns auf das ganze positive Gedöns konzentrieren. Also was halt läuft im Leben.«

»Ganz genau, und das wollen wir jetzt üben.« Frau Püschel lächelte ihr Sonntagslächeln. »Stellen Sie sich bitte eine Situation vor, in der Sie sich rundherum wohlgefühlt haben.«

Jakob massierte wieder seinen schmerzenden Nacken. Rundherum wohlgefühlt? Schwierige Frage. Vielleicht nach einer gelungenen Präsentation? Er dachte an ein Projekt zu Beginn seiner Berufstätigkeit. Die Firma Schlingel hatte zum Pitch geladen, Jakob hatte im Vorfeld tausend Gespräche geführt und dabei von einem interessanten Produktionsfehler erfahren. Einzelne rote Paprikanudeln waren versehentlich in den Packungen mit »normalen« Teigwaren gelandet, und das in einer ganzen Charge. Ein Fehler, der zum Markenzeichen werden könnte – und wurde. Dank Jakob, der die Idee hatte, ab sofort jede Packung mit einer »falschen« bunten Nudel zu bestücken. Die Familienpasta mit dem kleinen Schlingel war geboren, und der Pitch: die reinste Party. Teddy hatte am Abend sogar eine Flasche Sekt geschmissen, so sehr hatte ihn Jakobs Präsentation begeistert.

»Machen Sie sich bewusst, was Sie fühlen«, sagte Frau Püschel, »und geben Sie dem Gefühl einen Namen.«

»Was denn für einen Namen?«, fragte Gaby.

»Franz.« Ling Chen lachte scheppernd.

»Sie können es einfach ›Entspannung‹ nennen.« Frau Püschel schmunzelte. »Oder ›Sommerglück‹. ›Gartenruhe‹. ›Partyspaß‹. Wählen Sie aus, was Ihnen gefällt.«

Jakob entschied sich für ›Pitchpower‹. Ja, perfekt! Er blickte zu seinem Nachbarn hinüber. Nach Sommerglück und Partyspaß sah Motte nicht gerade aus. Eher nach Sorgensumpf.

»Was sehen Sie?«, fragte Frau Püschel. »Was hören Sie? Was riechen, schmecken, spüren Sie?«

Jakob schloss die Augen. Er sah sich in dem abgedunkelten Konferenzraum bei Schlingel stehen. Er spürte, wie der Präsentationsstick durch seine glitschigen Finger glitt, schmeckte Blut auf der Unterlippe, roch seinen Angstschweiß – und stellte fest, dass »Pitchpower« auch seine Schattenseiten hatte. Vielleicht sollte er sich doch besser auf irgendwas mit Palmen und Meer konzentrieren. Jakob graste seine Erinnerungen ab, aber eine richtig gute fiel ihm nicht ein. Zumindest keine aktuelle. Schließlich wählte er eine Situation aus, die er in Memento 23 entdeckt hatte.

Also los. Es dauerte nicht lange, da roch er den Zwiebelgeruch, der noch vom Kochen der Spaghettisauce in der Luft lag. Bald hörte er auch seine WG-Kollegen lachen, hörte sich Gitarre spielen und im Hintergrund gedämpft ihre kaputte Waschmaschine lärmen. Er schmeckte einen Hauch von Chips und Bier, sah Floras Karten einen Raum weiter auf seinem Nachttisch liegen, und er fühlte – tja, was genau eigentlich? Einen Mix aus Entspannung, Ruhe und Albernheit. Ein gutes Gefühl. Jakob blickte zu seinem Zimmernachbarn hinüber.

»Und? Läuft's?«

»Gar nicht«, brummte Motte.

»An was denkst du?«

»An nix. Und an diesen Typen.«

»Denk an was Schönes. An –«

»Herr Fink, bitte nicht sprechen«, unterbrach ihn Frau Püschel, »sonst kann man sich nicht konzentrieren.«

»Es war zum Thema«, sagte Jakob. »Ich wollte bloß einen Vorschlag machen.«

Die Therapeutin kam zu ihnen an den Tisch. »Kann ich helfen, Herr Motte?«, fragte sie.

»Nein. Danke.«

»An was dachten Sie denn gerade?«

»An nichts.«

»Haben Sie die Übung verstanden?«

»Ich dachte an einen Kneipenbesuch«, brummte Motte.

»Und was hören Sie? Was sehen Sie?«

»Katalanisches Dummgeschwätz höre ich. Und ich sehe einen Möchtegern-Muskel-«

»Denk ans Meer«, sagte Jakob schnell.

»Keine Lust.«

»Dann denk daran, wie wir mit Gaby bei Milan sitzen.«

»Das bringt nichts.«

»Es riecht nach Pflaumen im Speckmantel und nach Tomaten mit Basilikum.«

»Lass gut sein, Jakob.«

»Du hast gerade einen Tintenfischring gegessen ...«

»Ich mag Käsekroketten lieber«, brummte Motte.

»Sehr gut, dann Käsekroketten. Die sind auch super, und die knacken wie Chips im Mund. Was hast du getrunken?«

Motte blickte einen Moment aus dem Fenster, schien zu überlegen. »Bier. Diese spanische Marke.«

»Kalt oder eiskalt?«, fragte Jakob.

»Eiskalt.«

»Und was hörst du?«

»Besteckgeklapper. Gemurmel. Irgendjemand lacht. Und ich höre dich, wie du der armen Gaby einen Vortrag über Marketing hältst.« Jetzt lachte Motte doch, und Frau Püschel zog zum nächsten Tisch weiter.

Cadaqués, den 12. Juli

»Ohne Freundschaft gibt es kein Leben.«

Cicero

Ich bin so müde, ich könnte umfallen. Und alles nur wegen Ramon! Ich meine, ich finde es immer noch unmöglich, wie er sich an die Stöckeltussi rangeschmissen hat, aber immerhin ist aus denen nie ein Paar geworden, und vielleicht brauchte er damals einfach Fremdbestätigung. Soll ja vorkommen. Andererseits glaube ich nicht, dass wir Freunde werden können. Dazu ist zu viel passiert. Trotzdem habe ich die halbe Nacht darüber nachgedacht, ob ich ihn noch mal anrufen soll. Also ohne wieder aufzulegen. Keine Ahnung ...

Jakob hatte beim Abendessen kaum einen Bissen herunterbekommen. Den ganzen Tag hatte er über der Frage gegrübelt, was seinem Konzept fehlte, doch er war einfach nicht weitergekommen. Lag es an der kreativen Leitidee? Oder hatte er bereits bei den Dachbotschaften Fehler gemacht? Er sah es schon kommen, er würde bei Milan eine Nachtschicht einlegen müssen. Jakob blickte auf sein Handgelenk. Zehn nach sieben. »Ich gehe jetzt ins Gavina.«

»Milan ist noch nicht da«, sagte Motte.

»Jede Minute zählt.«

»Komm doch mit raus auf die Terrasse.«

»Keine Zeit, leider.«

»Du könntest uns von Flora erzählen. Wir sollen doch das mit den positiven Erinnerungen üben.«

»Das muss ich nicht üben.«

»Würde mich aber trotzdem freuen.«

Jakob massierte seinen Nacken, der auf der rechten Seite immer noch verhärtet war. Auch seine Schläfen pochten wieder, aber zum Glück nur leicht.

»Na, warum nicht?«, sagte er. Ein bisschen Zeit hatte er ja tatsächlich übrig, und die Idee mit den Erinnerungen war nicht verkehrt. Vielleicht würden ihm Floras Karten dabei helfen, ein paar zündende Ideen zu entwickeln.

Keine zehn Minuten später saß Jakob neben Motte und

Gaby im Schatten eines Sonnenschirms und blätterte durch Memento 23.

»Sind die alle von Flora?«, fragte Gaby, als er zu den Postkarten kam.

Jakob nickte. »Hey, Mister Balloon«, las er halblaut vor, »wir sind wahrscheinlich die letzten Menschen auf der Welt, die noch Postkarten schreiben. Der Briefträger hat mich heute Morgen schon ganz schräg angeguckt.« Er schmunzelte.

»Sie hat eine ganz schöne Sauklaue«, sagte Motte, der von der Seite mitgelesen hatte.

»Die ersten drei Karten hat ihre Mitbewohnerin für sie geschrieben«, erklärte Jakob.

»Wieso denn das?«

»Flora hatte die Hand einbandagiert. Wegen einer Sportverletzung. Ab Karte vier hat sie alles selbst geschrieben.« Er deutete auf eine Karte mit runden Buchstaben, die ihm so vertraut waren wie seine eigene Handschrift. Der Anblick tat gut, doch die sprudelnden Ideen blieben aus. Eine halbe Stunde saßen sie noch zusammen auf der Terrasse, dann machte sich Jakob zum Aufbruch bereit.

»Wer kommt mit ins Gavina?«, fragte er in die Runde.

Gaby schüttelte den Kopf. »Ich lese lieber noch, darauf freue ich mich schon den ganzen Tag.«

»Ich bleibe auch hier«, sagte Motte.

»Wegen Luisa?«

»Ich bin müde.«

»Das zählt nicht.« Jakob deutete zur Terrassentür. »Ich war mit dir auf der Terrasse, dann kommst du auch mit mir ins Gavina.«

Motte zögerte noch einen Moment, bevor er aufstand

und Jakob folgte. Euphorisch wie eine Katze, die in den Regen hinausmusste. Während sie den Hügel hinunterwanderten, überlegte Jakob immer wieder, ob er fragen sollte, was zwischen seinem Nachbarn und Luisa eigentlich genau lief, doch er ließ es bleiben. Wenn Motte reden wollte, würde er es von sich aus tun.

Als sie kurz nach acht das Gavina betraten, kam ihnen Papa Milan gleich entgegen.

»Gute Nachrichtens. Hat sich Frau auf Plakat gemeldet. Gibt Video.« Er winkte die beiden in den Nebenraum, wo er die oberste Schublade einer Kommode aufzog. Oder besser gesagt zog er sie nicht auf, sondern rüttelte sie auf, denn sie klemmte. Ein Handy kam zum Vorschein. »Luisa gibt mir«, sagte er. »Altes Handy. Ist Geschenk.«

Fünfzehn Sekunden dauerte das Video, das auf dem Gerät gespeichert war. Im Vordergrund sang eine junge Frau mit Hornbrille eine schiefe Version von »Happy Birthday« – im Hintergrund sah man zwei bloße Füße. Und ein türkises Kleid. Auf Kniehöhe endete der Bildausschnitt leider schon, aber – ein Glück! – man konnte die Sängerin verstehen. Sie hatte eine helle, klare Stimme. Vom Text verstand Jakob kein Wort, deshalb achtete er nur auf die Melodie, und er spürte sofort, wie ihm wärmer wurde. Ein gutes Zeichen, ein gutes Gefühl. Ran ans Laptop!

Also … Wie hieß noch mal diese Sängerin, die alle Stimmen kannte? El Rossinyol.

Jakob gab den Namen in die Suchmaske ein. Treffer! Sie hatte sogar eine Internetseite. Er bat Milan um ein Telefon, wählte die angegebene Nummer – niemand hob ab. Auch nach dem elften Klingeln nicht.

»Und jetzt?«, fragte Motte.

»Keine Ahnung.«

Jakob gab Milan das Telefon zurück.

»Hast du Frau erreicht?«

»Sie geht nicht ran, und die Adresse steht nicht im Internet. El Rossinyol suche ich.«

»Die Sängerin?«

»Genau. Weißt du, wo sie wohnt?«

Milan schüttelte den Kopf. »Irgendwo Rand von Cadaqués. Oder außerhalb. Ich frage Luisa, die weiß.«

»Nein!«, rief Motte.

»Wieso nicht?«

»Das wäre zu kompliziert.«

»Ist nicht kompliziert.«

»Wir fragen uns durch, gar kein Problem.«

Jakob runzelte die Stirn. »Es ist doch viel besser, wenn er sie fragt«, zischte er, »jetzt stell dich nicht an.«

»Aber ich will nicht mir ihr reden!«, zischte Motte zurück.

»Musst du ja auch nicht. Milan soll sie fragen und fertig.«

Zehn Minuten später rumpelten sie zu dritt in Milans Wagen durch die Straßen von Cadaqués. Auf dem Fahrersitz: Luisa. Daneben: Motte, schweigend. Jakob hatte auf dem Rücksitz Platz genommen. Gut zehn Minuten brauchten sie, bis sie das Häuschen von El Rossinyol erreichten, das außerhalb des Ortes auf einem kleinen Hügel lag. Neben der Eingangstür: ein Fenster, das wie ein Rad geformt war. In den Speichen: jede Menge Spinnweben. Gespannt drückte Jakob den Klingelknopf, dann die Enttäuschung: Niemand öffnete! Auch nicht nach dem vierten Versuch.

»So ein Mist«, sagte Jakob.

»Wir könnten warten«, schlug Motte vor.

»Und wenn sie im Urlaub ist?«

Jakob drehte sich um. Stundenlang auf einer Fußmatte ausharren? Das kam nicht infrage. Aber was tun? Die Anwohner befragen? Immerhin lagen an dem steinigen Weg noch zwei weitere Häuser. Der Nachbar, ein Riese von einem Mann, hatte keine guten Nachrichten. Er hätte heute selbst schon dreimal bei El Rossinyol geklingelt. Sie säße vermutlich irgendwo in einem Restaurant bei einer Dorade und würde auf das Leben anstoßen. Diese Info brachte sie nicht weiter. Oder doch?

»Wir könnten die Lokale abklappern«, schlug Jakob vor.

Motte winkte ab. »Doraden gibt's in tausend Restaurants. Außerdem könnte sie überall sein. Vielleicht sitzt sie ja nicht in einem Restaurant, sondern bei einer Freundin. Oder bei einem Freund.« Er blickte zu Luisa hinüber, als wüsste sie über die Beziehungen sämtlicher Dorfbewohner Bescheid.

»Oder steht sie an Kreuzung und weiß nicht, wohin fahren? Kann mich nicht entscheiden. Ach, bleibe ich einfach stehen und mache nix«, sagte Luisa bloß. Motte erwiderte zwei Sätze auf Spanisch oder Katalanisch. Er klang beleidigt.

Jakob schaute sich auf der Straße nach Fußgängern um. Eine ältere Dame näherte sich von links.

»Fragst du sie mal?«, sagte er zu Luisa.

»Kein Problem.« Sie ging auf sie zu und sprach sie an. Die Stimme der Dame klang leise, aber sehr melodisch. Motte sah aus, als verstünde er jedes Wort.

»Was sagt die Frau?«, fragte Jakob.

»Dass sie El Rossinyol kennt.«

»Immerhin. Und sonst?«

»Sie fragt, was wir von ihr wollen.« Er legte den Kopf schief, während Luisa von ihrem Anliegen berichtete.

»Jetzt sagt sie, dass wir Glück hätten.«

»Wieso Glück?«

Im selben Moment drehte sich Luisa zu ihnen um. »Ihr habt verstanden?«

»Ich glaube schon«, sagte Motte.

»Ich glaube nicht«, ergänzte Jakob.

Die Dame klopfte sich auf die Brust. *»Jo sóc El Rossinyol.«*

»Ach, das ist sie?« Motte hob die Augenbrauen. »Aber ich dachte, sie sei ...« Gepflegt sah El Rossinyol aus. Ihr silberblondes Haar war zu einem Dutt zusammengebunden, die Augen erinnerten an grau-blauen Mondstein. Luisa stellte Motte und Jakob vor. El Rossinyol reichte beiden die Hand, die sich – obwohl sie fast welk aussah – wie ein Seidentuch anfühlte, das eine Weile in der Sonne gelegen hatte.

»Sie will, dass wir mit reingehen«, sagte Luisa.

Die Tür des Hauses quietschte sanft, die Stühle im Esszimmer waren weich gepolstert. El Rossinyol brachte ihnen Wasser und Weintrauben an den Tisch, ließ sich noch einmal ausführlich die Geschichte erklären, dann wollte sie die Aufnahme hören.

Jakob zog das Handy hervor, das Milan ihm mitgegeben hatte. Er drückte auf Play, beobachtete gebannt, wie die Sängerin den Apparat an ihr Ohr drückte – doch im selben Moment klingelte es an der Tür. El Rossinyol erhob sich.

Es war der Nachbar. In seinem Gefolge: ein höchstens fünfjähriges Kind und ein mindestens fünfzehnjähriger Hund. Der Nachbar schleppte einen riesigen Blumenstrauß herein und eine Flasche Wein, dann fiel er El Rossinyol in die Arme.

»Ach, sie hat Geburtstag«, sagte Motte. »Deshalb hat er heute so oft bei ihr geklingelt!« Er reichte der Sängerin die Hand, Luisa und Jakob schlossen sich an.

»Luisa, frag bitte, ob sie sich die Aufnahme anhört«, sagte Jakob, nachdem der Nachbar Platz genommen hatte. *Sí, sí.* Luisa sprach mit der Sängerin, El Rossinyol nickte, sagte irgendetwas zu ihrem Nachbarn und ließ sich das Handy geben. Der Junge – ein quirliges Kerlchen mit hellblauen Augen – rannte dreimal krähend um den Esstisch, und als er endlich still war, klingelte es wieder. Diesmal war es das Telefon. Jakob seufzte.

»Sie hat Geburtstag«, sagte Motte streng, und Geburtstagskinder stünden nun mal im Mittelpunkt. Nachdem El Rossinyol das Telefonat beendet hatte, klingelte es sofort ein zweites Mal, und dann stand plötzlich ein Mann vor der Tür. Genauer gesagt stand er nicht besonders lange dort, sondern kam mit einem Keyboard ins Wohnzimmer gepoltert, stellte es auf den Wohnzimmertisch und gab ein überlautes Ständchen zum Besten. Nach der zweiten Wiederholung von »Happy Birthday« begannen Jakobs Schläfen zu pochen. Kaum war das Stück beendet, brach der Nachbar in einen Sturm der Begeisterung aus, dem sich der kleine Junge gnadenlos anschloss. El Rossinyol klatschte ebenfalls, wenn auch weniger heftig. Der Keyboardmann, den sie mit »Tom« angesprochen hatte, gab direkt ein zweites Ständchen zum Besten und dann auch noch ein drittes. El Rossinyol lächelte. Im Wohnzimmer war es inzwischen so laut, dass man sein eigenes Wort kaum noch verstand. Der Nachbar öffnete den Wein und sprach einen Toast aus.

Jakob zog sein Notizbuch hervor, um die Zeit nicht komplett sinnlos abzusitzen.

»Was ist das?«, fragte Luisa beim Anblick des geflügelten Esslöffels.

»Rizo. Der steht für die Marke und führt durch die Internetseite«, erklärte Jakob.

»Ah. So.«

»Gefällt er dir?«

»Er ist … okay.« Sie klang nicht begeistert, aber das musste nichts heißen. Oder doch? Na, es war ja bloß ein Designvorschlag, ein Grafiker würde das ausarbeiten. Jakob blätterte eine Seite weiter. Fünf Rubriken hatte er bereits festgelegt. Für jede hatte er ein Reiskorn als Menüpunkt gezeichnet.

»Jetzt hör doch auf«, sagte Motte.

»Ich kann nicht bloß rumsitzen.«

»Dann musst du das üben.«

»Kann sie sich nicht einfach die Aufnahme anhören?«, stöhnte Jakob.

Motte runzelte die Stirn. »Jetzt lass die arme Frau. Sie wird neunundachtzig, so viele Geburtstage liegen nicht mehr vor ihr. Und guck mal, wie sie sich freut!«

Das tat sie wirklich. El Rossinyol blühte auf wie der Blumenstrauß, der den halben Tisch ausfüllte, während Tom, der Keyboardmann, ein Ständchen nach dem anderen spielte. Jakob wurde immer unruhiger, und konzentrieren konnte er sich bei dem Lärm auch nur schlecht. »Wir können nicht ewig hier herumsitzen«, schnaubte er.

»Wieso denn nicht?« Motte schaufelte sich noch ein drittes Stück Kuchen auf den Teller.

»Ich muss arbeiten!« Jakob dachte an seinen Konkurrenten Alex, der den neonschwarzen Raum in Gedanken vermutlich schon frisch gestrichen hatte.

»Entspann dich.« Motte schenkte Luisa Kaffee nach, als seien sie ein eingespieltes Ehepaar.

»Aber wir sind hier, damit sie sich das Lied anhört!«

»Alles zu seiner Zeit.«

»Du bist eine große Hilfe.« Genervt legte Jakob die Unterlagen beiseite. Es dauerte noch eine ganze Weile, bis es so weit war. Erst vier Lieder später hatte Tom, der Keyboardmann, genug gespielt. El Rossinyol sprach einige Sätze mit ihm, bedankte sich vermutlich, dann bat sie um das Handy. Na endlich!

Jakob drückte ihr den Apparat, den er auf »laut« gestellt hatte, in die Hand. Im selben Moment fiel sein Blick auf sein Notizbuch. Oder besser gesagt auf den kleinen Jungen, der einen schwarzen Stift in der Hand hielt.

»Hey!«, rief Jakob und stöhnte auf, da die ruckartige Kopfbewegung seinem Nacken überhaupt nicht gefiel.

»Was ist denn jetzt schon wieder?«, fragte Motte.

»Guck doch!« Empört zeigte Jakob auf die Reiskörner, die das Kind mit Armen, Beinen und Gesichtern beschmiert hatte. Motte schien nicht im Mindesten entsetzt. Im Gegenteil: Er lachte! Unfassbar!

»*That's not okay*«, sagte Jakob scharf. Das war nicht in Ordnung!

»Sieht aber witzig aus.« Motte begutachtete die Zeichnung. »Besser als dieser kitschige Löffel.«

»Mag ich auch«, sagte Luisa. »Schön Idee.«

Jakob lehnte sich zurück. War ein Reiskorn ein besserer Markenbotschafter als ein Esslöffel mit Flügeln? Passte das zum Brand? Zu den Kernwerten von »Graf Keilo«? Zur Zielgruppe? Ganz abwegig war die Idee nicht. In einer ruhigen Minute sollte er darüber nachdenken. Nicht jetzt.

El Rossinyol sah Jakob aufmunternd an, woraufhin dieser die Aufnahme startete. Keiner sprach, alle lauschten. Wie passend eigentlich, dass die Sängerin im Vordergrund ebenfalls »Happy Birthday« sang. Wie unpassend, dass der kleine Junge plötzlich anfing zu krähen wie ein heiserer Hahn. El Rossinyol hörte die Aufnahme ein zweites Mal, dann nickte sie. Sie nickte!

»Und?«, fragte Jakob.

»Sie hat eine Idee«, sagte Luisa.

»Von wem redet sie?«, erkundigte sich Jakob.

»Romy Fernández«, erklärte Motte. »Sie hat mal in einer Band aus Port Lligat gesungen. Und sie ist Friseurin.«

»Sie ist Florista«, korrigierte Luisa. »Aber wohnt nicht hier, wohnt in Barcelona. Hat dort Blumengeschäft. Ganz sicher ist sie nicht. Aber Stimme ist wohl sehr ähnlich.«

Romy – eine Floristin? Na, das passte doch! Diese Sängerin hatte doch Blüten im Haar getragen! Jakob wäre vor lauter Begeisterung am liebsten aufgesprungen. Auf einmal ergab alles Sinn. Endlich. Hastig nahm er das Handy wieder an sich. Er würde Blumen-Romy finden, daran hatte er keinen Zweifel.

Jakob drückte El Rossinyols seidenweiche Hand zum Abschied. Er dachte an Flora, dachte an »Rizo«, und dann ging er – wenn man mal von seinen Nacken- und Kopfschmerzen absah – mit einem unerwartet guten Gefühl.

Die Rückfahrt zu Milan nutzte Jakob, um auf Luisas Handy sämtliche Blumenläden von Barcelona durchzugehen. Auf der neunten Internetseite wurde er fündig. »Mil flors« lautete der Name des Geschäftes, das auf die Inhaberin R. Fernández zugelassen war.

»Ich hab sie!« Jakob schwenkte Luisas Handy. »Ich habe

den Laden gefunden!« Er klickte sich durch die Seite. Das »Mil flors« hatte bereits geschlossen, aber das musste nichts heißen. Seine Finger flatterten, als er die Nummer auf Luisas Handy wählte. Es wurde spannend. Wer war Blumen-Romy? Eine Freundin von Flora? Eine Kollegin? Eine Halbschwester? Alles schien möglich – dann die Ernüchterung.

»*Miss Fernández not here*«, sagte die Mitarbeiterin, die er wegen ihres starken spanischen Akzents kaum verstand. Sie war nicht da, diese Botschaft kam zumindest an. Ob er wegen der Neueröffnung anrufe? Nein, von einer Neueröffnung wüsste er nichts, er wolle bloß die Chefin sprechen. Am nächsten Vormittag sei sie im Laden, sagte die Mitarbeiterin. Bis elf wahrscheinlich. Nein, später eher nicht. Nein, nachmittags hätte sie extrem viele Termine, und dann komme ja auch noch die Neueröffnung auf sie zu. Wenn Jakob mit ihr sprechen wolle, müsse er am nächsten Vormittag vor elf Uhr anrufen oder besser noch vorbeischauen, da sie sehr viel organisieren müsse und mitunter kaum vom Telefon loskäme. Kein Problem, er würde da sein.

Kaum hatten sie einen Parkplatz drei Querstraßen oberhalb des Gavina gefunden, verabschiedeten sich Motte und Luisa, da sie noch eine Runde am Meer spazieren wollten. Jakob machte sich bester Laune auf den Weg zu Milan. Er checkte erst seine belanglosen Mails, dann die Busverbindungen nach Barcelona, und zu guter Letzt ging er auf einem Stadtplan auch noch den Weg zum Blumenladen durch.

Eine Frage war noch offen: Was sollte er Frau Püschel sagen? Oder sollte er seine Abwesenheit besser gar nicht erst ankündigen? Während Jakob noch grübelte, meldete sein E-Mail-Programm den Eingang einer neuen Nachricht. Sie kam von Teddy. »Notfall« lautete der Betreff. Jakob schluckte. Ein Notfall hatte ihm gerade noch gefehlt! Er klickte die Mail an.

> Hey Jakob, ich erreich dich auf dem Handy nicht, deshalb kurz per Mail: Wir brauchen dich, der Auftrag geht uns durch die Lappen. Du musst sofort nach Düsseldorf kommen. Meeting morgen, 11 Uhr. Gruß Teddy

Jakob starrte den Bildschirm an. Nach Düsseldorf? Ausgerechnet morgen? Er hatte es doch fast geschafft. Er war so nahe dran. Da konnte er doch nicht einfach so verschwinden! Er schloss die Augen, nur um sie eine Millisekunde später wieder aufzureißen. Was war wichtig? Die Agentur. Sein Projekt. »Rizo«.

Nein, er durfte nicht bleiben. Teddy brauchte ihn, und wenn man gebraucht wurde, musste man da sein! Entschlossen öffnete Jakob eine Seite mit Flugangeboten. Barcelona – Düsseldorf. Während er die Flugzeiten durchging, musste er plötzlich an seinen Kollegen denken, den ewigen Performer. »Da du nicht da bist, schicke ich Alex morgen zum Rebriefing.« So hatte es in Teddys Mail gestanden. »Das ist alles noch ein bisschen dürftig.« Das hatte er gesagt. Jakob biss sich auf die Unterlippe. Sollte er wirklich springen, nachdem er so behandelt worden war?

Andererseits … Was, wenn das mit Romy gar nicht so lief wie geplant? Wenn sie nicht die Sängerin von der Aufnahme war und Flora nicht kannte? Wenn alles nur ein großer Zufall war? Dann hätte er seine Chance für den Aufstieg zum Partner vertan. Er dachte an die neonschwarze Tür. Das würde er sich nie verzeihen!

»A new life – the dish of the day!« Wieso kam ihm denn

ausgerechnet jetzt sein eigenes Lied in den Sinn? Jakob starrte auf die Flugverbindungen. »A new life – to take away!« Er senkte den Kopf. Flora … Er konnte doch jetzt nicht aufgeben! Wobei, er musste ja nicht direkt aufgeben, er könnte es auch nächste Woche weitersuchen. Aber was, wenn das zu spät war? Mal abgesehen davon, dass er bis dahin wahrscheinlich keinen Platz im »Centro del Sol« mehr haben würde. Und mal ganz abgesehen davon, dass er nicht mal wusste, wie lange er in Düsseldorf bleiben würde. Im schlimmsten Fall würde Teddy ihn die ganze Woche brauchen, und dann …?

Jakobs Puls jagte dahin, während er regungslos auf den Computer starrte. Fliegen oder bleiben? Die Sekunden verrannen, ohne dass er einen klaren Gedanken fassen konnte. Wie auch? Beides war wichtig! Seine Arbeit und Flora. Und das bedeutete …

Jakob nickte, als müsste er die einzig logische Schlussfolgerung sich selbst gegenüber noch bestätigen: Beides musste klappen. Er würde erst Romy treffen und im Anschluss sofort nach Düsseldorf fliegen. Wenn er den Flug um 12:42 Uhr nahm, wäre er gegen 14 Uhr in der Agentur. Das war zwar zu spät für das erste Meeting, aber früh genug, um mitzuarbeiten. Wenigstens für einen Tag, bis das Konzept in groben Zügen stand. Sein Zeigefinger zögerte noch eine Millisekunde, dann bestätigte er die Reservierung.

Cadaqués, den 12. Juli

»Auch eine schwere Tür hat nur einen kleinen Schlüssel nötig.«

Charles Dickens

Ich bin mal gespannt, wie es morgen läuft. Hoffentlich macht Herr Fink wieder so gut mit wie heute. Da hat er mich echt überrascht. Wie er seinem Nachbarn bei einer Übung geholfen hat – alle Achtung, wirklich toll. Ein sonderbarer Mensch ist er, aber irgendwie auch interessant. Bestimmt hat er schon viel erlebt. Na ja, und was die Sache mit Ramon angeht: Nein, ich werde ihn nicht anrufen. Das Kapitel ist abgehakt. Stattdessen sollte ich versuchen, schleunigst neue Leute kennenzulernen. Rosalie ist entweder bei ihrer Mutter oder plant ihre Hochzeit, und meine Kolleginnen stecken alle in festen Beziehungen. Immer nur alleine joggen gehen bringt es nicht, ich brauche ein Hobby. Aber was? Aquarellmalen? Gospelchor? Flamenco? Ein Kochkurs? Meinen Gästen gebe ich zu dem Thema ja immer tolle Ratschläge, aber ich selbst komme irgendwie nicht in die Gänge …

Das Geschrei der Möwe, das sich durch den Halbschlaf hindurch in Jakobs Bewusstsein schlängelte, übertönte beinahe seinen Wecker. Er riss die Augen auf. Raus aus dem Bett, und zwar schnell. Ab ins Bad, er hatte es eilig. Frühstück gab es um die Uhrzeit noch nicht, was nicht schlimm war, da er ohnehin leichte Schmerzen im Oberbauch verspürte. Das hatte er öfter mal, wenn es stressig wurde. Auch sein Nacken war immer noch verspannt. Nervig, aber nicht zu ändern. Vorsichtig drehte Jakob den Kopf nach rechts und links. Wenn er Flora erst gefunden hatte, würden sich diese Wehwehchen in Luft auflösen. Er trabte die Treppe hinunter, stieß im Foyer auf Frau Püschel.

»Morgen, Herr Fink!« Ihre Stimme klang nach einem Sonntag am Meer.

»Morgen.« Er klang nach einem Tag voller Überstunden, aber das war bei den Umständen auch kein Wunder.

»Gehen Sie spazieren?«, fragte sie.

»Etwas erledigen.«

»So früh?«

»Ja.«

»Zum Vortrag sind Sie aber pünktlich.«

»Eher nicht, befürchte ich.«

»Was meinen Sie damit?«

»Dass ich es wohl nicht schaffen werde.« Jakob knetete

seine Finger. »Es gibt da eine sehr persönliche Angelegenheit, die ich unbedingt klären muss.«

Frau Püschels Miene verfinsterte sich. »Das geht aber nicht«, sagte sie.

»Es muss sein.«

»Aber Sie wissen doch, dass wir Ihren Platz vergeben werden, wenn Sie nicht zu dem Vortrag erscheinen.«

»Dann ist das eben so«, sagte Jakob.

»Aber ...« Frau Püschel sagte noch irgendetwas, doch Jakob hörte schon gar nicht mehr hin.

Die Morgenluft war frischer als gewohnt. Ein kühler Wind trieb sein böiges Unwesen. Am Himmel: graue Wolken, soweit das Auge reichte. Auf der Straße: ein Mann mit Roller, zwei Jogger. Auf dem Meer: bunte Boote im grauen Wasser.

Um 7 Uhr 22 kam der Bus. Der Fahrer – ein Endvierziger mit sonnengegerbtem Gesicht – brummte bloß zur Begrüßung, und auch sein Bus rumpelte so mürrisch durch die Straßen, als würde er um die Uhrzeit lieber auf dem Busparkplatz stehen. Jakob nutzte die Fahrt, um seine Notizen durchzugehen. Sein Bauch schmerzte immer noch, und er wechselte immer wieder die Sitzposition, was aber leider nicht viel half. Hätte er doch etwas essen sollen?

Mit acht Minuten Verspätung erreichten sie Barcelona, um kurz vor halb elf betrat Jakob das »Mil Flors«. Die Tür stand sperrangelweit offen, und das war auch gut so, denn das Geschäft ähnelte eher einer Baustelle als einem Blumenladen und stank, als wäre gerade ein chemisches Experiment missglückt. Plastikplanen, überall, dazu jede Menge Farbeimer, Malerrollen und Klebebandreste. Hier sollte demnächst eine Neueröffnung stattfinden? Zum Glück war das nicht sein Problem.

Zwei Frauen standen in dem Laden, beide waren blond. Welche mochte Romy sein? Die junge Frau im farbbekleckston Männerhemd oder die Mittdreißigerin mit der Sturmfrisur, die durch ein kornblumenblaues Haarband nur mäßig gebändigt wurde? Blüten hatte keine im Haar. Er blickte auf ihre Füße hinab. Keine von beiden trug ein Fußkettchen, und eine Narbe konnte er auf die Entfernung auch nicht entdecken. Jakob fühlte sich wie zu Beginn einer Präsentation, als er näher trat. Im Schnelldurchlauf rasten noch einmal alle Stationen der letzten Tage an ihm vorüber.

Der Filzkopf.

Die lächelnde Arzthelferin.

Die Schmuckdesignerin.

Der Kerl mit der Lederjacke.

Papa Milan.

El Rossinyol.

Was für eine Odyssee! Aber nun hatte sie ein Ende. Wenn alles gut ging. »Romy Fernández?«, fragte er fast ehrfürchtig. Keine der beiden reagierte. Die Frau im Männerhemd redete wild gestikulierend auf die Sturmfrisur ein, während diese wie versteinert die frisch gestrichene Wand anstarrte. Keine dreißig Sekunden später redete die Sturmfrisur wild gestikulierend auf die Frau im Männerhemd ein, während diese ihre Schuhspitzen anstarrte.

Jakob hätte vor lauter Aufregung fast eine Klappleiter umgestoßen, so sehr begeisterte ihn der Klang der Stimme. Hell und klar war sie – fast wie die Stimme auf dem Handy. Fast oder genau? Schwer zu sagen.

»Romy Fernández?«, fragte Jakob vorsichtig, doch er wurde nicht erhört. Und das noch viel weniger, als ihr Handy klingelte. Während die Sturmfrisur nach draußen hetzte und telefonierte, verschloss die Frau im Männerhemd den offenen Farbeimer und schleifte ihn zur Tür. Dann fixierte sie Jakob, als wäre er gerade erst hereingekommen.

»Romy Fernández?«, fragte er.

Ein Fingerzeig nach draußen.

Volltreffer!

Minuten vergingen, in denen Blumen-Romy telefonierte, auflegte, wieder telefonierte, sich die Haare raufte, hereinstürmte, auf die Frau im Männerhemd einredete, ihr Handy zückte und wieder nach draußen verschwand. Soweit Jakob verstand, gab es Probleme. Irgendwer hatte die falsche Wandfarbe gekauft. Außerdem fehlten noch Stehtische und die Deko, und mit dem Catering lief es auch nicht glatt.

Jakob folgte der Frau im Männerhemd in die Personalküche, in der eine Spülmaschine so laut rumorte, dass man sein eigenes Wort kaum verstand. Ob Romy wirklich aus Cadaqués komme, fragte er, während sie ihre farbverschmierten Hände wusch. *Sí, sí.* Die Frau im Männerhemd trocknete ihre Hände ab und verpasste der ächzenden Spülmaschine einen Tritt. Und ob sie Sängerin sei? *Sí, sí.* Romy hätte lange in einer Band gesungen.

Eine kribbelige Aufregung machte sich in Jakob breit. Er lehnte sich gegen die Arbeitsplatte. Ob Romy noch oft in Cadaqués sei, wollte er wissen, doch das wusste die Frau nicht genau. Ab und zu schon. Wieder trat sie gegen die Spülmaschine, die immer lauter zu ächzen schien.

Jakob wollte den Raum gerade verlassen, und dann ging auf einmal alles sehr schnell: Irgendetwas knallte, das Ächzen der Spülmaschine wurde zu einem Stöhnen, einem doppelten Aufschrei, der nicht nur aus der Maschine, sondern mit minimalem Zeitversatz auch aus Jakobs Mund entwich.

Genauso wie der Wasserschwall, der urplötzlich aus der Maschine quoll, als hätte jemand mit einem Hammer ein Loch in die Seitenfront geschlagen.

»Romy!«, schrie die Frau im Männerhemd, schmiss einen Berg Handtücher auf den Boden, die sich allerdings in Sekundenschnelle vollsogen. Jakob bückte sich, hob ein nasses Handtuch in die Höhe und wrang es über der Spüle aus. Endlich kam auch Blumen-Romy hereingestürmt, unterbrach ihr wildes Gestikulieren und widmete sich ebenfalls einem nassen Handtuch.

Nach dem achten Handtuch war Jakob nassgeschwitzt und keinen Schritt weiter. Romy Fernández war nicht ansprechbar. Und ihren Knöchel bekam er auch nicht zu Gesicht. Sie wischte, wrang und redete in einem fort und schien sich noch nicht einmal darüber zu wundern, dass Jakob ihnen half, als gehöre er zum Team.

Eine Viertelstunde später war das Gröbste geschafft und die drei schleiften den nassen Handtuchberg auf die Straße. Romy blickte auf ihre Uhr, warf der Frau im Männerhemd ein Dutzend Sätze an den Kopf – und hastete die Straße hinunter. Moment mal! Wo wollte die denn hin? Jakob setzte sich ebenfalls in Bewegung.

»Stopp!«, rief er. Romy drehte sich zu ihm um, ohne anzuhalten, sagte irgendetwas. *»Decoración«*, verstand er. Wollte sie Deko kaufen? Für die Neueröffnung? *»I have a question!«*, rief Jakob. Er hatte doch eine Frage!

»No English.« Blumen-Romy schüttelte den Kopf. Mit Französisch könne sie auch nicht dienen. Ein paar Brocken Deutsch wären drin, immerhin.

»Ich wollte fragen, ob Sie letzte Woche im …«, begann Jakob, doch dann begann Romy auf einmal loszurennen.

»Autobús!«, rief sie und sprang in den Bus, der ihr fast vor der Nase weggefahren war. Jakob folgte ihr, zahlte, wollte sich neben sie setzen, doch ein beleibter Herr war schneller. Dass er einen Sitzplatz ergattert hatte, war kein Problem. Ein Problem dagegen war, dass hinter Jakob noch drei Leute mit Fahrrad hereinkamen und den Stehplatz gegenüber der Tür für sich beanspruchten, sodass zwischen ihm und Romy eine Mauer aus Menschen und Vehikeln entstand, die ein Gespräch unmöglich machten.

Drei Stationen später verließ Romy den Bus und den Beleibten. *»Sorry.«* Sie zückte schon wieder ihr Handy. »Stress. Morgen siebzig Gäste. Und Ihre Frage? Blumen kaufen?«

»Ich wollte wissen, ob Sie am Dienstag«, begann Jakob, doch da hatte ihr Gesprächspartner sich wohl gerade gemeldet, denn Romy stieß einen Wortschwall aus, dem Jakob nicht folgen konnte. Nur die Ruhe. Irgendwann würde sie das Handy weglegen und mit ihm sprechen. Und zwar, bevor sein Flieger abhob. Jakob warf einen beklommenen Blick auf seine Uhr. 11 Uhr 13. Sein Bauch fühlte sich an, als würde jemand eine eiserne Faust hineindrücken.

Ignorieren.

Weiterlaufen.

Jakob war schweißgebadet, als sie das Casa Ariana erreichten. Die Produktpalette des Ladens umfasste genau drei Kategorien: Bademoden, Spielzeug und Deko-Artikel. Romy telefonierte immer noch, schaffte es sogar irgendwie, gleichzeitig zu telefonieren und dem Mitarbeiter ihr Anliegen mitzuteilen. Bestellte Luftballons wollte sie abholen.

Luftballons? Bei dem Stichwort zuckte Jakob kurz zusammen, doch dann atmete er tief durch. Seine Geschichte hatte mit einem Luftballon begonnen. Das war ein gutes Zeichen.

Der Verkäufer führte sie ins Lager. Fünfzig Luftballons erwarteten Romy dort. Allerdings steckten sie nicht in einem Plastiktütchen, sondern schwebten an Schnüren. War das so gedacht? Es sah ganz so aus. Romy zahlte in bar, der Verkäufer knotete jeweils die Hälfte der Ballonschnüre am unteren Ende zu einer Schlinge zusammen.

»Helfen?«, fragte Romy, ohne ihr Handy vom Ohr zu nehmen. Helfen? Diese Ballons könnten sie unmöglich in einen Bus verfrachten. Wollte Romy etwa zu Fuß bis zum »Mil flors« zurücklaufen? Jakob schwitzte bereits bei dem Gedanken, und bei einem Blick auf die Uhr schwitzte er noch viel mehr. Das würde er zeitlich niemals schaffen! Er blickte auf ihren rechten Knöchel. Keine Narbe in Sicht. Oder musste er bloß näher ran? »Ich habe bloß eine Frage«, sagte er. »Es geht auch ganz schnell. Ich will bloß wissen, ob Sie –«

»Schschscht.« Romy drückte ihr Handy fester ans Ohr, während sie die erste Ballontraube in Empfang nahm. Jakob wurde nicht mal gefragt, ob er die zweite übernehmen wollte. Nur mit größter Mühe verließ er das Lager und trat auf die Straße. Romy war ihm zehn Schritte voraus und telefonierte immer noch. Nein, tat sie nicht!

Jakob beschleunigte seinen Schritt, was nicht einfach war. Immer wieder musste er den Arm heben, damit die Ballons nicht an irgendwelchen Schuhständern oder Passanten hängenblieben. Immer wieder blieben Leute stehen und fotografierten ihn. Das Lächeln gefror ihm auf den Lippen, während sich sein Körper immer weiter aufheizte. Hatte sie eine Narbe am Knöchel? Hatte sie?

»Romy! Wo waren Sie letzten Dienstag?«, rief er.

»Was?«, schrie sie zurück.

»Waren Sie in Cadaqués?«

»Autobús!«, rief Romy, anstatt ihm zu antworten, und sie begann zu laufen. Jakob stolperte schwitzend hinter ihr her. Er musste den Bus erwischen, nur das zählte, und es gelang ihm auch. Der Busfahrer starrte entgeistert auf die schwebende Fracht. Erst gab er einen Wortschwall von sich, dann brach er in Gelächter aus. Mit skeptischer Miene öffnete er den Laderaum. Kisten. Bestimmt zwanzig Stück. Nachdem er ein halbes Dutzend übereinandergestapelt hatte, fand Romys Ballontraube in dem Verschlag Platz.

Die zweite würde Jakob also mit in den Bus nehmen. Dachte er. Das sah der Fahrer jedoch anders. Im Bus selbst war nämlich leider kein Platz mehr, da jeder kleinste Quadratmillimeter mit Menschen vollgestopft war. Jakob sah noch, wie Romy auf den Fahrer einredete, wild gestikulierte, doch da schlossen sich auch schon die Türen des Fahrzeugs. Jakob biss die Zähne zusammen. Und jetzt?

11 Uhr 32. Wenn er zu Fuß weiterlief, würde er es nicht schaffen. Oder geradeso höchstens. Besser wäre es, wenn er einen zweiten Bus erwischte. Da war aber kein zweiter Bus. Der Druck auf seinen Oberbauch verstärkte sich. Er musste etwas essen, sonst würde sein Kreislauf irgendwann schlappmachen. Aber wo? Und wie?

Durchhalten.

Weiterlaufen.

Jakob schwankte durch die glühende Straße, von Kreuzung zu Kreuzung, bis er nach einer Ewigkeit den Blumenladen erreichte. Romy war nicht in Sicht. Durch die Fensterscheibe konnte er sehen, dass an der Decke bereits jede Menge Ballons schwebten.

»So sorry!« Die Frau im Männerhemd nahm ihm die Ballons ab und ließ sie im Inneren des Ladens zu den anderen

schweben. »*Where is Romy?*«, fragte Jakob matt, während er sich das rechte Handgelenk massierte. Die Schlinge hatte einen roten Striemen hinterlassen. Aber viel schlimmer war: Die Chefin der Blumen war nicht da. Sie hätte direkt weitergemusst, wegen der Stehtische.

Jakob drückte eine Faust gegen den schmerzenden Bauch. Romy war weg? Nachdem er ihretwegen zwei Dutzend Ballons durch halb Barcelona transportiert hatte? Das konnte, das durfte nicht sein! Und Zeit hatte er auch keine mehr! Er wagte kaum, auf seine Uhr zu blicken. 11 Uhr 49. Wenn er jetzt losraste und den nächsten Bus erwischte, würde er es mit etwas Glück geradeso zum Flughafen schaffen. Also los.

Cadaqués, den 13. Juli

»Lerne loszulassen,
das ist der Schlüssel zum Glück.«

Buddha

Ich war schon oft traurig, wenn ich nette Gäste verabschieden musste, aber in diesem Fall fällt mir das Loslassen nicht schwer. Nicht zu fassen, dass er schon wieder eine Veranstaltung geschwänzt hat! Und das auch noch mit Ansage! Was denkt dieser Herr Fink sich eigentlich?! Frau Knopp hat seine Unterlagen bereits vorbereitet und einen Gast kontaktiert, der seinen Platz übernehmen wird. So was habe ich echt noch nicht erlebt ...

Wann fuhr denn dieser Bus endlich ab? Da hatte er einmal Glück gehabt und direkt eine Haltestelle gefunden – und dann das! Jakob lehnte sich zurück, um sich sofort wieder nach vorne zu beugen, da sein Hemd schweißnass war und an seinem Rücken klebte. Wenn dieser Bus nicht pünktlich abfuhr, würde er seinen Flieger verpassen. Eine Katastrophe! Na endlich, der Motor startete. Aber wieso ging es nicht weiter?

Ein Nachzügler, auch das noch. Eine Minute verging, bis der Senior Platz genommen hatte, dann rollten sie los – zumindest bis zur nächsten Ampel, die drei Meter entfernt war. Entnervt starrte Jakob aus dem Fenster – und sah Romy. War sie es wirklich? Ja, sie war es! Sollte er …? Auf einmal schossen tausend Gedanken und mindestens genauso viele Fragen durch seinen Kopf. Teddy, Flora, seine Zukunft, die Vergangenheit. Was tun? Fahren? Bleiben? Was war wichtig? Was?!

Kopflos sprang Jakob auf und stürmte zur Tür. »Stopp!«, rief er nach vorne. »Ich muss raus!« Der Fahrer drehte sich zu ihm um, brummte irgendwas. »Ich muss raus!«, brüllte Jakob, ohne nachzudenken, und tatsächlich: Die Tür ging auf. Los! Zwanzig Meter bis zum »Mil Flors«.

»Romy!«, rief er, während er in den Laden stürmte. Sie drehte sich um. *»So sorry«*, sagte sie. »Chaos. *Sorry.* Wie heißt Frage?«

Jakob konnte seine Gedanken kaum ordnen. Seine Zunge klebte am Gaumen, die Klamotten am Körper. Raus mit der Frage, na los! »Ich suche eine Sängerin.« Seine Stimme klang brüchig. »Sie hat im Gavina gesungen.«

»In Cadaqués?«

»Waren Sie ...« Er schluckte. »Haben Sie dort gesungen? Letzten Dienstag, bei der Jamsession?«

»Ich?«

»Ja.« Wie gebannt blickte Jakob auf Romys Lippen, die sich zu einem »Ja« formen sollten oder zu einem »*Yes*« oder »*Sí*«.

Sie formten sich gar nicht, zumindest nicht sofort. Romy schüttelte den Kopf. Sie käme aus Cadaqués, das schon. Sie kannte auch das Gavina. Aber sie war nicht bei der Jamsession gewesen und hatte dort auch nicht gesungen, so leid ihr das tue. Seit Monaten sei sie nicht mehr in ihrem Heimatort gewesen. Und dass ihre Stimme verwechselt werde, habe sie schon öfter erlebt. Sie habe wohl eine Allerweltsstimme. Und eine Flora würde sie auch nicht kennen. *So sorry.* Jakob verließ den Laden mit nichts als einer Rose in der Hand, die Romy ihm zum Abschied in die Hand gedrückt hatte. Eine Rose? Sinnlos. Wie alles.

Nicht wie alles! Jakob hätte sich am liebsten selbst an den Schultern gerüttelt. Was war denn bloß los mit ihm? Nur weil eine Sache nicht geklappt hat, durfte er doch das große Ziel nicht aus den Augen verlieren! Man musste sich durchbeißen – auch wenn das Leben hart wie altes Brot war. Also los!

12 Uhr 12. Auf der Straße kochten selbst die Schatten. Überall Menschen. Autos. Dunkle Abgaswolken. Stimmen. Hitze. Lärm. Da: ein Taxi! Jakob presste seinen rechten Dau-

mennagel so fest in die Hautfalte seiner linken Hand, dass es wehtat. Er winkte hektisch. Schon vorbei. Endlose Minuten vergingen, kein weiteres Taxi kam in Sicht. Sollte er die Metro nehmen? Fuhr die überhaupt zum Flughafen? Gab es irgendwo einen Plan? Jakob drehte sich zweimal um die eigene Achse, während die Zeit unaufhörlich weiterrann.

Ein Fremdenführer. »*To the airport? No problem.*« Ein ganzer Schwall folgte, Provenca kam darin vor und Placa de Catalunya und irgendwelche Nummern. Jakob konnte nichts behalten. Er brauchte ein Taxi. Ein Taxi! Da war aber keins. Dafür eine Metrostation. Kopflos rannte Jakob über die Straße, als er aus den Augenwinkeln das schwarz-gelbe Gefährt herannahen sah. Er stoppte mitten auf dem Zebrastreifen, Bremsen quietschten, der Taxifahrer hupte. Jakob riss die Beifahrertür auf.

»*Airport*«, keuchte er. Flughafen.

»*Tonte*«, zischte der Fahrer. Was das hieß, wusste Jakob nicht.

»*Airport?*«, fragte er wieder.

»*Sí*«, knurrte der Fahrer jetzt.

Jakob stieg ein, massierte sich die Stirn, dachte an Teddy – und in dem Moment schnappte sie zu. Die Kopfkralle! Egal. Durchatmen. Er würde es schaffen. Sein Chef konnte sich auf ihn verlassen. Wenn er gebraucht wurde, konnte man auf ihn zählen.

Bremslichter. Jakob klammerte sich an seinen Sitz, als säße er in der Achterbahn. Neunundzwanzig Minuten noch. Und er steckte im Stau! »*No other way?*«, fragte er. Kein anderer Weg?

»*No other way.*« Kein anderer Weg.

Der Fahrer lehnte sich zurück, das Taxameter lief. Jakob krallte seine Finger in die harten Polster. Wenn er wenigstens ein Handy hätte! Nur die Ruhe. Noch war nichts verloren. Acht Minuten später ging es auch schon weiter. Langsam. Viel zu langsam!

Ablenken. An »Rizo« denken. Oder an Flora. Nein, besser an etwas Neutrales. Einen Sonnenuntergang. Schlechte Idee. Wenn jetzt die Sonne unterginge, wäre alles verloren. »Mein Flugzeug. *My plane …*« Jakob tippte hektisch auf seine Armbanduhr. »*Sí*«, brummte der Taxifahrer. Immerhin: Er hielt sein Wort, auch wenn das nicht viel half, im Gegenteil. Jedes Bremsmanöver, das einem abrupten Anfahren folgte, verstärkte die Kopfkralle, bis Jakob den stechenden Schmerz kaum noch aushalten konnte. Er fasste an die Hautfalte seiner linken Hand. Schweißperlen.

Die Boarding-Time war sicher schon vorbei, Umbuchen die allerletzte Option. Aber dann käme er zu spät! Jakob hörte sich aufstöhnen, der Fahrer drehte sich um.

»*Are you okay?*«

»*Yes*«, ächzte Jakob.

Zum Meeting zu spät, aber Hauptsache da. Der Einsatz zählte. Ein guter Eindruck. Hundert Prozent geben. Für Stau konnte keiner was. Jakob krallte seine Finger in die Hautfalte seiner linken Hand. Höhere Gewalt.

Wieder Bremslichter. Wieder ein Stau? Eine Ampel! Blut an der Hand. Nur ein winziger Tropfen, nicht schlimm. Die Uhr? Ja, er konnte es noch schaffen! Taxistand. Achtundzwanzig Euro. Wo war sein Portemonnaie?

Endlich. Jakob stürzte aus dem Wagen. Ab zum Eingang. Sicherheitskontrolle. Kein Gepäck. Lb 5993. Wo war sein Gate? G 62. Touristen, Koffer, ein Rollband. Nach links rüber. Ewige Wege. Lärm! Das Gate war geschlossen, das Boarding beendet. Final Call?

12:42 Uhr.

Jakob starrte auf die Anzeigetafel. »Abgehoben?« Er schüttelte den dröhnenden Kopf. Das konnte nicht sein. Das durfte nicht sein! Umbuchen, er musste sofort einen anderen Flug finden! Kopflos stürzte er auf einen Schalter zu. Neunzehn Uhr. Nein, früher war nichts mehr frei, absolut unmöglich, das war der einzige Platz. Kostenpunkt: 294 Euro. Jakob rieb die hämmernden Schläfen. Sollte er? Für das Meeting wäre er ohnehin zu spät, aber der Eindruck ... Er musste doch Einsatz zeigen! Wer durch die neonschwarze Tür gehen wollte, musste alles geben!

»*Yes, I take it.*« Er nahm den Platz.

»*Fine.*« Die Mitarbeiterin lächelte, doch dann erlosch das Lächeln auch schon wieder, und sie deutete auf den Bildschirm. Nicht mehr verfügbar. Seit genau zwei Sekunden. Die Katastrophe war eingetreten, unaufhaltsam wie eine konkursbedingte Massenentlassung. Der letzte Platz war weg!

Jakob wurde von einem Schwindel erfasst, der ihn fast in die Knie zwang. Irgendwann verließ er den Schalter, irgendwie schaffte er es in ein Taxi. In die Stadt. Zum Busbahnhof. Abfahrt 18:17 Uhr? Jakob rieb sich die Augen, ließ sich erschöpft auf einer Bank nieder. Warten, warten. Obwohl er sich längst nicht mehr bewegte, galoppierte sein Herz wie verrückt. Versteinert saß er da. Sein Kopf hämmerte, der Nacken schmerzte, der Bauch sowieso. Iss mal was, sagte Jakob sich, steh auf und kauf dir was zu essen. Keine Chance, er konnte sich nicht rühren. Starrte auf die Passanten, die Straße, ins Leere. Irgendwann musste er eingenickt sein, denn als er erwachte, war es fast achtzehn Uhr. Sein Hemd war nassgeschwitzt, die Kehle ein vertrocknetes Flussbett, aber wenn er jetzt Wasser kaufen ging und seinen Bus verpasste, hätte er ein echtes Problem. Sein Kopf hämmerte immer noch, und er konnte ihn kaum drehen, so verspannt war sein Nacken, sein ganzer Körper.

Irgendwann kam der Bus, der ihn nach Cadaqués bringen würde. Hoch mit dir! Jakob fand einen Sitz, sank hinein. Der Bus kurvte durch die Straßen, schüttelte ihn nach rechts und links, während ihm die Klimaanlage eisigen Wind in die Augen pustete. Auch egal. Sein ganzer Plan, sein Einsatz – alles umsonst.

Jakob biss sich auf die Lippen. Wenn nur diese Schmerzen nicht wären! Elende Kopfkralle – aber: selbst schuld! Konzentrieren.

Fokussieren.

Er musste sich bei Teddy melden, seine Abwesenheit entschuldigen, den nächsten Termin ausmachen. Einen Tag später könnte er – perfekt ausgeruht und perfekt vorbereitet – das perfekte Konzept liefern. Ein beruhigender Gedanke, der ihn nicht beruhigte.

Kurz nach neun kam er endlich in Cadaqués an. Das Gavina war hell erleuchtet. Hundert Gerüche, tausend Stimmen. Der Weg zur Theke: ein Labyrinth. Irgendjemand grüßte. Ob er was? Jakob starrte die Bedienung an. Ach so, trinken. Er schüttelte den Kopf oder zumindest glaubte er, den Kopf geschüttelt zu haben. Die Bedienung wiederholte die Frage oder stellte eine andere, Jakob wusste es nicht. Er setzte seinen Weg fort. Feuchtigkeit auf seinem Arm. »*Sorry!*« Da hatte ihm wohl jemand sein Getränk übergeschüttet. Jakob drängte weiter. Energien sparen. Für die wichtigen Dinge.

Die Theke!

»Du arbeitest immer«, sagte Papa Milan.

Den Satz kannte er. Von wem? Auch egal. »Ich muss nur kurz …«, murmelte er und brach ab. Der Kneipenwirt schloss ihm die Tür zum Nebenraum auf, schaltete das Licht ein. Das Laptop röchelte beim Hochfahren.

»Alles okay?«, fragte Papa Milan. Ja, ja. Nur etwas müde. Hatte er das gerade gesagt oder bloß gedacht? Wie auch immer. Eine Nachricht von Teddy. Der Betreff: Wichtig. Ein nagendes, nein, bohrendes, zersetzendes Gefühl im Magen. Die Kopfkralle: so fest, als wollte sie ihn zerquetschen. Jakob massierte seine Schläfen mit geballten Fäusten und begann zu lesen oder versuchte es zumindest. Seine Augen … Er schloss sie für einen Moment, doch das änderte nichts: Seine Augen fanden keinen Halt mehr an den Buchstaben. Der Blick glitt zur Seite, rutschte weg, ließ sich nicht steuern. Ein Klatschen war zu hören. Jakob zuckte zusammen. Er hatte sich selbst eine Ohrfeige gegeben. Verdient. Konzentrieren!

Fokussieren!

Mit beiden Händen hielt er sich an der Tischplatte fest, atmete tief ein – endlich: Seine Augen unterwarfen sich wieder seinem Willen, und er begann zu lesen.

> Lieber Jakob,
> kleine Planänderung: Du musst doch nicht kommen, wir bleiben bei der Ursprungsidee. Alex hat uns eben ein überragendes Konzept geliefert, die Sache läuft. Er wird die Präsentation und als mein neuer Partner auch das Projekt übernehmen. Wir finden etwas anderes für dich. Genieß also weiterhin deinen Urlaub!
> Beste Grüße
> Teddy

»Jakob? Du hörst mich?«

Die Stimme kannte er.

»Hallo? Du bist wach?«

Jakob blinzelte. Durch ein Fenster fiel Licht in den staubigen Raum. Alex … Partner … Alex … Partner, dröhnte es mindestens achtstimmig durch seinen Kopf, den er mit beiden Händen abstützen musste, damit er nicht nach hinten kippte.

»Hast du geschlaft?«, wollte Milan wissen. Jakob zuckte mit den Schultern. Hatte er vor dem Laptop geschlafen? Oder bloß herumgesessen und vor sich hingedämmert? Er wusste es nicht, und es spielte auch keine Rolle. Nichts spielte eine Rolle. Er war ein geplatzter Luftballon, er hatte alles verloren. Nein, nicht alles – aber das Wichtigste.

»Du willst ein Kaffee?«

Jakob schüttelte den Kopf.

»Du siehst schlecht aus.«

Er nickte.

»Du willst schlafen?«

Schulterzucken.

»Du willst essen?«

Kopfschütteln.

»Du gefällst mich nicht.« Papa Milan sah aus, als wollte er ihn an die Hand nehmen. »Ich bringe dich nach Hause.«

Jakob schüttelte den Kopf.

»Dann du legst dich bei mir.« Papa Milan zog ihn hoch, Jakob ließ es geschehen. Seine Beine waren so schwach, als hätte er wochenlang nichts gegessen, und er brauchte eine Ewigkeit bis zu Milans Wohnzimmer. Die Couch roch nach Kartoffeln. Jakobs Nacken schmerzte, sein Rücken auch. Er war müde. Mehr als müde. Legte sich hin. Beine lang. Schuhe aus? Zu spät.

»Du gefällst mich nicht«, sagte Papa Milan wieder, bevor er die Tür hinter sich schloss. Wo ging er hin? Egal. Jakob schloss die Augen.

Als er sie wieder öffnete, stand Motte vor ihm.

»Milan hat mich informiert«, sagte er. »Was ist passiert? Hattest du Ärger mit Frau Knopp?«

Kopfschütteln. Für mehr reichte seine Kraft nicht. Vor seinem geistigen Auge trug Kollege Alex gerade einen Umzugskarton die Treppe hinauf. Öffnete die neonschwarze Tür. Gleißendes Licht drang durch den Türspalt. Jakob wurde schwindelig. Zum Glück konnte er nicht umfallen.

»Ich rede mit ihr.« Motte zog einen Stuhl heran und setzte sich zu ihm, als wäre er auf einem Krankenbesuch. »Oder gab es Probleme in Barcelona? Ist es wegen Flora?«

An der Zimmerdecke waren viele Flecken. Einer davon sah aus wie ein faustgroßes Reiskorn. Jakob schloss die Augen. Keine Lust. Keine Kraft.

Eine Tür fiel ins Schloss, und wieder merkte Jakob, wie er wegdämmerte. Dämmern war gut. Besser als nachdenken. Er durfte nicht denken.

Cadaqués, den 14. Juli

Irgendwas ist passiert, und ich glaube, es hat mit Herrn Fink zu tun. Frau Knopp hat eben lange telefoniert und äußerst besorgt ausgesehen. Jetzt ist sie weg, ins Dorf oder wohin auch immer. Das gefällt mir nicht.

»Herr Fink?«

Auch diese Stimme kannte er, aber sie gehörte nicht hierher. Es roch nach Kartoffeln, also lag er immer noch auf dem Sofa.

»Herr Fink?«

Wieder diese Stimme. Jakob schlug die Augen auf. Frau Knopp? In der Tat. Aber warum?

»Wie geht es Ihnen?«

»Gut«, murmelte Jakob.

»Möchten Sie etwas trinken?«

»Ja.«

Milan reichte ihm ein Glas Wasser. Wie einem Kranken. Aber Jakob war nicht krank, er war bloß müde.

»Möchten Sie mir erzählen, was passiert ist?«, fragte Frau Knopp. Jakob schüttelte den Kopf. Wozu reden?

Frau Knopp räusperte sich. »Es gibt eine Sache, die wir besprechen müssten.« Sie machte eine kurze Pause, nein, eine lange. »Ihr Zimmer ist belegt.«

Jakob reagierte nicht.

»Ich würde Sie gerne behalten, Herr Fink«, sagte Frau Knopp. »Aber die Krankenkasse macht strikte Vorgaben, und wenn die nicht eingehalten werden, sind mir die Hände gebunden.«

»Ich verstehe schon«, sagte Jakob matt. Er hatte sich nicht

an die Regeln gehalten, und deswegen hatte er sein Zimmer verloren. Eine logische Konsequenz.

»Aber Sie können ihn doch unmöglich rauswerfen!«, rief Motte. »Er ist am Ende, das sehen Sie doch!«

»Ich möchte ihn nicht rauswerfen«, sagte Frau Knopp. »Mir fehlen nur die Möglichkeiten. Es gibt kein Zimmer. Das letzte Zimmer ist die kleine Kammer! Und die wird noch heute von einem neuen Gast belegt.«

»Aber wohin?«, fragte Milan.

»Am besten zum Arzt.«

»Nein, zu Nelly«, sagte Jakob, ohne nachzudenken. »Ich will zu Nelly. Meiner Schwester. Nach Barcelona.«

»Wie können wir Ihre Schwester erreichen?«, fragte Frau Knopp.

»Handy«, erwiderte Jakob.

»Dann werde ich jetzt Ihr Handy holen, und Sie ruhen sich bis dahin aus.«

Frau Knopp verschwand, Motte verabschiedete sich, Milan musste telefonieren, die Tür fiel ins Schloss. Endlich Ruhe.

Eine Viertelstunde war vergangen oder vielleicht auch eine halbe, da stand schon wieder jemand vor ihm. Frau Knopp, diesmal ohne Begleitung. Sie hatte Jakobs Reisetasche dabei und auch sein Handy. Außerdem einen braunen Umschlag und eine Klarsichthülle.

»Hey, Großer!«, rief Nelly, die schon beim ersten Klingeln abhob.

»Kann ich kommen?«, fragte er.

»Klar, gerne! Wann denn?«

»Jetzt.«

»Jetzt? Das ist ein bisschen knapp, heute ist ja die Modenschau. Geht vielleicht auch morgen?«

»Nein, heute.« Jakob schluckte. »Ich brauche Hilfe.«

»Bei was?« Nelly zögerte eine Millisekunde. »Also ich meine: Klar, du kannst kommen. Was ist? Geht es dir gut?«

Jakob blickte an die Decke, auf den Fleck, der wie ein faustgroßes Reiskorn aussah.

»Nein.« Sein Mund war trocken. »Es geht mir nicht gut.«

»Soll ich dich abholen?«

»Ich nehme ein Taxi.«

»Brauchst du einen Arzt?«

»Nein, danke. Alles gut.« Jakob merkte selbst, wie unpassend diese Floskel war. »Bis später.«

Er richtete sich auf. Frau Knopp hatte inzwischen ein Blatt aus der Klarsichthülle genommen. »Das sind Adressen von Ärzten aus Barcelona«, erklärte sie. »Sie müssen sich untersuchen lassen.« Sie reichte ihm ein zweites Blatt. »Und hier sind zwei Nummern von Psychologen. Melden Sie sich bitte dort, am besten gleich morgen.« Jakob nahm die Blätter an sich. So weit war es also schon gekommen. Frau Knopp reichte ihm die Hand.

»Es tut mir sehr leid, dass ich nicht mehr für Sie tun kann. Hätte ich geahnt …« Sie ließ das Ende des Satzes offen. »Melden Sie sich bitte, wenn Sie Hilfe brauchen.« Jakob nickte. Dazu reichte seine Energie. Zu mehr allerdings nicht.

Am nächsten Morgen weckte ihn keine Möwe, sondern ein knatternder Laster. Jakob fühlte sich völlig erschlagen, obwohl er elf Stunden in einem Bett verbracht hatte. Am besten blieb er gleich liegen, mit ihm war ja doch nichts anzufangen. Und mit dem Tag erst recht nicht. Er öffnete die Augen. Die Zimmerdecke hatte keine Flecken. Irgendwann musste er zur Toilette.

»Morgen«, sagte Nelly.

Jakob nickte.

»Kaffee?«

Er schüttelte den Kopf.

»Gut geschlafen?«

»Geht.«

Jakob blieb fast eine Viertelstunde lang im Bad, doch Nelly hatte ihm nicht den Gefallen getan, sich ihren eigenen Aufgaben zu widmen. »Weißt du schon, welchen der beiden Psychologen du aufsuchen möchtest?«, erkundigte sie sich.

»Wozu?«

»Ich gehe mit, wenn du möchtest.«

»Ich brauche Schlaf. Und Essen. Vielleicht etwas frische Luft. Den Rest schaffe ich alleine.«

»Aber Frau Knopp hat doch gesagt ...«

»Willst du mich erpressen? Wie mit der Kur?«

»Ich will dir helfen. Wie mit der Kur.«

»Ich behalte die Idee im Hinterkopf.« Jakob verließ die Küche, doch nach drei Schritten hielt er inne. Seine Schwester war auf seiner Seite, dachte er. Dass sie sich nicht in seine Situation hineinversetzen konnte, war nicht ihre Schuld. »Mit Enttäuschungen habe ich es nicht so«, erklärte er. »Und wenn es nicht so klappt wie geplant, muss ich das erst mal verdauen, und das dauert.« Er lächelte schief. »Dafür brauche ich keinen Psychologen. Nur etwas Zeit.«

»Ich mache mir unendliche Sorgen!«

»Teddys Nachricht hat mich einfach umgehauen.« Jakobs Kopf wurde schon wieder so schwer, dass er sich am liebsten gegen die Wand gelehnt hätte. Nicht an die Tür denken. An alles, aber nicht an die Tür. »Es geht aber schon besser.«

»Du kannst es dir ja noch überlegen.«

»Ich muss zur Ruhe kommen«, sagte Jakob. »Das hilft mir am meisten. Aber trotzdem danke.« Er drehte sich um und steuerte das Gästezimmer an. Stille. Er mochte sie nicht, und doch konnte er nichts anderes ertragen.

Den Tag verbrachte Jakob im Bett wie ein Grippekranker ohne Grippesymptome. Er dämmerte vor sich hin, aß ein Toastbrot, war viermal auf der Toilette, stand sechsmal am Fenster, starrte auf die menschenleere Straße, später auf die fensterlose Seitenfront des Nachbarhauses. Irgendwann schlief er ein, wachte wieder auf, drehte sich nach rechts und links, versuchte, sich am Denken zu hindern. Nicht immer erfolgreich.

Auch der nächste Tag zog an ihm vorüber. Ohne Eile, ohne Struktur. Nelly verließ gegen acht Uhr früh die Wohnung, Jakob blieb auf dem Gästebett liegen. Gegen Mittag kamen Nelly und Carlos mit Sushi zurück. Das Sushi war noch nicht aufgegessen, als Carlos auch schon wieder aufbrach, weil irgendwo die EDV klemmte. Als Nelly wieder bei der Arbeit war, überlegte Jakob, ob er abreisen sollte. Dieser lähmende Zustand brachte ihn nicht weiter. Wobei, wahrscheinlich war er erträglicher als alles, was noch vor ihm lag.

In der Nacht wurde er von einem Geräusch geweckt. Eine Katze? Ein Baby? Egal. Er erhob sich, um ein Glas Wasser zu trinken. Kurz vor zehn war es erst, und seine Beine waren mindestens genauso schwer wie sein Kopf. Aus Nellys Schlafzimmer drang Licht in den Flur. Jakob wollte gerade in der Küche verschwinden, als er wieder dieses Geräusch hörte. Er trat einen Schritt näher an den Türspalt heran.

Seine Schwester hockte mit angezogenen Beinen auf dem Sofa. »Nein, will er nicht«, flüsterte sie in ihr Telefon. »Weil ihm angeblich niemand helfen kann.« Jakob schüttelte den Kopf. Sie weinte doch nicht etwa seinetwegen? »Ich kann ihn ja nicht zwingen. Aber ich habe solche Angst, dass er ...« Sie brach ab. Nicht mehr klarkam? Das war doch Unsinn! »So, Papa, jetzt will ich dich aber nicht länger aufhalten«, sagte sie leise, »also vielen Dank noch mal. Bis dann.« Sie blickte zur Tür. »Hey, alles okay?«, fragte sie. »Habe ich dich geweckt?«

»Ich habe nur Durst.« Jakob hatte seine Schwester noch nie weinen gesehen. »Was ist los?«, fragte er.

»Ja, was wohl?«

»Hast du Ärger?«

»Ich mache mir Sorgen.«

»Um mich?«

»Nein, um meine Fingernägel!« Sie putzte ihre Nase, lächelte schief. »Natürlich um dich, Mensch!«

»Das ist unnötig.« Jakob richtete sich auf. »Ich komme zurecht, das wird wieder.«

»Von alleine?«

»Mich haut so schnell nichts um.«

»Hat es doch schon.«

»Aber nur äußerlich.« Jakob richtete sich auf. »Also reg dich bitte nicht auf.«

»Leicht gesagt.« Nelly verließ das Sofa und schob sich an ihm vorbei.

»Alles wird gut.« Jakobs Körper war noch im Halbschlaf, doch er würde ihn schon aufwecken. Während Nelly im Bad verschwand, befahl er seinen Beinen, ihn zurück ins Gästezimmer zu tragen. Zwang seine Hände dazu, nach einer Hose zu greifen. Lenkte seine Füße in die Schuhe. Na bitte, es ging doch. Er durfte sich nur nicht so hängen lassen. So einer war er nicht. Man musste sich durchbeißen, auch wenn das Leben hart wie altes Brot war! Alles andere tat ihm nicht gut und seiner Schwester auch nicht. Auf wackeligen Beinen verließ Jakob die Wohnung. Er musste zur alten Form zurückfinden, und das würde er auch.

Draußen war es noch warm. Ärgerlich, dass er trotzdem fröstelte. Jakob wandte sich nach rechts. Die Carrer de Sant Eudald war menschenleer. Vallcarca war kein Szene-Viertel und wollte wohl auch keins sein. Nicht mal Pizza gab es hier. Oder besser gesagt keine, die Jakob freiwillig essen würde. Machte aber nichts. Er würde einfach die Metro nehmen und in die Altstadt fahren. Hey, warum denn nicht? Bei dem Gedanken wurde es Jakob endlich wärmer. Er war in Barcelona. Da musste man doch mal was erleben! Wen kümmerte schon dieser Teddy? Was er brauchte, war eine Scheibe Lebensfreude, und die würde er sich bei den Einheimischen abschneiden. Jakob nahm das Metroticket in Empfang, als zöge er die Fahrkarte zu einem neuen Lebensabschnitt.

Eine Fehleinschätzung, wie ihm klar wurde, nachdem er die völlig überfüllte Metro bei der Plaça d'Espanya verlassen hatte. Unglaubliche Menschenmengen strömten die Straße entlang, alle schienen dasselbe Ziel zu haben. Eine nette kleine Pizzeria? Nicht in Sicht.

Aus allen Richtungen drangen Geräusche und Gerüche zu ihm. Überall Gedränge, schlechte Luft. Wo steckte sie denn, diese Lebensfreude? Meistens fand man doch das, was man sich wünschte, wenn man nicht danach suchte. Jakob riss sich zusammen, ließ sich treiben, wurde Teil des Stroms, der am Ende einer Brücke schließlich zum Stillstand kam.

Er entdeckte den großen Brunnen, und auf einmal wusste er, was die Masse hier suchte oder vielmehr besuchte: den Font Màgica. Ein Springbrunnen, der mehrmals am Tag eine musikbeschallte Licht- und Wassershow bot. Eine Aufführung stand wohl unmittelbar bevor. Gute Sache, sagte sich Jakob. Licht, Wasser, Farben, das war doch mal was. Schön. Positiv. Würde ihn bestimmt aufheitern.

Um Punkt elf begann das Spektakel, das dann doch weitaus weniger magisch war als erhofft. Vor allem, weil er kaum mehr als das obere Drittel der Wassersäulen sah. Hunderte hocherhobener Handys versperrten ihm nämlich den Blick. Je mehr Zeit verstrich, desto mehr Arme machten schlapp, irgendwann wurde die Sicht besser. Wassersäulen erhoben sich meterhoch in die Luft und senkten sich wieder. Sie wurden rot angestrahlt und blau und gelb und grün. Dazu klassische Musik. Schön. Wirklich. Nur änderte es leider nichts. Um Jakob herum tobte das Leben, in ihm tobte überhaupt nichts.

Er drehte sich um, drängte sich durch die Menge Richtung Brücke. Würde er nie wieder Lebensfreude finden? War es zu spät dafür? Wie auch immer, er musste gegen die Leere kämpfen. Die Leere in seinem Magen zuallererst. Das war machbar. Und vernünftig.

Jakob ging über die Brücke zurück, passierte die Steinquader und den Metroeingang und gelangte fünfzig Meter weiter zu einem winzigen Supermarkt. Zweimal streifte er durch die beiden Gänge, dann stoppten seine Füße vor dem Reis. Allein schon bei dem Gedanken wurde Jakob flau. Er wollte weitergehen, doch da hatte seine Hand auch schon zugegriffen. Warum denn nicht?, sagte sich Jakob. Es war bloß Reis. Kein »Rizo«. Nichts von »Graf Keilo«. Sein Körper wollte Reis, sein Kopf stimmte zu, seine Füße trugen ihn zur Kasse, die Finger zückten das Portemonnaie. Jakob wehrte sich nicht.

Cadaqués, den 16. Juli

Keinen Nerv für Sinnsprüche …

Jakob Fink ist fort, und ich mache mir Sorgen. Nicht zu fassen, dass ich nicht mitbekommen habe, wie schlecht es ihm ging. Richtig übel, genau das wäre eigentlich meine Aufgabe gewesen. Frau Knopp hat mit seiner Schwester telefoniert. Die meinte, es ginge ihm einigermaßen. Immerhin etwas …

Jakob war so erschöpft, dass er kaum aufstehen konnte, also blieb er einfach liegen, obwohl es schon fast zehn war.

»Du musst aufstehen«, sagte Nelly.

»Ich kann nicht. Tut mir leid.«

»Lass uns spazieren gehen.«

»Ich bin platt ohne Ende.«

»Es gibt hier etwas, das du unbedingt sehen musst!«

»Ein andermal vielleicht.« Jakob drehte sich auf die andere Seite. Bei dem Gedanken an einen Spaziergang wurde er noch schlapper, als er es ohnehin schon war. Gluthitze und Touristenströme, das war nichts für ihn, nicht in diesem Zustand. Der nächtliche Ausflug hatte ihn so erschöpft, dass er sich nicht zu einem zweiten Anlauf fähig fühlte.

»Es ist schön dort«, sagte Nelly.

»Das hilft mir aber nicht.«

»Es ist ein Schritt.«

»Es sind viele Schritte. Zu viele.«

Nelly sah nicht aus, als würde sie diese Erklärung gelten lassen, und so bewegte sich Jakob drei Stunden später wie in Zeitlupe durch die brodelnden Straßen, ließ sich über Rolltreppen den Berg hinauftragen, vorbei an winzigen Läden, in denen zu überteuerten Preisen Trinkwasser angeboten wurde. Schließlich erreichten sie den Seiteneingang des Parks Güell. Das wollte Nelly ihm zeigen? Jakob verlangsamte seinen Schritt. Die von Gaudí entworfene Grünanlage war eine der Top-Attraktionen von Barcelona.

»Da will ich nicht hin«, sagte er.

Nelly zog ihn unbeirrt weiter. »Du kommst mit«, sagte sie.

»Der Park ist total überlaufen«, sagte Jakob.

»Wir sind noch nicht am Ziel.«

»Aber ich will nicht in diesen Park.«

»Frische Luft ist gut für dich.«

»Es riecht nach Schweiß und Parfum.«

»Nicht da, wo wir hingehen.«

»Du wolltest, dass ich spaziere, ich bin spaziert. Und jetzt will ich nur noch sitzen oder liegen oder am allerliebsten schlafen.«

»Das kannst du später immer noch.« Seine Schwester schlug einen Weg ein, der einen Hügel emporführte. Jakob trottete ihr hinterher. Touristen säumten ihren Weg. Keine Ströme, immerhin, aber immer noch eine ganze Menge. Jeder einzelne war einer zu viel. Nelly führte ihn auf sandigen Wegen durch den Park, an einem steinernen Kreuz vorbei, eine Steiltreppe hinauf, bis sie eine Ewigkeit später zu einem Sportplatz kamen.

»Was machen wir hier?«, fragte Jakob.

»Ich möchte dir etwas –«, sagte Nelly, doch ihr Handy unterbrach sie. Was wollte sie ihm zeigen? Sie hatten mehrere Aussichtspunkte passiert und ja: Barcelona war schön anzusehen, auch von oben. Deshalb liefen ja auch überall Menschen mit Fotoapparaten oder Handys herum und dokumentierten die Schönheit.

»Mist. Klar, besorge ich.« Nelly legte auf. »Jakob, es tut mir furchtbar leid, aber ich muss noch mal in den Laden. Es gibt Probleme.«

»Ich wollte sowieso zurück.«

»Du bist fast da. Du musst nur noch dort hoch.«

»Nein. Ich kehre mit dir um.«

»Bitte, Jakob.« Nelly drehte ihn Richtung Berg. »Dort oben ist die Oase Barcelonas, und ich möchte, dass du sie kennenlernst. Du musst auch nie wieder dorthin, wenn sie dir nicht gefällt.«

»Da ist kein Weg«, sagte Jakob.

»Das ist ja das Gute.«

»Aber ich …«

»Nur dieses eine Mal.«

»Also gut.« Jakob nickte ergeben. Eine Bergbesteigung war vermutlich weniger anstrengend als eine Diskussion mit seiner Schwester, die ja doch keine Ruhe geben würde.

»Sehr gut!« Nelly strahlte. »Ich bin dann jetzt im ›Felicitat‹. Wenn irgendwas ist, ruf mich an!«

Er blickte in Richtung des Gipfels, der aus dieser Perspektive hinter einigen Büschen versteckt war. Warum sollte er dort hinaufwandern? Vermutlich war die Aussicht toll. Dann würde er sich ein bisschen umsehen, zehn Minuten lang oder vielleicht auch fünfzehn, und dann würde er wieder runterwandern und alles wäre wie zuvor. Ein Ausflug in die Natur änderte nichts an der Tatsache, dass sein Leben in einer Sackgasse steckte.

Jakob stolperte noch eine kleine Weile weiter, dann ließ er sich in den Schatten einer Kiefer fallen, grub mit den Fersen zwei Kuhlen in den Sand und starrte ins Leere. Wie sollte es bloß weitergehen? Er war zu müde, um nachzudenken. Eine perfekte Lösung gab es ohnehin nicht, und eine andere kam für ihn nicht infrage, also war sowieso alles egal.

Auf einmal war da ein Geräusch, das ihm seltsam fremd vorkam. Sein Handy. Er hatte es nicht einmal bewusst eingesteckt.

»Herr Fink?«

»Ja bitte?«

»Mona Püschel hier.«

»Ah.« Was wollte die denn von ihm?

»Ich wollte Ihnen nur mitteilen, dass ein Gast vorzeitig abgereist ist.«

»Ja? Und?«, gab Jakob träge zurück.

»Wir hätten somit einen freien Platz. Vielleicht haben Sie Interesse. Wir würden uns freuen.«

»Im ›Centro del Sol‹?« Jakob wüsste nicht, was er dort sollte. Dass man ihm ausgerechnet dort helfen könnte, war unwahrscheinlich.

»Sie müssen nicht sofort zusagen. Ich habe mit Frau Knopp besprochen, dass wir den Platz bis morgen Vormittag freihalten. Schlafen Sie ruhig eine Nacht darüber.«

»Ja. Okay.« Wozu darüber schlafen? Im »Centro del Sol« hatte er sich nie aufgehoben gefühlt. Vermutlich hatte diese Frau Püschel sowieso nur ein schlechtes Gewissen, weil sie nicht mitbekommen hatte, wie mies es ihm ging.

»Passen Sie auf sich auf«, sagte sie.

»Alles klar.«

»Dann bis bald vielleicht.« Frau Püschel klang so zuversichtlich, wie er sich gerne fühlen würde.

»Ja, bis dann.« Jakob steckte sein Handy wieder ein. Ein Platz im »Centro del Sol«. Nein, das war nichts für ihn. Wobei es trotzdem nett war, dass sie ihm das Zimmer angeboten hatte. Den Leuten dort konnte es schließlich egal sein, wer ihre Betten belegte, es gab ja sogar eine Warteliste. Na ja, wie auch immer, eine Rückkehr kam für ihn jedenfalls nicht infrage.

Und dann tat Jakob etwas, das ihn selbst erstaunte: Er erhob sich und wanderte den Weg zurück bis zu der Stelle, an der er sich von seiner Schwester verabschiedet hatte. Der Berg war sein Ziel.

Elf Minuten später lag ihm Barcelona zu Füßen. Hier oben gab es nicht viel: Gräser, Büsche und ein Bäumchen. Die Stadt: winzige Steinklötze in Weiß und Beige und Braun. Das Meer: ein Glitzern in der Ferne. Kein Lärm, nur Wind. Kein Gestank, nur frische Luft. Touristen? Nicht ein einziger.

Jakob setzte sich auf den Erdboden, blickte hinab auf die schimmernden Straßen. Ein schöner Anblick, gar keine Frage. Er riss ein Büschel trockener Gräser aus der Erde. Die Halme hinterließen rote Striemen an seiner Hand. Ein Schmerz, der gut auszuhalten war im Gegensatz zu dem, was ihm bevorstand.

Gab es für Jakob ein Zurück in die Agentur? Schon die Vorstellung schmerzte, doch er zwang sich, an die neonschwarze Tür zu denken. Wie würde sich die Arbeit anfühlen, mit Alex als neuem Partner? Als hätte die Liebe seines Lebens seinen besten Freund geheiratet und wäre in dieselbe Straße gezogen, in dasselbe Haus, dieselbe Etage. Jakob würde das Glück der beiden wachsen sehen, ebenso den Erfolg. Tag für Tag, Jahr für Jahr.

Und da war ja noch Flora. Jakob hätte alles gegeben, um sie zu treffen. Nein, nicht alles, aber viel. Sollte ihm nichts bleiben außer seinen Erinnerungen? Die Postkarten hatten ihm damals so viel Energie gegeben. Die könnte er heute dringend gebrauchen. Bestimmt würde er mit der Situation ganz anders umgehen, mit einer Kämpferin wie Flora an seiner Seite. Oder redete er sich das bloß ein? Brauchte er sie wirklich?

Jakob stand auf. Der Berg bot freie Sicht in alle Richtungen. Geradeaus in der Ferne: die Sagrada Família, umgeben von Baukränen. In der Verlängerung: ein Hotelturm von den Ausmaßen eines Bauklötzchens. Weiter rechts der Montjuïc, ein grüner Fleck am Meer, hinter ihm: eine Hügellandschaft und noch mehr Häuser. Wie er da stand und sich umsah, fühlte sich Jakob auf einmal unerwartet leicht. Der Pitch war weiter weg denn je. An Teddy und »Graf Keilo« wollte er nicht mehr denken. Musste er auch nicht!

Er drehte sich einmal um die eigene Achse. Tausende von Häusern, hunderte von Straßen. Alles bewegte sich. Die Menschen arbeiteten, schliefen, aßen, tranken, liebten, lebten. Und während Jakob seinen Blick über das Gewimmel schweifen ließ, wurde ihm eines klar: Nein, er brauchte Flora nicht. Es wäre schön, sie mal getroffen zu haben, aber objektiv gesehen würde sie ihm nicht helfen. Aber wer könnte es dann?

Cadaqués, den 16. Juli

Keine Zeit für Sinnsprüche …

Eben hat Jakob Fink angerufen, er kommt heute Abend zurück. Er übernimmt das Zimmer von Herrn Hild, der wegen einer Familienangelegenheit vorzeitig abreisen musste. Ich bin froh, dass er wiederkommt. Ich habe etwas gutzumachen.

Durch die halb heruntergelassenen Jalousien drang Licht in den Grünen Raum. Frau Püschel war mit ihrem Laptop beschäftigt, acht Kursteilnehmer saßen bereits auf ihren Plätzen. Jakob setzte sich in die erste Reihe neben Gaby Weinbach.

»Wie geht's dir?«, fragte sie besorgt.

»Besser. Ein bisschen.«

Jakob fühlte sich immer noch schlapp, aber er hatte zumindest eines: Hoffnung, dass es wieder bergauf gehen könnte.

»Hey!«, rief jemand an der Tür.

»Motte!« Jakob winkte seinem Ex-Zimmernachbarn.

»Wie ist die Lage?« Motte setzte sich neben ihn.

»Etwas besser. Und bei dir?«

»Alles okay.« Motte lehnte sich zurück. »Freut mich echt, dich wiederzusehen.«

Jakob wollte gerade von Barcelona erzählen, doch in dem Moment schaltete Frau Püschel den Beamer ein und ließ die Jalousien vollends herab. Eine graue Wand. Wirklich ein Jammer, dass sie bei dem Wetter im Dunkeln sitzen mussten, aber sie waren ja nicht zum Vergnügen hier.

»Zeit für Ziele« lautete der Titel der Veranstaltung, was vielversprechender klang, als es tatsächlich war. Jakob hatte Mühe, dem Vortrag zu folgen, und dabei war er mit den besten Vorsätzen hergekommen. Im Mittelpunkt stand die SMART-Formel, die ihm von der Arbeit her bestens vertraut war. Spezifisch, messbar, akzeptabel, realistisch und terminierbar sollten Ziele sein, und das nicht nur im Marketing.

»Bevor wir über Ziele sprechen, lassen Sie uns einen Blick auf potenzielle Probleme werfen«, sagte Frau Püschel. »Ein Problem definiert sich nach Duncker folgendermaßen …« Sie gab die Definition zum Besten und hatte dann sogar noch eine Variante im Gepäck. Bei der dritten Alternative hob Ling Chen die Hand.

»Ja?«, fragte die Therapeutin.

»Müssen wir wirklich tausend Definitionen durchgehen?«

»Keine Sorge, es wird noch konkreter.«

»Das ist nicht gegen Sie, aber dieser Theoriekram bringt doch überhaupt nichts.«

»Warten Sie erst mal ab.« Frau Püschel erklärte noch eine dritte Definition. »Als Nächstes möchte ich Ihnen gerne ein Diagramm vorstellen, und dann …«

»Nee, oder? Jetzt nicht noch ein Diagramm«, brummte Ling Chen. »Ich dachte, wir lernen was über Ziele. Das hier ist doch Zeitverschwendung!«

»Das Programm wurde von Frau Knopp entwickelt und von den Krankenkassen abgesegnet.« Frau Püschel klang leicht genervt. »Außerdem geht es nicht um irgendein Diagramm, es geht um ein Tortendiagramm, und das steht sinnbildlich für …«

»Wollen wir nicht lieber rausgehen?«, fragte Motte.

»Oder eine Entspannungsübung machen«, schloss sich Gaby Weinbach an. »Die Ampelübung vielleicht?«

»Nein, wir müssen doch das …« Frau Püschel unterbrach

sich. Einige Sekunden lang hörte man nichts als das sanfte Rauschen des Beamers. »Na gut, ich habe eine Idee.« Sie ließ die Jalousien ein Stück hinauf. Endlich Sonne!

»Schließen Sie bitte die Augen«, sagte die Therapeutin. »Und stellen Sie sich einen Rucksack vor. Farbe, Form und Größe sind Ihnen natürlich freigestellt.«

Jakob wählte ein mittelgroßes Modell in Anthrazit.

»Und nun packen Sie bitte Ihre drei größten Probleme in diesen Rucksack«, fuhr Frau Püschel fort.

»Wie soll das gehen?«, fragte Ling Chen. »Also mein größtes Problem ist mein Chef, aber der passt nicht mal in Gedanken in einen Rucksack.«

»Stellen Sie sich doch ein Foto von ihm vor«, sagte Jakob, der ebenfalls an seinen Chef gedacht hatte.

Frau Püschel nickte. »Gute Idee«, sagte sie. »Packen Sie Ihren Rucksack mit Gegenständen oder Fotos voll.«

Jakob packte ein Foto ein, auf dem Teddy und Alex vor der neonschwarzen Tür standen. Dazu steckte er Floras Postkarten und als Letztes noch eine Porträtaufnahme von sich. War er nicht selbst sein größtes Problem? Vielleicht sogar sein einziges? Er öffnete die Augen.

»Haben Sie alles gepackt?« Frau Püschel lächelte in die Runde, und sie lächelte – Jakob sah das ganz deutlich – nicht ihr Sonntagslächeln, sondern eine Variante, die er bisher noch nicht kannte. Eine Art Mittwochslächeln. Mittwoch war Bergfest, die halbe Woche hatte man geschafft. Während des Studiums war das immer ein Grund zum Feiern gewesen, seit Kitze & Partner arbeitete Jakob längst nicht mehr aufs Wochenende hin. Frau Püschel klatschte in die Hände. »Top! Dann gehen wir jetzt wandern.«

»Wir gehen raus?«, fragte Jakob.

»Jeder Schritt macht fit.«

»Toll«, sagte eine Mittsechzigerin. »Ich habe das dringende Bedürfnis nach einem Spaziergang.«

»Ich auch«, tönte jemand aus der zweiten Reihe.

»Na bitte. Eine kleine Runde rund um die Anlage, da kann niemand etwas sagen.«

Gaby klatschte, als die Therapeutin den Beamer ausschaltete, Motte klopfte frenetisch auf den Tisch, und auch Jakob begrüßte die Entscheidung.

Sie wanderten an den Orangenbäumen vorbei bis zu ihrer ersten Station, dem Springbrunnen. Dort sollten sie in Gedanken das Problem Nummer eins abladen. Jakob wählte das Foto von Teddy und Alex aus. Der Rucksack war immer noch schwer.

Ihre zweite Station war die große Palme hinter der Sonnenterrasse. Dort lud Jakob Problem Nummer zwei ab, Floras Postkarten. Der Rucksack wurde nicht leichter. Jakob schleppte sich und sein letztes Problem weiter Richtung Olivengarten. Er wählte einen Baum aus, der etwas abseits auf einem kleinen Hügel stand. Dort leerte er gedanklich seinen Rucksack vollends.

»Gute Wahl«, sagte Frau Püschel, die in diesem Moment zu ihm trat.

»Was denn?«

»Der bucklige Olivenbaum.«

Jakob musterte den Baum, dessen Stamm nicht nur schräg gewachsen, sondern auch mit einer fetten knorrigen Ausbuchtung versehen war, die in der Tat wie ein Buckel aussah. »Ist der besonders schattig?«, fragte er.

»Er ist besonders bequem.« Frau Püschel klopfte auf den hölzernen Buckel, als würde sie ein Pferd loben. »Der

Stamm ist wie die Lehne eines Liegestuhls geneigt. Kein Platz in diesem Garten ist gemütlicher, probieren Sie mal!«

Jakob setzte sich auf den Boden, den Rücken gegen den schief gewachsenen Stamm gelehnt. Sehr bequem, da hatte Frau Püschel recht.

»Was haben Sie abgeladen?«, fragte sie.

»Mich selbst.«

»Sie steckten in Ihrem eigenen Rucksack?«

»Ach egal.« Jakob schwieg. Er war zurückgekommen, um Ratschläge zu bekommen, das schon, aber mit seinen Problemen hausieren gehen wollte er nicht.

»Erzählen Sie doch.« Die Therapeutin lehnte sich gegen den nächstgelegenen Baum. »Wir haben Zeit.« Der Rest der Gruppe schien die Rucksäcke inzwischen abgeschnallt zu haben, sechs von zehn Leuten saßen im Schatten.

»Bei mir läuft es nicht rund.« Jakob griff nach einem Olivenblatt, das neben ihm am Boden lag. Ein angenehmer Geruch wehte zu ihm herüber. Vanille und Honig mit einem Hauch von Mandel. Eine Mischung, die Jakob an ein Knuspermüsli aus Kindertagen erinnerte. War das Frau Püschels Parfum? Vermutlich eher ihre Sonnencreme.

»Was läuft denn nicht rund?«, fragte sie.

»Ich wollte immer Partner werden in meiner Agentur. Seit vier Jahren schon. Ich habe jede Sekunde dafür geopfert.« Jakob presste die Lippen aufeinander. »Na ja, das Thema hat sich erledigt, von heute auf morgen. Und jetzt schaffe ich es nicht …« Er blickte in den wolkenlosen Himmel hinauf und verstummte.

»Wie wäre denn das Leben als Partner?«, fragte Frau Püschel.

Darüber musste Jakob nicht nachdenken. »Ich hätte mein

eigenes Büro«, sagte er, »hätte Kontakt zu den wirklich wichtigen Kunden … Alles wäre gut. Nein: besser. Perfekt!«

»Stellen Sie sich mal vor …«, begann Frau Püschel, als plötzlich eine Stimme durch den Olivengarten tönte.

»Frau Püschel?«

Die Therapeutin richtete sich auf. Frau Knopp marschierte geradewegs auf sie zu. »Ich muss sofort mit Ihnen sprechen.« Sie klang sehr streng. »Was machen Sie denn? Sie wissen doch genau, dass der Prü-«, zischte sie, und dann gingen die beiden ein paar Meter weiter bis zu einem Schuppen, wo Jakob sie nicht mehr verstehen konnte.

»Diese Knopp ist so unentspannt«, brummte Motte. »Die sollte mal an ihrer eigenen Kur teilnehmen.«

»Völlig übertrieben, finde ich auch.« Jakob streckte die Beine aus. Hier im Schatten des Olivenbaums fühlte er sich bedeutend wohler als in dem dunklen Seminarraum. Das tausendstimmige Zirpen und Summen im Gebüsch war beruhigender als das Rauschen des Beamers.

Fünf Minuten später stand Frau Püschel wieder vor ihnen. Ihre Wangen waren rot erhitzt. »Frau Knopp meinte, dass wir wieder reingehen sollen«, sagte sie leise. »Diese Übung ist nicht Teil des Programms.«

»Na, dann schultern wir mal schön unsere Rucksäcke.« Motte klang, als hätte er keine imaginären Probleme im Gepäck, sondern Grillwürste und Dosenbier. Und Mona Püschel? Die sah aus, als müsste sie nun ebenfalls einen Rucksack schleppen. Hoffentlich war diese Frau Knopp nicht allzu schwer …

Cadaqués, den 17. Juli

Keine Lust auf Sinnsprüche …

Ich finde es unmöglich, wie Frau Knopp sich aufführt. Sie hat nur noch dieses blöde Prüfsiegel im Kopf, die Gäste sind ihr inzwischen völlig egal und die Mitarbeiter sowieso. Das ist doch ein Witz: Es geht ihr ja angeblich um Qualität, aber die war noch nie so unterirdisch wie im Moment! Frau Knopp hat allen Ernstes angekündigt, die Mitarbeiter ab sofort verstärkt zu kontrollieren. Sonst noch was?! Also wenn sich die Lage nicht bald bessert, war das mein letzter Sommer hier …

Jakob kam gerade von der Aqua-Gymnastik, als El Fish bei ihm klopfte. »Ihre Schwester ist am Telefon.«

Jakob nahm den Apparat entgegen.

»Wie geht's dir?«, fragte Nelly.

»So weit okay. Und dir?«

»Alles klar. Ich wollte fragen, ob du mir den Nachnamen von Flora sagen kannst.«

»Wozu?«

»Weil ich ihn gerne wissen würde.«

»Der spielt keine Rolle mehr.«

»Sagst du ihn mir trotzdem?«

»Du musst Flora nicht suchen. Das bringt's nicht. In die ganze Geschichte habe ich mich völlig unnötig reingesteigert. Ich brauche keine Flora.«

»Aber wie hieß sie denn?«

»Ist doch egal.«

»Jetzt sag's halt endlich.«

»Flora Bergental.«

»Super, danke!« Nelly schien ihm überhaupt nicht zugehört zu haben. »Dann entspann dich mal schön weiter!«

»Aber warum …«, begann Jakob, doch da hatte seine Schwester auch schon aufgelegt. Was sollte denn das? Sie würde sich doch nicht ernsthaft auf die Suche nach Flora machen? Träge machte er sich auf den Weg zur Rezeption.

Nicht El Fish, sondern Frau Püschel erwartete ihn dort. Beziehungsweise erwartete sie ihn nicht, sondern sie stand einfach an der Rezeption, hatte ein Handy am Ohr und beugte sich über ihr Laptop.

»Direkt wieder aus.« Sie klang völlig entnervt, ihre Haare waren zerzaust.

Jakob räusperte sich, wurde jedoch nicht beachtet. Frau Püschel starrte auf das Laptop, drückte einen Knopf – und stöhnte. »Jetzt geht gar nichts mehr. Na super.« Sie blickte auf. »Herr Fink, wie kann ich Ihnen helfen?«

»Ich bringe nur das Telefon zurück.« Er legte den Apparat auf die Theke und wollte gerade wieder zurück auf sein Zimmer, als Motte ihm entgegenkam.

»Hallo, Herr Nachbar«, sagte er.

»Gehst du schon essen?«, fragte Jakob.

»Nee, ich muss noch mal raus.«

»Soll ich dir einen Platz freihalten?«

»Ich kaufe mir unterwegs was, danke.« Motte klopfte ihm auf die Schultern und schlenderte von dannen. Jakob sah seinem Zimmernachbarn hinterher. Ob er Luisa besuchte? Seiner guten Laune nach sah es ganz danach aus.

Frau Püschel drückte noch immer ihr Handy ans Ohr. »Es schaltet sich nicht mehr an«, sagte sie voller Verzweiflung. »Was mach ich bloß?« Eine Lösung bekam sie von ihrem Gesprächspartner ganz offensichtlich nicht geboten, denn sie brummte bloß noch zweimal und beendete das Gespräch.

»Kann ich vielleicht helfen?«, fragte Jakob. »Mit Laptops kenne ich mich ein bisschen aus.«

»Ich glaube, es ist hinüber.« Frau Püschel raufte sich die zerzausten Haare.

»Sie haben doch bestimmt Sicherheitskopien.«

»Nicht von allem.«

»Vielleicht ist nur der Lüfter verdreckt. Der hat ja letzte Woche schon so gerumpelt.«

»Kann man den reinigen? Das Ding muss morgen laufen!«

»Wenn Sie wollen, schaue ich es mir mal an.« Jakob trat an die Rezeption heran. »Haben Sie einen Schraubenzieher?«

»Nicht nötig, danke.« Frau Püschel winkte ab. »Machen Sie lieber Ihre Hausaufgaben.«

»Die sind längst erledigt«, sagte er.

»Sie werden noch zum Musterschüler.« Die Therapeutin lächelte müde.

»Übrigens fand ich es richtig gut, dass wir heute rausgegangen sind«, sagte er. »Auch wenn Ihre Chefin das anders sieht. Die Übung hat Spaß gemacht und geholfen hat sie auch.«

»Schon komisch. Da predige ich immer, wie wichtig unsere Regeln sind, und dann ...«

»Regeln sind dazu da, um gebrochen zu werden. Im Marketing ist das nicht anders. Wenn sich jeder immer an alle Regeln halten würde, würde bloß Mittelmaß entstehen«, erwiderte Jakob. »Und überhaupt: Man muss sich an die Bedürfnisse der Kunden anpassen, und genau das haben Sie getan. Von daher: weiter so.« Er nickte ihr zu. »Und viel Glück mit dem Laptop.«

»Schönen Abend noch.« Jetzt lächelte sie sogar. Erstaunlich. Wenn diese Therapeutin ihn und die anderen Gäste nicht gerade mit Definitionen einschläferte, wirkte sie fast wie ein Mensch.

Zwanzig Minuten später – Jakob wollte gerade zum Abendessen aufbrechen – klopfte es an seiner Tür.

Frau Püschel? »Tut mir leid, dass ich Sie störe, aber könnten Sie vielleicht doch kurz nach dem Lüfter sehen?« Ihre Wangen waren gerötet, der Pferdeschwanz fast aufgelöst. »Das Ding will einfach nicht laufen!«

»Kein Problem.« Jakob nahm Laptop und Werkzeugkoffer entgegen. »Dann schauen wir mal.« Er nahm einen Schraubenzieher und drehte das Laptop um. »baerentatze29« stand auf einem Zettel, der direkt unter den Herstellerangaben klebte. »Ein brillantes Versteck.« Jakob schmunzelte, während er das Gehäuse aufschraubte. Dann entfernte er den Akku und wandte sich dem Lüfter zu, der ordentlich verstaubt war. »Sie haben nicht zufällig einen Pinsel dabei?«, fragte er.

»Ich kann einen holen.« Frau Püschel verließ im Eilschritt das Zimmer. Keine dreißig Sekunden später war sie wieder da.

»Das ging aber schnell«, sagte Jakob.

»Nein, nein, ich musste noch einmal zurückkommen, weil ich meine Schlüssel vergessen habe.« Sie griff nach ihrem Schlüsselbund, der neben dem Laptop lag, und schon war sie wieder weg.

Minutenlang passierte nichts. Jakob betrachtete den Aufkleber, der auf dem Gerät prangte. Ein Faultier, das an einem Ast hing und völlig entspannt aus der Wäsche guckte. Irgendwo knallte eine Tür, ansonsten rührte sich nichts. Wo Frau Püschel bloß blieb? Na ja, Eile hatte er keine. Nach zwanzig Minuten war sie noch immer nicht zurück. Sie würde doch nicht das gesamte Haus nach einem Pinsel umkrempeln?

Jakob machte einen Abstecher zur Rezeption. Frau Püschel sei bei einer Besprechung, meinte El Fish. Auch gut, dann würde er eben anstelle des Pinsels ein Wattestäbchen verwenden. Fünf Minuten später säuselte der Lüfter so zart, als sei er gerade erst eingebaut worden. Na bitte.

Jakob wollte das Gerät gerade zuklappen, da fiel sein Blick auf das Passwort-Eingabefeld. »baerentatze29«. Sollte er …? Nein. Auf gar keinen Fall. Seit Barcelona hatte er keine Mails mehr gelesen. Wozu auch? Mit »Rizo« hatte er nichts mehr am Hut, alles andere war Nebensache.

Jakob schluckte. Was, wenn sich sein Chef doch noch mal gemeldet hatte? Er hielt sich an der Tischplatte fest, den Blick starr auf das Laptop gerichtet. Was, wenn sich Teddys Pläne geändert hatten?

Durchatmen.

Nachdenken.

Die Wahrscheinlichkeit, dass Alex seinen Thron wieder verlassen hatte, war gering, aber nicht ausgeschlossen. Jakob warf einen Blick durch den Türspalt in den Flur. Alles ruhig. Also los …

Viele belanglose E-Mails. Spam. Eine Einladung zu irgendeiner Party. Eine Freundschaftsanfrage von einer Unbekannten auf Facebook. Eine Nachricht von Alex. Eine Nachricht von Alex! Jakob biss die Zähne zusammen, klickte auf die Mail – im selben Moment ging die Tür auf.

Er fuhr zusammen.

»Ich habe den Lüfter mit einem Wattestäbchen gesäubert«, sagte er hastig, während er die Seite mit seinen Mails schloss beziehungsweise schließen wollte, da das ohne Maus auf die Schnelle nicht so einfach war.

»Wie bitte?«, fragte Frau Knopp nach.

»Ach, Sie sind das!« Jakob hastete zur Tür.

»Ich möchte Ihnen gerne einen Vorschlag unterbreiten«,

fuhr sie fort. »Es geht um die Möglichkeit von Einzelgesprächen. Wir …« Sie verstummte. In diesem Moment erfüllte das sanfte Rauschen des Lüfters den Raum.

»Was machen Sie da?« Ihre Stimme klang nach akutem Wintereinbruch.

»Der gehört mir nicht«, erwiderte Jakob schnell. »Ich repariere ihn nur.«

»Wem gehört er?«

»Der Lüfter war kaputt.«

»Wem gehört er?«

»Ich habe bloß … also das war für …«

»Herr Fink, hier ist –« Frau Püschel stand in der Tür, blickte von Jakob zu ihrer Chefin, zum Laptop und wieder zurück. In ihrer Hand: ein Pinsel. Frau Knopp verschränkte die Arme vor dem Körper. Eine steile Falte wölbte sich auf ihrer Stirn. Jakob hatte auf einmal das Gefühl, als würde sich Eiseskälte im Zimmer breitmachen.

Cadaqués, den 17. Juli

Ich bekomme eine Abmahnung. Eine Abmahnung?! Das kann ja wohl nicht wahr sein! Was habe ich verbrochen? Ich wollte einfach gewappnet sein für meinen Vortrag, mehr nicht! Wie konnte ich nur?! Diese ewigen Regeln, dazu der unendliche Stress und tausende Überstunden, ich hab echt genug, ich will nicht mehr, es reicht. Nur gut, dass die Chefin morgen den ganzen Tag weg ist. Ich will ihr so schnell nicht wieder über den Weg laufen. Eins ist schon mal sicher: Einen Vortrag à la Knopp halte ich ganz bestimmt nicht!!

Der Wind raschelte durch die lanzettförmigen Blätter der Olivenbäume. Die Gruppe hatte es sich im Schatten bequem gemacht. Frau Püschel sah müde aus. Jakob beobachtete zweimal, wie sie unterdrückt gähnte. In einer ruhigen Minute würde er sie fragen, wie das Gespräch mit ihrer Chefin ausgegangen war. So wie er die entschleunigte Furie Knopp einschätzte, hatte die Arme ordentlich Kritik einstecken müssen.

Frau Püschel gab die nächste Aufgabe bekannt. Alle sollten sich Gedanken machen zum Thema: »Wir unternehmen etwas Schönes.«

»Chips und Netflix?«, fragte Ling Chen.

»Die Übung heißt: ›Der schönste Tag meines Lebens‹.«

»Die kenne ich«, sagte Motte. »Dabei geht es um die Frage, wie der perfekte Tag aussehen könnte.«

»Ganz genau.« Frau Püschel nickte. »Überlegen Sie sich so viele Details wie möglich. Wann stehen Sie auf? Was essen Sie? Was machen Sie dann? Was ziehen Sie an? Wer ist bei Ihnen? Schreiben Sie alles auf. Los geht's!«

Der perfekte Tag – das war nicht einfach. Sollte er unter der Woche oder am Wochenende sein? Allein die Frage kostete Jakob zwei Minuten. Er entschied sich für einen Arbeitstag. Früh wachte er an seinem perfekten Tag auf, aber nicht ganz so früh wie sonst. Sechs Uhr reichte. Die Sonne schien sanft auf seinen Balkon, wo er einen Kaffee trank, während sein Blick über die Dächer von Düsseldorf schweifte. Seine Freundin schlief noch. Moment – seine Freundin? Er zögerte einen Moment, aber – ja: Am schönsten Tag seines Lebens wollte er gerne mit einer Frau zusammenwohnen.

Wie ging es weiter? Er duschte, zog sich eine Jeans an und ein T-Shirt, um dann mit dem Mountainbike zur Arbeit zu radeln. Aber wo arbeitete er? Bei Teddy? Jakob zögerte wieder, ließ die Stelle vorerst offen. Auch bei der Gestaltung des Abends geriet er ins Schleudern. Was würde er gerne machen? Mit seiner Freundin kochen? Ins Kino gehen? Gitarre spielen wie früher? Er musste einige Lücken lassen. Der Rest der Gruppe hatte weniger Probleme, wie es ihm schien, denn als Frau Püschel nach den Ergebnissen fragte, sprudelten die Vorschläge nur so hervor.

»Am Meer sitzen.«

»Frühstück im Bett.«

»Ein Buch lesen.«

»Ein Ausritt über die Felder.«

»Waffeln mit Erdbeeren und Sahne.«

»Ein Picknick mit meiner Familie.«

»Mit Freundinnen tanzen gehen.«

»Zelten und Sterne gucken.«

»Ein Konzert besuchen.«

»Einen Halbmarathon gewinnen.«

»Pizza backen mit Freunden.«

»Kaffee trinken.« Diese originelle Idee kam von Jakob, der wenigstens einen Vorschlag zu der Sammlung beisteuern wollte. Frau Püschel hörte sich alles an, und als niemand mehr etwas ergänzen wollte, hatte sie selbst einen Vorschlag, der gar nicht mal so übel klang: »Wir setzen heute so viele

Ideen wie möglich um. Dieser Tag ist ja für die meisten von Ihnen der letzte Tag Ihres Aufenthalts hier, und er soll einfach schön werden. Ich möchte, dass jeder von Ihnen mindestens einen Happen seines perfekten Tages abbekommt. Was wir heute Vormittag nicht schaffen, können wir nach den Nachmittagskursen oder heute Abend nachholen. Frau Knopp ist den ganzen Tag unterwegs, wir haben freie Bahn.«

»Klingt super!«, rief Gaby, und auch Jakob war von der Idee angetan.

»Womit starten wir?«, fragte Frau Püschel.

»Die meisten wollen ans Meer«, sagte Motte. Keiner hatte etwas dagegen, und so zogen sie eine Viertelstunde später mit Badetüchern und Sonnencreme los. Zum Meer führten viele Wege, aber Frau Püschel schlug vor, nicht den Stadtstrand anzusteuern, sondern eine versteckte Bucht weiter östlich.

Jakob wanderte neben Motte den Hügel hinab. Frau Püschel war ihnen nur wenige Schritte voraus, und er beschleunigte seinen Schritt, bis sie gleichauf waren. »Hat sich Frau Knopp noch sehr über die Laptop-Geschichte aufgeregt?«, fragte er.

»Kein Kommentar.« Sie winkte ab. »Aber trotzdem danke, dass Sie mir geholfen haben.«

»Geht das Laptop noch?«

»Ja, es läuft. Sie haben –« Frau Püschel unterbrach sich, als ihnen eine Spaziergängerin entgegenkam. Es war die Tochter von Kneipenwirt Milan.

»Motte!« Luisa breitete die Arme aus, dann hielt sie in der Bewegung inne und reichte ihm die Hand. Erst jetzt bemerkte Jakob, dass sie nicht alleine unterwegs war. Das Muskelpaket mit dem Labrador war bei ihr.

»Ramon?« Frau Püschel stoppte. Die beiden sprachen auf Spanisch oder Katalanisch miteinander, während der Rest der Gruppe weiterspazierte. Eigentlich eine völlig normale Situation, aber irgendwie war sie nicht normal. Frau Püschel wirkte angespannt. Motte auch. Luisa ebenfalls. Wie die drei sich musterten, verstohlen aus den Augenwinkeln – seltsam. Nur dieser Ramon mit seinem Labrador schien nichts davon zu bemerken. Er erzählte irgendetwas, lachte laut, drückte Frau Püschel noch einmal kräftig und spazierte mit Luisa davon.

»Sie kennen Ramon?«, fragte Motte, nachdem sie ein paar Meter schweigend weitergegangen waren.

»Ich lebe schon eine Weile hier«, sagte Frau Püschel.

»Und Luisa? Kennen Sie die auch?«

»Nicht persönlich.« Frau Püschel deutete auf einen Pfad, der zu einem Wäldchen führte. »Da geht's lang.« Sie überholte Jakob, Motte und drei weitere Kursteilnehmer und begab sich an die Spitze des Trupps.

»Was war denn das gerade?«, fragte Jakob leise.

»Was war was?«

»Sie war seltsam.«

»Luisa? Vergiss es.«

»Ich meinte Frau Püschel.«

»Keine Ahnung.« Motte hüllte sich in ein düsteres Schweigen, ähnlich wie an dem Abend, als er Luisa und Ramon im Gavina angetroffen hatte. Armer Kerl.

Der Weg war so schmal, dass sie nicht nebeneinander gehen konnten. Zweimal mussten sie über einen umgefallenen Baumstamm klettern, bis sie die Bucht erreichten.

Frau Püschel hatte nicht zu viel versprochen. Ein winziger Strand, grün umrahmt, beschattet von Kiefern, abgeschieden vom Trubel. Alle breiteten ihre Handtücher aus, Gaby ging gleich ins Wasser, Ling Chen folgte ihr. Jakob setzte sich neben Motte ans Wasser.

»Willst du reden?«, fragte er leise. Motte schüttelte bloß den Kopf. Was sollte er auch groß erzählen? Die Sachlage war eindeutig. Motte stand immer noch auf Luisa, doch die hatte ein Muskelpaket mit Labrador am Start. Damit musste er klarkommen. Würde er sicher auch. Spätestens, wenn er wieder in Berlin war. Dann würde alles anders werden. Anders war nicht schlecht. Oder? Nachdenklich blickte Jakob in die sanften Wellen hinaus.

Einfach so.

Minutenlang.

Früher wäre ihm das nie passiert. Früher, in den letzten vier Jahren. Da hatte er jede freie Sekunde genutzt. Egal, ob im Wartezimmer beim Zahnarzt oder in der Schlange der Cafeteria – er hatte immer etwas zu arbeiten dabei, und er hatte auch immer gearbeitet. Sehr effizient, keine Frage, aber war das wirklich sinnvoll? Hätte er in den letzten Minuten über die Aufteilung eines Kommunikationsbudgets nachgedacht, wäre ihm entgangen, wie die kleine Strandkrabbe direkt vor ihm mit einem leisen Plopp ins Wasser glitt. Sicher wäre ihm auch nicht aufgefallen, wie würzig diese lilafarbenen Pflanzen rochen, die ein paar Meter weiter am Rande des Steinstrandes wuchsen. Und ob er das leise Knattern gehört hätte, das sich vom Meer her näherte, war ebenfalls fraglich. Wahrscheinlich hätte er das Boot erst bemerkt, wenn es ihm fast über die Füße gerauscht wäre.

»Wir bekommen Besuch«, sagte Frau Püschel.

»Von wem?«, fragte Jakob.

»Von der *Selina.*«

»Wer ist das?«

»Ein Kaffeeboot.«

»Da gibt's Kaffee?«

»Und Tee und Saft und Bier und Cocktails.« Frau Püschel erhob sich. »Adriano ist hier bekannt wie ein bunter Hund. Ein ganz lieber Kerl.« Sie wandte sich an die Runde der Gäste, die nicht direkt ins Wasser gestürmt war. »Wenn Sie etwas Leckeres trinken wollen, ist jetzt die Gelegenheit.« Sie nahm vier Bestellungen auf, darunter auch einen Kaffee für Jakob, dann stapfte sie zu einem Steg am Rande der Bucht.

Adriano war ein richtiger Seebär. Gegerbte Haut, dazu wilde Locken und ein dunkler Bart mit weißen Stichelhaaren. Er unterhielt sich eine ganze Weile mit Frau Püschel, dann trommelte diese die Gruppe zusammen. »Ich habe Adriano gefragt, ob er uns mit auf seine Tour nimmt. Ein halbes Stündchen wäre drin. Hätten Sie Lust?«

Alle wollten. Jakob drängte sich zwischen Gaby und Motte an das hintere Ende des Bootes.

»Schöne Idee«, sagte er.

»Absolut.« Motte wirkte entspannter, schien die Begegnung mit Luisa allmählich überwunden zu haben. In der Bucht war kaum Wind, sodass das Segelboot mit Motorkraft lostuckerte. Sie waren erst gute zwanzig Meter weit gekommen, da zog Frau Püschel ihr Handy aus der Tasche.

»Hallo?«, sagte sie.

Pause.

»Auf der *Selina.*«

Pause.

»Sag ihr, dass ich gerade nicht kann.«

Pause.

»Pech.«

Pause.

»Mir egal. Ich möchte unseren Gästen den schönsten Tag ihres Aufenthaltes hier bieten, und niemand wird mich daran hindern. Schon gar nicht Frau Knopp.«

Pause.

»Danke, Lothar.«

Sie legte auf.

Alle sahen Frau Püschel an, alle schienen zu wissen, was ihr der Anrufer mitgeteilt hatte. Jakob sprach es aus.

»Hat sich Frau Knopp beschwert?«

»Wäre möglich.«

»Dann müssen wir zurück.«

»Nein.«

»Sie könnten Ihren Job verlieren.«

»Mein Job ist es, Menschen zu helfen. Ich habe schon viele Sachen machen müssen, die ich nicht gut finde. Das hier ziehen wir durch.«

Jakob musterte die Therapeutin. Diesen entschlossenen, fast trotzigen Blick hatte er noch nie zuvor bei ihr gesehen. Auch ihre Stimme klang anders als sonst. Nicht nach Sonntagssäuseln, sondern nach Sturm. Die rebellische Frau Püschel war ihm sympathisch.

Die Bootstour führte sie die Küste entlang zu einer Bucht, in der Adriano Halt machte und Getränke verkaufte, dann ging es weiter in Richtung des Cap de Creus. Frau Püschel lachte, sprach mit den Gästen und scherzte mit Adriano. Jakob beteiligte sich nicht an den Gesprächen. Er schaute in die Wellen, auf das Glitzern der Sonnenstrahlen auf dem Wasser. Er trank ein Wasser und noch einen Kaffee, um Adrianos Umsatz anzukurbeln.

Da der Kapitän am Steuer stand, übernahm Frau Püschel die Kaffeemaschine, die sich in der Kombüse unter Deck befand. Sie kam mit einer Packung Espressobohnen in der Hand wieder, wechselte ein paar Worte mit Adriano und wandte sich an die Gruppe.

»Wir kommen jetzt zu unserer letzten Übung. Zumindest für diejenigen, die morgen abreisen.« Sie nahm eine Handvoll Espressobohnen aus der Verpackung. »Kennen Sie die Geschichte von dem Bauern und den Bohnen?«

Wäre Herr Hild, der Mann aus der bürgerlichen Mitte, noch Teil der Gruppe, wüsste er sicherlich die Antwort, aber der war ja bereits abgereist.

»Also«, begann Frau Püschel, »es gab einmal einen Bauern, der nahm jeden Tag eine Handvoll Bohnen mit aufs Feld. In seiner linken Hosentasche.«

»Bohnen oder Espressobohnen?«, fragte Ling Chen.

»In der ursprünglichen Geschichte, die Sie übrigens gerne im Internet nachlesen können, ist von richtigen Bohnen die Rede.« Frau Püschel hob die Stimme. »Der Bauer arbeitete hart – und raten Sie mal, was er machte, wenn die Sonne rauskam oder wenn ihm ein Feldhase begegnete oder eine freundliche Spaziergängerin?«

»Dann hat er eine Bohne gegessen?«, fragte Motte.

»Er zog eine Bohne aus der linken Hosentasche und steckte sie in die rechte.«

»Der hat zu viel Zeit«, sagte Ling Chen.

»Abends zog der Bauer Bilanz«, fuhr Frau Püschel unbeirrt fort. »An manchen Tagen hatte er bloß eine Bohne in seiner rechten Tasche, an manchen zwei. Aber von Woche zu Woche wurden es mehr.«

»Und was soll uns das sagen?«, fragte Ling Chen.

»Ist doch logisch«, sagte Motte, »dass man auf schöne Momente achten soll.«

»Ganz genau, um Glücksmomente geht es. Sobald wir zurück sind, bekommen Sie von mir fünf Kaffeebohnen. Und bei unseren Abschlussgesprächen ziehen wir Bilanz. Also entweder heute Abend, morgen früh oder wann auch immer Sie abreisen. Falls ich dann noch im ›Centro‹ arbeite.« Frau Püschel lächelte. Kein Sonntagslächeln, sondern ein ganz neues Lächeln mit einem Hauch von Besorgnis und einer ordentlichen Portion Ironie.

Plötzlich aber erlosch ihr Lächeln. Vermutlich hatte ihr Handy in ihrer Hosentasche vibriert, denn sie zog es hervor und hielt es sich ans Ohr.

»Okay«, sagte sie zweimal, nein, dreimal. »Dann bis dann.« Sie steckte ihr Handy ein, sagte ein paar Worte auf Spanisch oder Katalanisch zu Adriano und wandte sich wieder an die Runde. »Es tut mir sehr leid«, sagte sie, »aber wir müssen zurück.«

»Wegen Frau Knopp?«, fragte Jakob.

»Sie kam früher zurück als geplant.«

»Aber Sie haben nichts Schlimmes gemacht«, wandte Jakob ein.

»Sie wird mir trotzdem den Kopf abreißen.«

»Das war heute der beste Tag hier!«, rief Gaby.

»Die Knopp soll bloß die Füße stillhalten.« Ling Chen rückte sein schwarzes Stirnband zurecht. Jakob sah das genauso, aber es nutzte nichts.

Adriano wendete.

Cadaqués, den … was auch immer

Frau Knopp hat mir gekündigt. Fristlos. Sie hat mich so rundgemacht, mir ist jetzt noch schlecht. Bin nur noch wenige Wochen hier, dann ist alles vorbei.

Jakob, Motte und Gaby saßen beim Abendessen. Zumindest hatten sie einen Teller vor sich stehen, denn von der Tortilla hatte keiner viel gegessen. Jakob war in einer merkwürdigen Stimmung. Sie bestand zu zehn Prozent aus Wut (auf Frau Knopp), zu zwanzig Prozent aus Mitleid (mit Mona Püschel), zu dreißig Prozent aus Wehmut (wegen des Abschieds von Gaby und Motte) und zu vierzig Prozent aus einer kribbeligen Unruhe. Wie sein Leben wohl weitergehen würde, wenn er wieder zu Hause war?

»Frau Püschel sah übel aus«, sagte Gaby.

»Sie tut mir echt leid.« Jakob kaute an einem Stück Tortilla, das ihm nicht schmecken wollte. »Eigentlich wollte sie nur, dass wir einen schönen Tag verbringen.«

»Ob wir mal mit der Knopp reden sollen?«, fragte Motte.

»Die ist nicht mehr da«, sagte Gaby. »Ich habe sie eben wegfahren sehen.« Sie blickte auf ihre Uhr. »Ich muss leider auch los, ich fliege ja heute Nacht.«

»Ich wünsche dir einen guten Start nächste Woche«, sagte Jakob.

»Ein bisschen Bammel habe ich«, gab Gaby zu. »Aber ich sage mir die ganze Zeit, dass ich das schon hinkriege mit meiner Praxis.«

»Ich drücke die Daumen«, sagte Motte.

»Melde dich mal, Gaby.«

»Auf jeden Fall. Und ihr passt auf, dass eure Rucksäcke nicht zu schwer werden!« Sie stellte ihr Tablett auf einem Servierwagen ab und drückte Motte und Jakob zum Abschied. Kurz vor dem Ausgang blieb sie stehen und klopfte an die Tür, die zur Küche führte. Keine Minute später stand Gaby wieder vor ihnen.

»Hast du was vergessen?«, fragte Motte.

»Ja! Mein spontanes Abschiedsgeschenk.« Sie öffnete ihre Faust. Reiskörner. Ausgerechnet! Wobei – Jakob hatte kein Problem mit Reis. Nicht mehr. Gaby ließ ein Dutzend Körner in seine geöffnete Handfläche rieseln.

»Was sollen wir damit?«, fragte er.

»Glücksmomente sammeln.« Sie gab auch Motte ein Dutzend Reiskörner ab. »Die Idee fand ich toll. Nur Kaffeebohnen wollten mir die Küchenleute gerade nicht geben. Und Frau Püschel hat ja leider keine mehr verteilt. Aber Reis ist doch auch nicht schlecht.« Gaby verabschiedete sich ein zweites Mal, Jakob und Motte blieben im Speisesaal zurück.

»Wollen wir noch in die Stadt?«, fragte Motte.

Jakob blinzelte in Richtung Fenster. Eigentlich war er zu müde, um den Hügel noch einmal hinunter- und dann wieder hinaufzulaufen. »Wir könnten uns auch einfach auf die Terrasse setzen«, sagte er. »Oder in den Olivengarten.«

»Gute Idee.« Motte brachte sein Tablett weg, Jakob schloss sich an. Wenige Minuten später schlenderten sie gemächlich durch den Garten bis zum buckligen Olivenbaum.

Schön war es hier. Die urigen Bäume, die Natursteinmauer, die Zikaden im Hintergrund und das tausendfache Summen in den hellrosa blühenden Sträuchern. Jakob atmete tief durch. Ein guter Moment. Einer der besten seit seiner Rückkehr aus Barcelona. Er fasste in seine linke Hosentasche.

Sollte er? Warm und zart war das erste Reiskorn, das die Seiten wechselte. Er lächelte. Na bitte, es ging doch! Minutenlang saßen sie einfach da und schwiegen. »Was ist eigentlich mit dir und Luisa?«, fragte Jakob irgendwann. »Alles in Ordnung?«

Motte zuckte mit den Schultern. »Keine Ahnung. Ich wünschte, ich wüsste es, aber ich habe keinen Plan.«

»Triffst du sie noch mal?«

»Ich denke schon. Zwei Wochen bin ich ja noch hier.« Er streckte seine Beine aus. »Und du? Wie geht's mit dir weiter?«

»Keine Ahnung.« Jakob blickte zu einer watteweißen Wolke am Himmel empor. »Ich werde mich für ein paar Tage krankschreiben lassen. Direkt durchzustarten, dazu bin ich noch zu fertig.«

»Klingt vernünftig.«

»Aber ich muss auch –«, begann Jakob, doch dann unterbrach er sich. Frau Püschel hatte den Olivengarten betreten.

»Herr Fink!«, rief sie.

»Ich bin hier!« Jakob erhob sich.

»Ihre Schwester.« Sie drückte ihm ein Handy in die Hand. Ihre Stimme klang so verweint, wie sie aussah. »Am besten bleiben Sie hier stehen. Auf dem Hügel ist der einzige Platz mit gutem Empfang im Garten.« Sie drehte wieder um.

»Hey, Nelly«, sagte Jakob.

»Na, Koffer schon gepackt?«

»Mache ich gleich. Was gibt's denn?«

»Spannende Neuigkeiten.«

»Hat Carlos dir einen Antrag gemacht?«

»Ich erzähl's dir auf der Rückfahrt. Du wirst umfallen!«

»Auf welcher Rückfahrt?«, fragte Jakob.

»Ich hole dich morgen ab.«

»Bleibst du nicht noch bei Carlos?«

»Ich muss etwas Wichtiges in die Wege leiten, und das geht besser von Düsseldorf aus.«

»Du machst es ja spannend.« Er dachte an ihr letztes Telefongespräch. »Diese wichtige Sache hat aber nichts mit Flora zu tun, oder?«

»Passt neun Uhr?«

»Perfekt.« Jakob legte auf.

»Was gibt's denn Wichtiges?«, fragte Motte.

»Ich weiß nicht. Meine Schwester hat so seltsame Andeutungen gemacht.«

»Hat sie Flora gefunden?«

»Könnte schon sein.« Jakob wusste gar nicht, was er von dem Anruf halten sollte. Seine Schwester kannte die halbe Welt und konnte sehr hartnäckig sein, wenn es darauf ankam. Aber besser nicht darauf hoffen, nachher ging es um etwas völlig anderes. Hoffen war ohnehin unangebracht, denn eigentlich wollte er Flora ja gar nicht treffen. Offiziell. Nur ein klitzekleiner inoffizieller Teil in ihm hing immer noch daran. Nicht, weil er sich einen Nutzen davon versprach, nein, bloß, um die Sache abzuschließen. Und weil er neugierig war.

Jakob brachte das Telefon zurück zur Rezeption. El Fish nahm es in Empfang, Frau Püschel war nicht in Sicht. Doch, da hinten stand sie ja. Zusammen mit Gaby, die wohl noch auf ihr Taxi wartete. Als Frau Püschel ihn sah, winkte sie ihn herbei. Wie schon ein paar Tage zuvor umwehte sie ein Hauch von Knuspermüsli. »Wir müssen noch unser Abschlussgespräch führen«, sagte sie.

»Ich bin bereit.«

»Reicht morgen?« Frau Püschel nickte Gaby zu, die mit ihrem Trolley davonging.

»Ich bin bis neun Uhr früh da«, sagte Jakob.

»Wie wäre acht Uhr?«

Jakob senkte die Stimme. »Wir können das auch ausfallen lassen, wenn das zu viel ist.«

»Morgen früh um acht im Gelben Raum.« Die Therapeutin sah aus, als könne sie ihre Tränen kaum noch unterdrücken. Jakob versetzte es einen Stich, sie so zu sehen. Mona Püschel war ihm in der ersten Woche hier oft auf die Nerven gegangen, keine Frage, aber seitdem er ihr Mittwochslächeln kennengelernt hatte, konnte er eines nicht leugnen: Er mochte es.

Cadaqués, den 19. Juli

Die Ära der Sinnsprüche ist beendet.

Und nicht nur die Ära der Sinnsprüche. Na ja, selbst schuld. Irgendwo kann ich sie ja sogar verstehen. Ich meine, ich habe mich nicht an ihre Anweisungen gehalten. Mit voller Absicht. Zwar hauptsächlich deshalb, weil ich ihre Anweisungen nicht gut fand, aber egal, Fakt ist: Ich hätte das Centro nicht mit der Gruppe verlassen dürfen, fertig, aus. Keine Ahnung, wie es weitergeht. Mein Kopf ist einfach nur leer. Die Gäste waren ganz lieb zu mir, haben sich irgendwie Sorgen gemacht. Jakob Fink wollte sogar auf sein Abschlussgespräch verzichten. Richtig nett. Hilft mir aber nicht weiter. In zwei Wochen bin ich raus.
Und dann???

Als Jakob am nächsten Morgen um acht Uhr zu seinem Abschlussgespräch kam, erwartete ihn Mona Püschel bereits. Hell und luftig war es in dem Gelben Raum, alle Jalousien waren oben, die Fenster weit geöffnet. Die Therapeutin dagegen sah aus, als habe sie Monate in einem Kellerloch verbracht. Ihr Gesicht wirkte fahl, das sonnenblonde Haar kraftlos.

»Wie geht es Ihnen?«, fragte sie.

»Das wollte ich Sie gerade fragen.«

»Das Wohlbefinden der Mitarbeiter spielt keine Rolle.« Für einen winzigen Moment lächelte Mona Püschel. Nicht ihr Sonntagslächeln, sondern das Mittwochslächeln.

»Es geht ganz okay«, sagte Jakob. »Ich fühle mich noch schlapp, aber ich habe immerhin schon den ersten Glücksmoment gesammelt.« Er dachte an das Reiskorn, das im Olivengarten die Seiten gewechselt hatte.

»Das klingt gut.« Mona Püschel nickte, bevor sie weitere Fragen stellte. Fragen zum Aufenthalt, zu seinem Ess- und Schlafverhalten, zu den Kursen und zu seinen Plänen für die kommende Zeit. Ob er seine persönlichen Ziele erreicht hatte, wollte die Therapeutin ebenfalls wissen.

Das war eine schwierige Frage, da er ja zunächst ganz andere Ziele mit seinem Aufenthalt verbunden hatte, aber das musste er ihr nicht unbedingt auf die Nase binden. Wobei – warum eigentlich nicht? Er hatte nichts zu verlieren.

»Wissen Sie, ich kam gar nicht her, um mich zu erholen.«

»Ach so? Wieso denn dann?«

»Eigentlich wollte ich bloß arbeiten.«

Frau Püschel wirkte weniger schockiert als gedacht, ihre Augenbrauen senkten sich nach einer Millisekunde schon wieder. »Und dann änderten Sie Ihre Meinung?«, fragte sie.

»Ja, aber leider zu spät.« Jakob dachte daran, wie es ihn bei Milan aus den Schuhen gehauen hatte. »Eigentlich fing es sogar schon vor meinem … vor diesem Tag an.«

»Was meinen Sie?«

»Ich habe ein Lied gehört.«

»Was für ein Lied?«

»Ein Lied, das mich an früher erinnert hat.« Jakob lehnte sich zurück. Auf einmal hatte er die Melodie wieder im Ohr. »Genauer gesagt hat es mich daran erinnert, dass ich mal ein anderer Mensch war.«

»Wie anders?«

»Entspannter. Nicht so verbissen.« Jakob fasste in die linke Hosentasche. Die Reiskörner waren noch da.

»Ich finde, dass Sie sich in den letzten zwei Wochen sehr verändert haben«, sagte Mona Püschel.

Sie haben sich auch verändert, hätte Jakob gerne gesagt, doch irgendwie passte diese Anmerkung nicht hierher, auch wenn sie stimmte. Mona Püschel beugte sich nach vorne, und mit ihr wehte ein Hauch von Mandel zu ihm herüber. »Wichtig ist: Stressen Sie sich nicht. Geben Sie sich Zeit. Bei allem, was Sie machen.«

»Zeit habe ich«, sagte Jakob. Er wusste bloß nicht genau, wie er sie füllen sollte.

»Zu dem Thema hätte ich noch einen ganz persönlichen

Tipp für Sie.« Mona Püschel schmunzelte. »Kennen Sie ›Die Beständigkeit der Erinnerung‹?«

»Das Bild von Dalí? Mit den zerfließenden Uhren?«

»Man nennt es auch ›Die zerrinnende Zeit‹.«

»Sie sagen mir jetzt aber bitte nicht, dass das Leben vergänglich ist und man seine Zeit nutzen soll.« Jakob schüttelte den Kopf. »Mit solchen Weisheiten kann ich nichts anfangen.«

»Eigentlich wollte ich über Käse sprechen.«

»Was hat Käse mit Dalí zu tun?«

»Es heißt, dass ihm ein Camembert als Inspiration zu dem Uhrenbild gedient hat. Und ich wollte eigentlich nur fragen, wann Sie das letzte Mal etwas Leckeres mit Käse überbacken haben. Zum Beispiel Baguette mit Tomate, Knoblauch und Frühlingszwiebeln. Oder Ofenkartoffeln.«

Jakob musste nun doch lachen. Der Weg von der Vergänglichkeit zu Ofenkartoffeln war erstaunlich kurz. Überhaupt erinnerte ihn dieser Gedanke gerade sehr an Flora. »Du fühlst dich nicht gut? Dann überback doch mal was mit Käse.« Der Tipp hätte von ihr kommen können.

»Mein letzter Camembert ist lange her, aber ich werde mir den Vorschlag merken.«

»Dann kann ja fast nichts schiefgehen.« Mona Püschel lächelte wieder ihr Mittwochslächeln, während ein Sonnenstrahl ihr direkt in die mittelmeerblauen Augen fiel. Nein, es war kein Mittwochslächeln, es war eine Variante davon, die er noch nicht kannte und die er nicht genau einordnen konnte. »Und jetzt bekommen Sie etwas von mir«, sagte sie. »Etwas, auf das Sie sicher sehnlichst warten.«

»Was denn?«, fragte Jakob.

»Ihr Handy.«

»Stimmt, das gibt es ja auch noch.« An sein Handy hatte er gar nicht mehr gedacht. Nach seiner Rückkehr hatte es Mona Püschel in seinem neuen Zimmer in den Safe gesteckt. Zusammen mit dem Laptop und der Elektroplatte. Alle Gäste müssten gleichbehandelt werden, waren ihre Worte gewesen. Es hatte wie eine Entschuldigung geklungen.

Gemeinsam gingen sie zu Jakobs Zimmer. Seine Reisetasche stand geöffnet auf dem Bett. Mit einem Klick ging der Tresor auf. Sein Handy, sein Laptop, seine Elektroplatte. Jetzt hatte er alles wieder. Jakob stopfte die Elektroplatte und das Laptop direkt in seine Tasche. Irgendetwas klemmte. Ein Bündel mit Notizen. Er zog es aus der Tasche heraus und beförderte es direkt in den Papierkorb. Mona Püschel deutete auf eine Skizze von Reismännchen Rizo, die ganz oben lag.

»Sie zeichnen?«

»Das war bloß für die Arbeit.«

»Sieht lustig aus.«

»Spielt aber keine Rolle mehr.« Jakob verstaute auch das Laptop in seiner Tasche, dann richtete er sich auf. Nun war der Moment gekommen, um sich zu verabschieden. Er war fast ein bisschen traurig darüber, dass er schon abreisen musste. Die letzten Tage hatten ihm gutgetan, und irgendetwas in ihm wollte den finalen Abschied noch gar nicht einläuten. Mona Püschel schien noch nicht in Aufbruchsstimmung zu sein.

»Wollen Sie Ihr Handy nicht einschalten?«, fragte sie.

»Klar.« Jakob schaltete das Handy ein. Vierundzwanzig neue E-Mails, dreiundneunzig Textnachrichten, neunzehn Benachrichtigungen von Facebook. Nein, für so was hatte er keinen Nerv. Er schaltete das Handy wieder aus.

»Alle Achtung.« Mona Püschel reichte ihm die Hand.

»Hiermit ist unser Abschlussgespräch offiziell beendet.« Vanille und Honig mit einem Hauch von Mandel. Sie roch wirklich wie sein Knuspermüsli.

»Dann kann ich Sie ja jetzt fragen, wie es Ihnen geht«, sagte Jakob. »Oder gilt immer noch die Hausordnung?«

»Frau Knopp könnte das gegen mich verwenden.« Mona Püschel lächelte ein winziges Mittwochslächeln. »Aber ich bin heute mal ganz rebellisch: Es geht mir so mittel.«

»Bitte nicht zu viele Details.«

»Also gut, wenn Sie es unbedingt wissen wollen: Ich bekam gestern die –« Mona Püschel unterbrach sich, als die Tür aufgestoßen wurde und Frau Knopp eintrat.

»Wo bleiben Sie denn?«, fragte sie.

»Ich habe den Tresor geöffnet.«

»Ihr nächstes Abschlussgespräch steht an.«

»Ich komme, sobald ich mein aktuelles beendet habe.«

»Dann aber zügig.« Frau Knopp sah aus, als würde sie die Tür am liebsten mit Schwung zuknallen, als sie aus dem Zimmer rauschte.

»Ich hasse es, wenn sie Stress macht«, sagte Mona Püschel. »Gibt es noch irgendetwas, das Sie gerne loswerden möchten?«

Jakob zögerte eine Millisekunde, dann schüttelte er den Kopf. Beziehungsweise … »Doch, ich möchte noch etwas loswerden.« Er langte in seine rechte Hosentasche und zog das Reiskorn hervor. »Für Sie. Mein erster Glücksmoment. Ich hatte ihn unter dem buckligen Olivenbaum.«

»Den kann ich nicht annehmen.«

»Vielleicht bringt er Ihnen Glück.« Mona Püschel sah aus, als könne sie das gebrauchen.

»Danke, ganz nett, aber das ist Ihr Moment.« Sie lächelte

wieder die Variante des Mittwochslächelns, die er gerade erst kennengelernt hatte. »Ich wünsche Ihnen alles Gute.« Mona Püschel ließ die Tür sanft zugleiten.

Jakob setzte sich aufs Bett. Er hatte gepackt, er hatte seine Sachen wieder, Nelly würde ihn um neun Uhr abholen, er war bereit. Unfassbar, was in den zwei Wochen alles passiert war. Immerhin war überhaupt etwas passiert. Jenseits der Arbeit hatte es in den letzten Jahren ziemlich mau ausgesehen mit Erlebnissen.

Schade bloß, dass es von der Reise keine Fotos gab. Wenigstens ein Erinnerungsfoto könnte er noch schießen, jetzt, wo er sein Handy wiederhatte. Vielleicht könnte er sogar ein neues Album anlegen. Memento 34? Das wäre doch mal was! Jakob hob sein Handy. Er war eigentlich nicht der Typ für Selfies, aber für Memento 34 würde er eine Ausnahme machen. Zur Feier des neuen Albums.

In diesem Moment wurde die Tür wieder aufgestoßen. »Sorry, Schlüssel vergessen.« Mona Püschel stürmte herein, eine Millisekunde, bevor er den Auslöser betätigte. Klick. Er ließ das Handy sinken, sah sich suchend um.

»Hab ihn schon, danke!« Sie griff nach ihrem Schlüsselbund, der noch auf seinem Schreibtisch lag, winkte und verschwand. Der Geruch nach Mandel-Knuspermüsli lag noch eine Weile in der Luft.

Cadaqués, den 19. Juli

Jakob Fink ist fort. Beim Abschied war ich sogar ein kleines bisschen traurig, wer hätte das gedacht? Er hat mir ja einige Nerven geraubt, aber er hat auch seine netten Seiten. Keine Ahnung, warum, aber bei unserem Abschlussgespräch habe ich von Käse und Ofenkartoffeln geschwafelt. Und fast hätte ich ihm verraten, dass mir die Knopp gekündigt hat. Nicht sehr professionell, aber was soll's …

Acht Tage waren seit Jakobs Rückkehr nach Düsseldorf vergangen. Acht Spaziergänge und 59 Stunden Schlaf (davon 56 in den ersten sieben Tagen und drei in der vergangenen Nacht). Die Agentur hatte er noch nicht betreten, seine Krankmeldung lief noch. Eine seltsame Zeit. Er hatte viel nachgedacht. Über sich, über seine Schwester, über Gaby und Motte, Frau Knopp und Mona Püschel, über Alex und Teddy – und über Flora.

Aktuell fühlte Jakob sich wie vor einer Präsentation, was nicht nur am Schlafmangel lag, sondern auch an seinem Magen. In den letzten Tagen hatte er immer gut gefrühstückt, doch an diesem Morgen keinen Bissen hinunterbekommen. Kein Wunder. Er würde sie treffen! Flora! Zehn Jahre, zwei Monate und fünfzehn Tage nach ihrer letzten Postkarte!

Gemeinsam mit Nelly, die ihn vor dem Blumenladen bei der Marschallstraße erwartete. Nelly, die Flora ausfindig gemacht und bereits zweimal mit ihr telefoniert hatte. Nelly, die gerne an seiner Seite sein wollte und musste, falls er vor lauter Aufregung kein Wort herausbekam. Er war fast umgefallen, als seine Schwester ihm auf der Rückfahrt von der Neuigkeit erzählt hatte. Und: Ja, er wollte Flora sehen. Und wie er das wollte!

Die Straßen, durch die sein Navi ihn lotste, waren Jakob

vertraut. Ein merkwürdiges Gefühl, fast als würde er zur Arbeit fahren.

Morgen würde er mit Teddy sprechen müssen, und er hatte noch immer keine Entscheidung getroffen. Er wusste nicht mal, was er sagen sollte, wenn ihn sein Chef nach dem Grund für die Krankschreibung fragte. Klar müsste er diesen nicht nennen, ihn aber zu verschweigen, wäre auch seltsam. Sollte er die Wahrheit sagen? Nur, wenn er die Sache mit der Kündigung wirklich durchziehen wollte. Aber war das nicht viel zu riskant ohne Plan B? Wollte er überhaupt gehen? Na, erst mal nicht daran denken.

Das war leichter gesagt als getan, denn der Weg führte ihn immer näher an seine Agentur heran. Jakob blickte auf sein Navi. Die Marschallstraße kannte er nicht. Zumindest nicht vom Namen her, doch wie sich herausstellte, befand sie sich in unmittelbarer Nähe zur Gneisenaustraße, in der Kitze & Partner ansässig war. Parkplätze waren an diesem Tag Mangelware, und selbst am Eingang des nahegelegenen Parkhauses wartete eine lange Blechschlange.

Gut zehn Minuten lang kurvte Jakob immer wieder im Kreis, passierte dabei zweimal die Agentur. Nach einer Viertelstunde hatte er genug, steuerte die Gneisenaustraße an und parkte auf dem Parkplatz von Kitze & Partner. Dagegen konnte keiner was sagen, er musste ja trotz Krankheit nicht das Bett hüten.

Jetzt aber Beeilung. Er würde zehn Minuten zu spät kommen, aber das war kein Drama. Was waren schon zehn Minuten im Vergleich zu zehn Jahren? Jakobs Finger klammerten sich an den Griff des Beutels, in dem Memento 23 steckte. Nelly wartete bereits vor dem Blumenladen.

»Du bist spät«, sagte sie.

»Stress mich nicht, sonst muss ich gleich die nächste Kur beantragen.«

»Genau. Flora zu treffen ist ja fast wie arbeiten.« Nelly lachte.

Im selben Moment hielt ein Auto neben ihnen. Teddy grüßte aus dem geöffneten Fenster heraus. Jakob zuckte zusammen. Er hatte überhaupt nicht mehr auf die Straße geachtet.

»Na, kommst du doch zur Präsentation?«, fragte er.

»Zu welcher Präsentation?«

»Haha, der war gut.« Teddy lachte. »Auf geht's. ›Graf Keilo‹ kommt in fünfzehn Minuten.« Jakob schluckte.

»Ich dachte, das wäre nächste Woche.«

»Pläne sind dazu da, um über den Haufen geworfen zu werden.« Teddy stöhnte theatralisch. »Du ahnst nicht, was in den letzten drei Wochen hier abging.«

»Doch. Ich ahne es.« Jakob fixierte seine Fußspitzen. »Allerdings bin ich nicht wegen der Präsentation gekommen.«

Teddy runzelte die Stirn. »Das wäre aber schon sinnvoll.«

»Ich bin krankgeschrieben.«

»Es haben sich in den letzten Tagen hochinteressante Entwicklungen in der Agentur ergeben. Sie könnten dich betreffen, und sehr wahrscheinlich werden sie das auch.«

»Verstehe ich nicht.«

»Über ungelegte Eier rede ich nicht so gerne. Aber an der Präsentation würde ich an deiner Stelle trotzdem teilnehmen.« Teddy musterte ihn. »Sag mal, wie geht's dir überhaupt? Wieder fit?«

»Ab Mittwoch schon.«

»Hattest du dir eine Sommergrippe eingefangen? Anton

und Lara hatte es auch erwischt, scheint ein echt fieser Virus zu sein.«

»Virus. Na ja, also …« Jakob wusste nicht, was er antworten sollte. Die Wahrheit? Eine Notlüge? Gar nichts und Themawechsel? Er beschloss, sich mit einem unbestimmten Brummen aus der Affäre zu ziehen, was aber nichts an Teddys Anliegen änderte. »Wie sieht es aus, kommst du mit zur Präsentation oder nicht?«

»Ich … Also ich weiß nicht.«

»Wir haben eine Verabredung«, warf Nelly ein, was Teddy jedoch nicht interessierte.

»Du musst entscheiden, was dir wichtiger ist.« Teddy zuckte mit den Schultern, doch Jakob hörte seinem Tonfall an, dass die Antwort klar sein müsste. Wobei – so einfach war das nun auch wieder nicht.

Flora, der geplatzte Ballon, die Karten, das Lied, die vielen durchhofften Nächte … Wie lange wartete er schon auf den bevorstehenden Moment? Und überhaupt: Was war im Leben wichtiger – irgendeine dahergelaufene Präsentation oder ein besonderer Mensch?

»Es tut mir leid.« Jakob schüttelte den Kopf. »Aber zu der Präsentation kann ich leider nicht mitkommen.«

»Du musst es wissen.« Teddy nickte – wie Jakob schien – unangenehm überrascht. »Deine Entscheidung. Ob sie klug ist, wird sich zeigen. Wie gesagt, es gibt da gewisse Entwicklungen. Eine kann ich dir ja schon mal andeuten: Alex wird aller Voraussicht nach nicht langfristig bei uns bleiben. Von daher wäre es sinnvoll, wenn …«

»Wie – nicht bleiben?«

»Seine Entscheidung.« Teddy hob beide Hände, als wollte er sich ergeben. »Na ja, wie auch immer, es hat mir schon irgendwo leidgetan, wie das alles gelaufen ist. Dein Ansatz war ja wirklich auch gut, aber … na ja … Für einen mussten wir uns eben entscheiden.«

»Alex hat gekündigt?«

»Es ist noch nicht offiziell, aber: Ja, er hat wohl ein unschlagbares Angebot aus Hamburg bekommen, da können wir nicht mithalten. Und deswegen überlege ich mir gerade, wer das Reis-Projekt übernimmt, wenn er geht. Und natürlich auch – du weißt schon …« Jakob verstand Teddy auch ohne Worte. Die neonschwarze Tür – sie war wieder da! Vielleicht würde sie sich doch noch für ihn öffnen!

»Aber wir wollten doch zu Flora!«, rief Nelly, die er neben sich fast vergessen hatte.

»Ja. Wollten wir und will ich auch immer noch.« In Jakobs Kopf drehte sich alles. Er könnte immer noch Partner werden, der Platz war frei, würde frei werden! Er blickte von Nelly zu Teddy. Wenn er jetzt nicht mitging, würde er sich das nie verzeihen. Teddy hatte die Wahl, und im Team waren noch mindestens zwei weitere Kandidaten, die höchstes Interesse an dem Reis-Projekt hegten und noch höheres an einem Dasein als Partner. Folglich gab es nur eine Lösung.

»Ich komme mit«, sagte er zu Teddy.

»Gute Entscheidung.«

»Ist das dein Ernst?«, rief Nelly. »Aber wir sind doch verabredet! Flora wartet auf uns!«

»Geh du doch schon mal vor, ich komme nach.«

»Das kannst du nicht machen. Sie freut sich riesig auf dich. Und ich dachte, nach so vielen –«

»Die Präsentation dauert nicht ewig.« Jakob setzte sich in Bewegung. »Gar kein Problem. In spätestens einer Stunde bin ich bei euch!«

Cadaqués, den 27. Juli

Ramon hat geschrieben, er will mich sehen. Ob er von meiner Kündigung erfahren hat? Hier im Ort macht ja alles schnell die Runde. Keine Ahnung, ich habe jedenfalls keine Lust auf ein Treffen. Mir geht's nicht sonderlich gut. Ich habe noch kein einziges gutes Stellenangebot gefunden. Umziehen will ich nicht und zurück nach Deutschland erst recht nicht. Aber wovon soll ich leben?

Die Präsentation startete zwanzig Minuten später als geplant. Am Kopfende des Konferenzraumes performte Kollege Alex im Angesicht einer PowerPoint-Grafik. Souverän wie immer. Wenn Jakob nicht wüsste, dass Alex die Agentur bald verließ, würde ihn der Vortrag quälen. So quälte ihn bloß der Gedanke, dass er zu spät zu Flora käme. Darauf durfte er jedoch keine Rücksicht nehmen.

Alex' Konzept, vor allem die kreative Leitidee, überzeugte Jakob noch immer nicht. Als Kernwerte der Marke stand bei dem Ansatz das Wertepaar »Exotik und Entdeckerlust«. Das Key Visual – diesen kleinen roten Heißluftballon – fand er altbacken, den Claim »Die Ferne ganz nah!« irgendwie lahm.

»Auf Reisreise mit ›Rizo‹ zu sein, das bedeutet …«, sagte Alex, »Neues entdecken. Die Ferne erleben. Ganz nah, zu Hause, auf dem Teller.«

Jakob sah sich um. Zwei Herren hielten ein Handy in der Hand. Ein zartes Pflänzchen – eine Praktikantin? – blätterte in ihren Unterlagen, ihre beiden Sitznachbarn starrten nach vorne oder ins Leere, ein Mann mit schütterem langem Haar machte sich Notizen und eine Dame im Kostüm rührte in ihrem Kaffee. Jakob blickte auf seine Uhr. Es war schon nach drei. Flora hatte ihn um zwei erwartet, aber es nutzte nichts: Er konnte nicht einfach verschwinden.

Über dreißig Minuten dauerte die Präsentation noch, es folgte eine Handvoll Nachfragen, dann ergriff das zarte Pflänzchen – die wohl doch keine Praktikantin war – das Wort.

»Vielen Dank«, sagte sie. »Das war interessant.«

Jakob hielt die Luft an, warf einen besorgten Blick zu Teddy hinüber. Interessant – das war nicht gut, das wusste natürlich auch sein Chef, der so schnell aufstand, dass sein Stuhl um ein Haar umgekippt wäre.

»Ich kann Ihnen gerne noch ein paar Details …«

»Herzlichen Dank, aber wir haben genug gehört«, unterbrach ihn das zarte Pflänzchen.

Die Dame im Kostüm erhob sich, der Mann mit dem schütteren Haar packte seine Notizen ein. Jakob schluckte. Sein Bauchgefühl hatte ihn nicht getrogen, doch er verspürte keinen Triumph.

»Wir hätten auch noch Alternativen im Angebot«, sagte Teddy hastig. »Gar kein Problem. Lassen Sie uns gleich einen Termin ausmachen.«

»Das ist nicht nötig, vielen Dank. Wir melden uns zeitnah.«

»Jakob, was ist denn mit deinem Ansatz?« Teddys Stimme klang rau. »Skizziere den doch schnell noch.«

Jakob glaubte sich verhört zu haben. »Den hatte ich nicht weiterverfolgt.« Er erhob sich. »Tut mir leid. Ich muss jetzt sowieso weg.«

»Wir müssen auch los.« Das zarte Pflänzchen reichte dem Agenturchef die Hand.

»Aber die Idee war toll«, sagte Teddy. »Dieser Löffel mit den Flügeln, erzähl doch mal.«

Jakob schüttelte den Kopf, peilte die Tür an. Er musste zu

Flora. Er hatte genug Zeit verschwendet. Den Pitch würde er nicht retten.

»Ach, das war doch dieser Markenbotschafter.« Das zarte Pflänzchen klang interessiert.

»Lass los – reis los«, sagte Teddy. »Als Kernwerte hatten wir ›Freiheit und Spaß‹ definiert.«

»Erzählen Sie«, sagte das zarte Pflänzchen aufmunternd.

Jakob blieb einen Meter vor der Tür stehen.

»Komm schon«, sagte Teddy beschwörend und sah ihn eindringlich an.

»Fürs Team«, ergänzte Alex.

In Jakobs Kopf überschlugen sich die Gedanken. Er hatte sich doch geschworen, für das große Ziel immer sein Bestes zu geben. Da konnte er jetzt nicht kneifen! Gerade in dieser überaus wichtigen Phase … Jakob zählte innerlich bis zwei, nein drei, dann drehte er sich um und ging nach vorne. Ein Vortrag. Einfach so, ohne Vorbereitung. Wohlwissend, dass Teddy in naher Zukunft einen neuen Partner suchen würde. Wie sollte er das hinbekommen, ohne vor Angst ohnmächtig zu werden? Abgesehen davon, dass er von dem geflügelten Esslöffel längst nicht mehr überzeugt war … Freiheit? Spaß? Den Reis könnte man doch mit einem ganz anderen Wert verbinden!

Jakob knibbelte an der Hautfalte seiner linken Hand. Seine Vorträge waren normalerweise bis ins kleinste Detail durchdacht, folgten einer Dramaturgie, die Spannung aufbaute und in einem fulminanten Finale endete. Das konnte er unmöglich aus dem Ärmel schütteln!

Seine Hände zitterten, als er nach einem Stift auf der Ablage des Smartboards griff. Vergeblich versuchte er, das souveräne Lächeln abzurufen, das er bei Präsentationen schon so oft eingesetzt hatte. Immerhin ließ ihn nur sein Körpergedächtnis im Stich, nicht seine Stimme.

»Ich möchte nicht mit dem Thema Reis beginnen, ich möchte Ihnen zunächst von einer Reise erzählen.« Er stützte sich mit den Unterarmen auf dem Rednerpult ab. Storytelling war seine Welt, also los. Er hatte doch eine Menge zu sagen.

»Alles begann mit dem Geburtstag meiner Schwester. Ich hatte wahnsinnig viel um die Ohren, weil ich das perfekte Marketingkonzept für eine Marmelade entwickeln wollte. Und zwar so sehr, dass ich auf dem Geburtstag …«

»Jakob, das nicht.« Teddy stellte sich neben ihn. »Erzähl einfach von dem Konzept. Die Internetseite, du weißt schon.«

»Dazu komme ich gleich«, sagte Jakob. Erst musste er seine Geschichte erzählen, und genau das tat er auch. Er erzählte von seiner Ohnmacht, dem Unfall und seinem Plan, die aufgenötigte Kur zum Arbeiten zu nutzen – und an der Stelle kam »Graf Keilo« ins Spiel.

»Die Arbeit mit dem Projekt ›Rizo‹ entwickelte sich zu einer Reise in den Abgrund.« Jakob wollte diesen Satz einen Moment wirken lassen, doch das war nicht in Teddys Sinne. Er trat dicht an ihn heran. »Nicht so. Bitte einfach ganz sachlich das Konzept«, flüsterte er, ein verzerrtes Lächeln im Gesicht.

»Lassen Sie ihn bitte«, sagte das zarte Pflänzchen, das wohl sehr gute Ohren hatte, und ihre Stimme klang so schroff, dass Jakob innerlich erbleichte. Teddy ließ von ihm ab, nahm wieder Platz.

»Es ging immer weiter bergab«, sagte Jakob.

»Unmöglich«, brummte der Mann mit dem schütteren

Haar, und auch die Dame im Kostüm schüttelte unwillig den Kopf, bevor sie mit ihrem Nachbarn tuschelte.

»Ruhe!« Die Stimme des zarten Pflänzchens zerteilte die Luft wie ein Steakmesser. Das Getuschel verstummte.

»Je mehr ich mich in diese Arbeit gestürzt hatte, umso schlechter ging es mir«, fuhr Jakob fort. »Ich habe an nichts anderes mehr gedacht, kaum noch gegessen oder getrunken, und von Schlaf war sowieso längst keine Rede mehr.« Er spürte Teddys Blick, doch darauf konnte er keine Rücksicht nehmen. Das war seine Geschichte.

»Das Drama spitzte sich zu«, fuhr er fort. »Als ich erfuhr, dass mein Kollege Alex an meiner Stelle die Präsentation übernimmt, bin ich zusammengebrochen.« Kurze Pause. »Der Reis hat mich um ein Haar in den Burnout getrieben.« Das war inhaltlich nicht ganz korrekt, aber hier ging es um den dramatischen Effekt. Jakob hob seine Stimme. »Das Konzept, der Pitch, der Reis – all das hat mich fast zerstört!« Seine Stimme wurde rau. »Aber wissen Sie was?« Noch eine Pause, diesmal etwas länger. »Ihr Reis hat mich fast zerstört, aber dann … hat er mich gerettet.«

Das zarte Pflänzchen richtete sich auf.

»Genauer gesagt hat mich ein Reiskorn gerettet.« Jakob griff nach der Schüssel mit dem Reis, die vorne am Rednerpult stand. Er nahm ein einzelnes Korn zwischen Daumen und Zeigefinger. »Unter einem Olivenbaum bin ich zur Ruhe gekommen. Dort konnte ich zum ersten Mal wieder durchatmen. Und dann tat ich es.«

Stille.

»Ich nahm das Reiskorn – und steckte es in meine rechte Hosentasche.«

Fragende Gesichter. »Und warum?«

In nahezu andächtiger Stille erzählte Jakob die Geschichte von dem Bauern, den Bohnen und den Glücksmomenten. »Unter dem Olivenbaum hatte ich meinen ersten Reismoment, und von dem Tag an ging es bergauf.« Jakob griff noch einmal in die Schüssel, nahm zwei weitere Reiskörner hervor und legte sie in einer Reihe vor sich hin. »Ich habe mich während der Heimfahrt aus Spanien lange mit meiner Schwester unterhalten. Zum Abschied hat sie mich so fest gedrückt, als wolle sie mich nie wieder loslassen. Mein zweiter Reismoment.« Er legte das Reiskorn zu dem anderen. »Und heute ist ein drittes Reiskorn an der Reihe, denn ich werde im Anschluss an diese Präsentation meine Brieffreundin aus Studentenzeiten treffen. Eine Frau, auf die ich mich seit zehn Jahren freue.« Er sah, wie das zarte Pflänzchen lächelte. »Diesen Reismoment werde ich niemals vergessen, das weiß ich jetzt schon. ›Rizo‹ bedeutet für mich nicht Exotik, Entdeckerlust, Freiheit oder Spaß.« Er machte eine Pause. »Für mich bedeutet ›Rizo‹ bloß eines: Glück.«

Jakobs Hände griff wieder nach dem Stift. Nur mit Mühe gelang es ihm, ein Reiskorn anzuzeichnen, das mit einem Gesicht, mit Armen und Beinen ausgestattet war. »Das ist Rizo«, sagte er. »Rizo wird als Markenbotschafter durch die Internetseite führen.«

Er benannte sämtliche Rubriken, einschließlich des finalen Punktes, der ihm gerade erst eingefallen war, völlig spontan, ohne dass er sich eine Nacht lang zerfleischen musste: »Ran an den Rizo – die Reiskarte des Glücks«. Eine interaktive Landkarte, auf der die Mitglieder der zukünftigen Online Community ihre Reismomente mit Foto eintragen konnten.

»Die Menschen müssen zum Sammler werden«, sagte Jakob. »Und was ist ihr Ziel?« Kurze Pause. »Reismomente.«

Er erklärte, dass die Follower ihre Reismomente in kleinen Stoffbeuteln sammeln und sich damit fotografieren lassen könnten. Dass Reiskörner, die für ganz besondere Momente stehen, eingeschickt, vergoldet und zum Kettenanhänger umgestaltet werden könnten. »Reis soll nicht nur schmecken«, resümierte Jakob, »Reis soll die Welt glücklicher machen. Und dazu trägt jedes einzelne Körnchen bei.«

Er wollte fortfahren, über Gruppenevents, einen Single-Treff und das Rizo-Mobil sprechen – doch dazu war keine Gelegenheit. Ein erstes Händepaar klatschte. Das zarte Pflänzchen! Ein zweites stimmte mit ein und ein drittes. Die Dame im Rock erhob sich, der Handynutzer stand ohnehin schon, das zarte Pflänzchen schritt auf das Rednerpult zu. Jakob wurde schwindelig – aber der Schwindel fühlte sich anders an als sonst.

Viertel nach vier. »Graf Keilo« hatte sich verabschiedet, und für Jakob wurde es allerhöchste Zeit – doch das sah das Pitch-Team anders.

»Jakob, das war einfach großartig!« Teddy klopfte ihm auf die Schultern. »Ich habe es immer gewusst.«

»Gratuliere.« Alex reichte ihm die Hand. »Starke Leistung.«

»Danke, danke«, sagte Jakob. »Aber jetzt muss ich wirklich los.« Flora würde nicht ewig warten.

»Du kannst doch jetzt nicht verschwinden. Wir müssen feiern!« Teddy klang, als hätte er den Champagner schon geköpft.

»Feiern wäre verfrüht«, sagte Jakob. »Wir haben den Auftrag noch nicht in der Tasche.«

»Aber die Chancen stehen gut, das habe ich im Gefühl.«

Teddy verschwand in der Personalküche, kam mit einer Flasche Sekt wieder. »Ein Gläschen auf die Präsentation. Aufs Team. Auf Alex und natürlich auf dich, Jakob!« Der Korken knallte, von irgendwoher kamen auf einmal sechs Gläser, eins davon wanderte in seine Hand. Er hatte keine Wahl, trotzdem fühlte er sich schuldig.

Um kurz nach halb fünf konnte sich Jakob endlich loseisen. Zweieinhalb Stunden später als geplant – aber was waren schon zweieinhalb Stunden im Vergleich zu zehn Jahren? Kaum hatte er die Agentur verlassen, riss er sein Handy aus der Tasche. Nelly musste ihn zu Flora lotsen, nur sie kannte die genaue Adresse. Zweimal klingelte es, dreimal … nach dem elften Klingeln gab er auf, startete wenig später einen zweiten Versuch und dann noch einen dritten. Sie ging nicht ran! Fassungslos starrte Jakob sein Handy an. Dann musste er sie eben so finden – aber wie?

Flora wohnte in der Nähe der Marschallstraße, das wusste er. Mehr wusste er nicht, was ein fataler Fehler war und ihn maßlos ärgerte. Damit, dass seine Schwester nicht ans Telefon ging, hatte er nicht gerechnet. Wieso auch?

Er beschleunigte seinen Schritt, trabte durch die Straße. In der Nähe der Marschallstraße … das bedeutete nicht, dass sie in dieser Straße wohnte. Aber wo sollte er anfangen? Sie konnte überall sein! Wirklich zu ärgerlich, dass Flora nicht im Telefonbuch stand.

Eine Passantin. Vielleicht lebte sie hier, vielleicht kannte sie Flora! »Entschuldigung!« Er trat an die Dame in Grün heran. »Ich suche Flora Bergental. Sie muss hier irgendwo in der Nähe wohnen.«

»Tut mir leid, da kann ich Ihnen leider nicht weiterhelfen.« Die Dame in Grün lächelte bedauernd. Enttäuscht sah sich Jakob nach weiteren Passanten um. Weder ein Herr mit Aktentasche noch zwei Joggerinnen hatten je von einer Flora gehört. Es war zum Verrücktwerden! Jakob klingelte ein weiteres Mal erfolglos bei seiner Schwester durch, trabte in die nächste Seitenstraße, rief laut nach Flora – nichts. Niemand konnte ihm weiterhelfen. Er hatte alles falsch gemacht.

Cadaqués, den 27. Juli

Nachtrag: Kollege Lothar meinte, der Prüfer sei bereits bei uns gewesen. Bin mal gespannt, ob er rauskriegt, wer es war. Für mich spielt das mit dem Prüfsiegel zwar eh keine Rolle mehr, aber rein aus Neugier wüsste ich trotzdem gerne, wer es war. Vom Gefühl her würde ich auf Herrn Hild tippen. Dass er urplötzlich abgereist ist, war ja doch sehr auffällig. Aber mal abwarten …

Bei Nelly hatte Jakob seit der Geburtstagsparty nicht mehr geklingelt. Ob sie da war? Er glaubte nicht daran, denn wer zu Hause war, ging auch an sein Handy.

»Ja, bitte?«, tönte es durch die Gegensprechanlage.

»Ich bin's«, sagte Jakob.

»Ach nee.«

»Sorry, es hat ein bisschen länger –«

»Red nicht, komm hoch.«

Der Türsummer ertönte.

Im Treppenhaus war es kühl. Zweiundzwanzig Stufen trennten die Etagen voneinander. »Dir ist echt nicht mehr zu helfen.« Nelly drückte ihn zur Begrüßung.

»Ja. Ich weiß«, sagte Jakob tonlos. »Das war so was von dämlich.« Er lehnte sich gegen den Türrahmen, der zum Wohnzimmer führte. »Hast du sie gesehen?«

»Ja. Habe ich.«

»Und?«

»Sie hat's überlebt.«

»Kannst du ein neues Treffen vereinbaren?«

»Eher nicht«, sagte Nelly.

»Was? Wieso nicht?«

»Komm mal mit.« Sie ging an ihm vorbei ins Wohnzimmer. Jakob folgte ihr – und blieb dann wie angewurzelt stehen. Eine Frau. Auf dem Sofa. Auf dem Tisch vor ihr lagen

Postkarten. Seine Postkarten! Er musste sich für einen Moment am Türrahmen festhalten.

»Flora?«

»Hallo.«

Sie roch – wie passend – nach Blumen. Allerdings nicht nach einer blühenden Frühlingswiese, sondern nach einem Strauß, der mit schmückendem Bindegrün in einer Rosenthal-Vase steckte. Flieder, Maiglöckchen, Jasmin. Jakob schätzte Flora auf Mitte dreißig, vom ersten Eindruck her hätte er sie dem konservativ-etabliertem Milieu zugeordnet. Ihre Hand war fast so seidenweich wie die von El Rossinyol, nur etwas kühler. Ihre Fingernägel glänzten in einem Amarenakirschton, der sich auch auf ihren Lippen wiederfand.

»Schön, dass es doch noch geklappt hat«, sagte sie.

»Freut mich auch.« Jakob sah sie wie gebannt an, versuchte, in ihr zu entdecken, was er aus ihren Karten gelesen hatte. Nein, nach Hauskatzen, Brownies und Rockmusik aus den Siebzigern sah Flora nicht aus. Eher nach Orchideen auf einer marmornen Fensterbank, nach Spargelspitzen und Klaviersonaten. Was war besonders auffällig an ihr? Jakob überlegte. Ihr Schmuck vielleicht. Um das Handgelenk trug sie einen Holzreif, der in demselben Kastanienton glänzte wie ihr Haar. Um den Hals eine Kette aus Süßwasserperlen, die weiß wie ihre Zähne schimmerten. Keine Frage: Flora war eine Frau, die man nicht warten ließ.

»Tut mir leid, dass ich nicht gleich kommen konnte«, sagte Jakob. »Mein Chef ist manchmal etwas eigen.«

»Das kenne ich.« Flora nippte an einem Tee.

»Hast du viel Stress?«

»Ich zähle die Tage ohne Überstunden.«

»Es ist überall das Gleiche.« Jakob trat näher, setzte sich

ebenfalls aufs Sofa, gut eine Armlänge von Flora entfernt. »Was machst du denn beruflich?«

»Kulturmanagement.«

»Klingt interessant. Und wo?«

»Bei den Symphonikern.«

»Alle Achtung.« Da hatte er mit den Klaviersonaten gar nicht so falsch gelegen.

»Wie hat Nelly dich eigentlich genau gefunden?«, fragte er. Eine unnötige Frage, da er die Antwort schon kannte.

»Über einen Bekannten. Oder besser gesagt den Bekannten eines Bekannten. Einen jungen Herrn, der jemanden kennt, der wiederum jemanden kennt.« Sie schmunzelte.

»Schon verrückt«, sagte Jakob. Da musste also erst eine unbekannte katalanische Sängerin daherkommen, damit er endlich Flora kennenlernte, die keine drei Kilometer von ihm entfernt wohnte. Der er auf dem Weg zur Arbeit womöglich schon begegnet war. Die er längst hätte finden können, wenn er sich richtig bemüht hätte …

»Und gesucht hat er dich, weil jemand sein Lied gesungen hat«, erklärte Nelly. »In Spanien.«

»Ganz genau«, sagte Jakob. »Wobei ich mich immer noch frage, wer das war. Und woher diese Frau das Lied kennt.«

»Keine Ahnung. Ist mir auch ein Rätsel.« Flora schlug ein Bein übers andere.

»Hast du meine CD noch?«, erkundigte sich Jakob.

»Bestimmt. In irgendeiner Schublade.«

»Ah, okay.« Jakob versuchte sich seine Enttäuschung nicht anmerken zu lassen. Wobei – wie kindisch. Dass Flora sein Lied seit über zehn Jahren mehr oder weniger täglich hörte, war ja nun wirklich unrealistisch.

»Hauptsache, wir haben uns endlich getroffen.« Er rückte

ein Stückchen näher an Flora heran. Tausend Fragen schossen ihm durch den Kopf, tausend Gedanken und tausend Dinge, von denen er gerne erzählen würde, aber irgendwie wusste er nicht, wie er anfangen sollte. Unbeholfen saß er da und schwieg. Flora schien es ähnlich zu gehen.

»Ich gehe mal Wasser holen«, sagte Nelly. »Oder will jemand Wein? Sekt? Milch?«

»Wasser ist gut.« Flora blickte auf ihre Uhr, was Jakob erneut einen kleinen Stich versetzte. Wollte sie nach Hause? Mit einer raschen Bewegung zog er Memento 23 aus seinem Beutel.

»Hier sind deine Postkarten.« Er klappte das Album auf. »Willst du mal sehen?«

»Warum nicht.« Flora beugte sich über das Album. »Ach ja. Lange ist's her.«

Jakob deutete auf Karte Nummer vier. »Ab da hast du sie selbst geschrieben. Vorher hattest du ja deine Mitbewohnerin beauftragt.«

»Stimmt. Da hatte ich mir den Arm gebrochen.«

»Du hattest das Handgelenk verstaucht.« Jakob schmunzelte. Interessant, wie einen die Erinnerung täuschen konnte.

»Oder so.« Flora nippte wieder an ihrem Tee.

Nelly kam mit Gläsern und einer Flasche Wasser zurück, doch Jakob hatte keinen Durst, er hatte Fragen.

»Warum hast du dich nicht mehr gemeldet?«, wollte er wissen.

»Weiß ich gar nicht mehr so genau. Wie viele Karten hatten wir uns geschrieben? Bestimmt ein Dutzend, oder?«

»Genau einundzwanzig. Ich hatte dir die CD geschickt, dafür hast du dich noch bedankt, aber danach kam nichts mehr. Keine Karte Nummer zweiundzwanzig.«

»Ich hatte damals gerade einen neuen Freund, glaube ich. Also nichts für ungut, deine Karten waren toll, aber – na ja, du weißt ja, wie das ist …«

Jakob nickte. »So was in der Art habe ich mir schon gedacht.« Er schwieg, Flora ebenfalls. Das Knurren seines Magens störte den stillen Moment.

»Willst du ein Brot?«, fragte Nelly.

»Gerne.« Auf einmal musste er – warum auch immer – an Mona Püschel denken. »Hast du Käse da? Ich würde gerne was überbacken.«

»Parmesan und Gouda hätte ich im Angebot.«

»Klingt super. Ein Brot mit Tomaten, Frühlingszwiebeln und Gouda, das wäre ein Traum.«

»Wird gemacht!« Nelly klang begeistert. »Isst du mit, Flora?«

»Danke, nein. Ich mache Basenfasten.«

»Was ist das denn?«

»Ich esse nur Gemüse, Obst und Nüsse.«

»Klingt gesund.«

»Ist es auch.« Flora nippte an ihrem Tee. »Ich warte hier, ich muss sowieso noch telefonieren.«

Jakob und Nelly gingen gemeinsam in die Küche.

»Und? Bist du froh?«, fragte Nelly.

»Sehr.« Er schnitt ein Baguette in Scheiben.

»Ist sie so, wie du sie dir vorgestellt hast?«

»Sie ist anders, ganz anders. Aber das ist ja nichts Schlechtes.« Er bestrich die Baguettescheiben mit Olivenöl, während Nelly Tomaten in Würfel schnitt.

Wenig später saßen sie im Wohnzimmer. Jakob und Nelly aßen überbackenes Baguette, Flora nippte einen weiteren Tee in sich hinein und aß dazu eine Handvoll Cashewnüsse.

»Dieses Lied würde ich ja schon gerne mal hören«, sagte Nelly kauend.

»Ich habe die CD zu Hause nicht mehr gefunden, aber auf einem alten Rechner ist das Lied noch gespeichert«, erklärte Jakob. »Ich muss den bloß zum Laufen bringen.«

»Ist er kaputt?«, fragte Nelly.

»Wahrscheinlich nur der Lüfter.« Schon wieder musste Jakob für einen winzigen Moment an Mona Püschel denken und an ihr Mittwochslächeln. Wie unpassend. Schnell richtete er seinen Blick auf Flora. Kulturmanagement, das passte zu ihr. Ein bisschen zurückhaltend kam sie rüber, fast kühl. Andererseits sahen sie sich zum ersten Mal, hatten seit Ewigkeiten nichts voneinander gehört, wo sollte da schon eine gemeinsame Basis sein? Musste ja auch nicht. Dass sie endlich zusammensaßen, nach all den Jahren, das war die Hauptsache. Oder?

Jakob fasste in seine Hosentasche. Am Morgen hatte er ein halbes Dutzend Kaffeebohnen eingesteckt. Das war ihm zwar erst seltsam vorgekommen, dann aber auch irgendwie schön. Mona Püschel wäre sicher stolz darauf, dass er ihren Tipps eine Chance im Alltag einräumte. Er zögerte. War das ein Glücksmoment? Eigentlich schon. Hey, er saß neben Flora! Nach einer halben Ewigkeit! Das war doch eine Kaffeebohne wert! Oder? Jakob griff nach dem Wasserglas, das Nelly für ihn bereitgestellt hatte. Sein Kopf sagte ihm, dass eine Bohne fällig sei, doch irgendwie fühlte er sich nicht danach.

Cadaqués, den 28. Juli

Ramon hat schon wieder geschrieben. Wir müssten uns unbedingt sehen, er müsse mir etwas Wichtiges erzählen. Will er heiraten? Meinen Segen hat er. Abgesehen von der Nachricht verwirrt mich noch etwas anderes. Ich wundere mich selbst, aber ich würde gerne noch mal mit Jakob Fink sprechen. Ich hatte bei unserem letzten Treffen das Gefühl, dass er noch etwas loswerden wollte, sich aber nicht so recht traute. Ob ich ihn anrufen soll? Das wäre schon verrückt. Nein, Blödsinn, das mache ich auf gar keinen Fall.

Am Donnerstag ging Jakob wieder hochoffiziell zur Arbeit. Sein erster Weg führte ihn zum Espressoautomaten, der zweite in das Büro seines Chefs. Die Platte von Teddys Bürotisch bestand aus massivem Mahagoniholz. Der Rand war uneben, entsprach dem Wuchs des Baums. Der Tisch strahlte Wärme aus und Authentizität. Das perfekte Gegengewicht zu dem Gestell aus dunkel lackiertem Metall, das aus einem still gelegten Stahlwerk stammte. Jakob fuhr mit einem Zeigefinger über die naturbelassene Kante, während er darauf wartete, dass sein Chef das Telefonat beendete.

»Da bist du ja.« Teddy klang, als hätte er gewichtige Neuigkeiten, und dem war auch so. »Ich will es kurz machen«, begann er, »wir haben den Pitch gewonnen.«

»Toll, freut mich riesig!«

»Und Alex geht nach Hamburg.«

»Das ist ja ein Ding. Unglaublich.«

»Sein Büro ist ab dem ersten November frei.«

»Das ist …«

»Du kannst mein neuer Partner werden.«

In Jakobs Kopf drehte sich alles, ihm wurde so schwindelig, dass er sich an Teddys Schreibtisch festhalten musste. Hatte er gerade richtig gehört? Seit vier Jahren und drei Monaten lebte er auf diesen Moment hin. Sollte sein großer Traum endlich wahr werden?

Ohne dass er die Klinke berührte, sprang sie plötzlich vor seinem geistigen Auge auf, die neonschwarze Tür, und durch den Spalt drang ein glänzender Schein zu ihm heraus. Der Spalt vergrößerte sich, Millimeter um Millimeter, bis das Licht so hell wurde, so gleißend, dass er sich die Augen zuhalten musste. Das ist deine Tür, tönte eine tiefe Stimme in seinem Kopf, sie öffnet sich für dich – nur für dich!

»Was denkst du?«, sagte Teddy.

»Ich bin ziemlich überrumpelt und … « Jakob war in Gedanken noch immer bei der Tür. Bei seiner Tür, die für ihn gedacht, nein, gemacht war, als steckte er mitten in einer Geschichte von Kafka. Diese Gelegenheit würde nicht wiederkommen, sagte er sich. Er musste sie ergreifen, er hatte keine Wahl, wollte ohnehin nichts anderes wählen. Seit er bei Kitze & Partner arbeitete, führte sein Weg zu dieser Tür. Jetzt war es so weit.

»Ich weiß, das kommt jetzt sehr schnell«, sagte Teddy. »Aber ich bin überglücklich mit dieser Entwicklung. Du machst einen hervorragenden Job, und das schon seit Jahren. Ich habe immer an dich geglaubt.«

»Danke, Teddy.« Jakob hörte die Worte seines Chefs wie durch Watte hindurch. Viel zu laut donnerten die Gedanken durch seinen Kopf. Wie wäre das Leben als Partner? Er musste an Mona Püschel denken. »Ich hätte mein eigenes Büro, hätte Kontakt zu den wirklich wichtigen Kunden … Alles wäre gut. Nein: Besser. Perfekt!« Das hatte er gesagt – aber stimmte das wirklich? Er musste an Nelly denken, die er viel zu selten sah, um die er sich in den letzten Jahren kaum gekümmert hatte. An seine Eltern, die er häufiger treffen könnte. An seine Gitarre, die auf dem Speicher einstaubte. An Memento 34.

»Ich muss nachdenken«, platzte es aus Jakob heraus.

»Ob du Partner werden willst?« Teddy klang, als hätte er einen Korb auf einen Heiratsantrag bekommen. »Also, das überrascht mich jetzt, das muss ich schon sagen.«

Jakob richtete sich auf, wollte eine Erklärung nachschieben, wusste aber nicht, was er sagen sollte, und ließ es bleiben.

»Du hast natürlich recht«, sagte Teddy auch schon wieder versöhnlich. »Es ist eine große Sache, gar keine Frage, eine Entscheidung fürs Leben, da sollte man nichts überstürzen.« Er erhob sich und reichte Jakob die Hand, was er sonst nie tat. »Ich freue mich schon auf deine Entscheidung.«

Cadaqués, den ???

Ich habe Ramon getroffen. Er hat mir da was erzählt ... Von Luisa ... Nee, das kann doch nicht sein, oder??!

Vier Jahre und drei Monate hatte Jakob bei Kitze & Partner gearbeitet. Fünfzig Stunden pro Woche in der Agentur und mindestens zwanzig Stunden zu Hause. Abzüglich seines Urlaubs kam er auf gut 14.664 Arbeitsstunden, unzählige Panikattacken, aber natürlich auch schöne Momente. Das Teamgefühl, wenn sie zu einem Pitch fuhren. Die Euphorie, wenn die Sache gut gelaufen war. Mit niemandem hatte er in den letzten Jahren mehr Zeit verbracht als mit Teddy und seinen Kollegen. Das schweißte zusammen, trotz allem, war wie eine Beziehung. Und die hatte nun ein Ende.

»Hallo, Jakob!«

»Nein, Teddy.«

»Was meinst du?«

»Das ist meine Antwort. Ich möchte kein Teilhaber werden. Ich danke dir sehr für das Angebot, aber das ist nichts für mich.« Er holte tief Luft. »Ich kündige.« Jetzt war es raus. Jakob fühlte schlagartig eine Leichtigkeit in sich, die sein Körper fast vergessen hatte.

»Was?!«, rief Teddy.

»Ich bringe das Schreiben am Montag vorbei. Ich wollte dich nur schon mal vorwarnen.«

»Das ist ja, das ist –«

Wieder Stille, aber nur für einen Moment.

»Jakob, lass uns das noch mal in Ruhe besprechen. Wenn

du mehr Geld möchtest, kann ich gerne schauen, was sich da machen lässt.«

»Es geht nicht ums Geld.«

»Ja, aber – was ist es denn dann? Die Präsentation war der Wahnsinn, und das hast du alles aus dem Ärmel geschüttelt!«

»Du würdest es nicht verstehen«, sagte Jakob. »Tut mir leid. Und nochmals vielen Dank für das Angebot.« Seine Beine zitterten, als er das Büro verließ, und gleichzeitig spürte er, dass eine Riesenlast von ihm gefallen war.

Cadaqués, den 30. Juli

Bin immer noch völlig durch den Wind. Keine Ahnung, was ich machen soll. Soll ich überhaupt etwas machen? Muss ich doch. Alles andere wäre völlig verrückt. Andererseits könnte ich Ärger bekommen. Eine Genehmigung hätte ich ja schon gebraucht. Wobei – so wichtig kann der formale Kram nun auch nicht sein. Ob ich noch mal mit Flora reden soll?? Bin völlig planlos, in so einer Situation war ich noch nie ...

In der Geschenkeboutique »Gelbkäppchen« gab es ein Regal voller Foto- und Erinnerungsalben. Alben mit Linien und ohne, große und kleine, quietschbunte und auch ganz einfache blaue. Ein paar Häuser weiter fand Jakob eine Drogerie, in der er Fotos ausdrucken konnte. Für sein Album brauchte er genau drei: eins vom »Centro del Sol«, das Selfie aus seinem Zimmer und eine Aufnahme von der Autofahrt mit Nelly. Zu Hause legte er das Album auf sein Bett, zusammen mit den drei Fotos, seinem Wochenplan, einem Bierdeckel von Milan und einem Prospekt des »Centro del Sol«. Ein Fuß-Foto kam ebenfalls dazu. Und das Reiskorn, das unter dem Olivenbaum die Hosentasche gewechselt hatte.

Memento 34. Fast ehrfürchtig schlug Jakob das blaue Album auf. Er würde es mit Leben füllen. Genauso wie er sein eigenes Leben wieder mit Leben füllen würde. Auf Seite eins kam das Reiskorn, und zwar genau in die Mitte, gehalten durch zwei transparente Klebestreifen. Seit seiner Rückkehr nach Düsseldorf war Jakob von Reis auf Kaffeebohnen umgestiegen. Nicht, weil er mit Reis nicht klarkäme, aber Kaffee war ihm einfach sympathischer. Und Mona Püschel hatte ja ebenfalls von Kaffeebohnen gesprochen.

Was kam als Nächstes in das Album? Die Titelseite des Prospekts oder sein Selfie? Er griff nach dem Foto. Was war denn das da im Spiegel? Ach, Mona Püschels Bein! Er musste lachen. Stimmt, sie hatte ja ihren Schlüssel vergessen und war nach dem Abschlussgespräch noch einmal zurückgekommen. Ihr Bein war schon auf der Türschwelle, als er abgedrückt hatte.

Jakob wollte gerade nach seinem Klebestift greifen, als ihm ein Detail auffiel. Vor lauter Verwunderung stand ihm der Mund offen. Schnell schloss er ihn wieder. Nein, nein, nein. Das konnte nicht sein. Oder vielleicht doch? Er griff nach dem Foto, versuchte, alle Einzelheiten zu erkennen, erfolglos. Schließlich sprang er auf, durchwühlte sämtliche Schubladen, bis er etwas fand, das ihm helfen könnte. Eine Lupe! Seine Finger zitterten, als er das Foto in der Vergrößerung untersuchte. Das Ergebnis war eindeutig.

Cadaqués, den 30. Juli

Nachtrag: Ich habe mit Flora telefoniert. Er hat sie getroffen. Unglaublich!! Sie hat aber nichts erzählt. Das kann ich ja dann machen. Falls ich es mache. Auf jeden Fall fliege ich morgen nach Düsseldorf. Erst mal zu Flora. Und dann vielleicht zu ihm. Übrigens habe ich erfahren, wer der Prüfer war: Ling Chen. Das hätte ich nie gedacht! Was ist bloß mit meiner Menschenkenntnis los? Das Qualitätssiegel bekommen wir wohl nicht, er hatte einige Kritikpunkte. Die Mitarbeiter seien zu unflexibel, gingen nicht genug auf die Gäste ein, was auch immer. Mir ist das egal. Zum einen bin ich eh bald raus, und zum anderen habe ich andere Sorgen. Und jetzt brauche ich ein Flugticket!!

Jakob drängte aus dem Flugzeug, obwohl ihn das auch nicht schneller zur Empfangshalle bringen würde. Normalerweise nervten ihn diese Leute, die schon vor dem Ausrollen aufsprangen, jetzt gehörte er selbst dazu. Gut war: Sein Bus nach Cadaqués fuhr direkt am Flughafen los, er musste also nicht mehr in die Stadt. Gut war auch: Er reiste mit leichtem Handgepäck. Schlecht war nur eines: Er wusste nicht, was ihn erwartete. Er wusste nicht mal, ob sie da war. Und wenn sie da war, wusste er nicht, ob sie mit ihm reden würde. Und wenn sie mit ihm reden würde, wusste er nicht, wie sie reagieren würde – auf das Ungeheuerliche, Unfassbare, auf die Neuigkeit, die alles veränderte! Ein Blick auf die Uhr. Sechs Minuten hatte er noch, das war zu schaffen.

»Jakob?«

Er drehte sich um.

»Motte!«

»Was machst du hier?«

»Ich muss nach Cadaqués.«

»Hast du deine Badehose vergessen?«

»Nein, ich habe –« Jakob verstummte, als Luisa auf ihn zukam, mit zwei Flaschen Wasser in der Hand.

»Tja, was soll ich sagen.« Motte grinste breit. »Luisa und ich … Wir sind ein Paar.«

»Ach nee.«

»Seit vier Jahren.«

Nun war Jakob doch überrascht.

»Wieso haltet ihr das geheim?«, fragte er.

»Kannst du dir ja denken.«

»Nein?«

»Ich hatte immer Angst, dass man mich für so einen Blutsauger hält, der sich jedes Jahr eine Kur verschreiben lässt, um kostenlos Urlaub bei seiner Freundin zu machen.« Motte legte seinen Arm um Luisa. »Dabei geht es mir in Berlin wirklich richtig dreckig.«

»Und hier richtig gut.«

»Weil ich nicht Tag und Nacht arbeite. Flugtickets sind teuer, deshalb habe ich ständig Extraschichten geschoben, das hat mich krankgemacht und … ach, ich kürze mal ab: Ich suche mir einen neuen Job und ziehe nach Cadaqués.«

»Im Ernst?«

»*Sí.*« Luisa gab Motte einen Kuss. »Jetzt wir machen Schrauben mit Köpfen.«

»Nägel mit Köpfen, mein Schatz.«

»Auch schön. Hauptsache zusammen. Und ohne Hammer.« Luisas zimtbraune Augen strahlten. Motte nahm ihr ein Wasser ab. »Aber ich rede und rede. Jetzt erzähl du mal: Was willst du in Cadaqués?«

»Ich habe einen Verdacht«, sagte Jakob. »Es ist so verrückt, ich kann das selbst kaum glauben!«

»Was denn für einen Verdacht?«

»Ich … Nein, ich muss der Sache erst noch nachgehen, vielleicht habe ich mir da bloß wieder was zusammenphantasiert. Ach so, apropos, ich habe Flora getroffen.«

»Jetzt verstehe ich gar nichts mehr.«

»Meine Schwester …« Jakob sah auf die Uhr. »Mist, mein

Bus fährt in zwei Minuten los.« Nun wurde es aber wirklich knapp. »Motte, ich habe doch deine Nummer. Sobald ich mehr weiß, ruf ich dich an, okay?«

»Ja, klar.« Motte grinste breit. »Da bin ich aber mal gespannt.« Er schlug ihm zum Abschied auf die Schulter.

»Alles Gute euch beiden!«, rief Jakob noch, dann stürzte er zum Ausgang, in den Bus, der ihn nach Cadaqués bringen würde.

Cadaqués, den 31. Juli

Bin bei Rosalie, aber sie telefoniert mal wieder ewig wegen ihrer Hochzeit. Sie sagt, dass ich ihm die Wahrheit sagen muss. Stimmt wahrscheinlich. Mit Flora habe ich kurz gesprochen, sie freut sich. Bin sehr nervös. Das Qualitätssiegel bekommen wir übrigens doch, allerdings nur unter einer Auflage, die noch nicht bekannt ist. Da ruft wohl heute jemand bei Frau Knopp an. Egal, betrifft mich nicht. Ich muss jetzt noch das Flugticket zu Hause abholen, dann geht's los!!

Ein seltsames Gefühl, wieder durch das Foyer des »Centro del Sol« zu laufen. An der Rezeption stand El Fish.

»Wo ist Frau Püschel?«, fragte Jakob.

»Die ist eben weg«, sagte er.

»Wer ist eben weg?«, fragte Frau Knopp, die in diesem Moment mit einem Handy in der Hand an die Rezeption trat. »Und wo steckt überhaupt Frau Püschel?«

»Die ist eben weg«, sagte El Fish zum zweiten Mal.

»Wie, weg?« Eine Zornesfalte zeigte sich auf Frau Knopps Stirn. »Sie kann nicht weg sein. Sie übernimmt doch heute den Yoga-Kurs.«

»Sie muss zu einem wichtigen Termin, hat sie gesagt. Und morgen hat sie Urlaub.«

»Und wieso teilt mir das keiner mit? Wer macht denn jetzt den Kurs?«

»Die Yoga-Lehrerin?«, fragte El Fish.

»Irrtum.« Frau Knopp streckte den Zeigefinger aus. »Du übernimmst den Kurs.«

»Ich bin am Empfang.«

»Den Empfang übernehme ich.«

»Aber wenn Sie doch im Haus sind, können Sie doch auch den Kurs halten«, sagte Jakob.

»Mischen Sie sich da mal nicht ein«, zischte Frau Knopp. »Lothar, in fünf Minuten im Gelben Raum. Und räum vorher noch hier auf. Schau dir mal an, wie es hier aussieht!« Sie knallte eine Mappe auf die mit Broschüren und Ordnern belagerte Empfangstheke, bevor sie durch die Milchglastür in das angrenzende Büro verschwand.

»Haben Sie irgendeine Idee, wo Frau Püschel sein könnte?«, fragte Jakob.

»Leider nein.«

»Könnten Sie mir sagen, wo sie wohnt?«

»Das darf ich nicht.«

»Es ist wirklich dringend.«

»Das ist eine Regel, tut mir leid.«

»Ach, dieses Zentrum hier mit seinen ganzen Regeln, das macht mich wahnsinnig!« Jakob stöhnte. »Merken Sie denn nicht, was hier abgeht?« Er deutete auf das Büro mit der Milchglastür. »Ihre Chefin biegt sich die Regeln so zurecht, wie es ihr passt, und jeder muss springen. So was kann man doch nicht ernsthaft unterstützen?!« Er lehnte sich gegen die Theke. »Und wenn Sie sie anrufen?«

»Ich? Anrufen? Frau Püschel?«

»Ich bin extra hergeflogen.«

»Warum haben Sie nicht vorher angerufen?«

»Ich suche jemanden.« Jakob atmete tief durch. »Seit zehn Jahren. Diesen Menschen zu finden, ist mein größter Traum. Haben Sie keine Träume?«

El Fish schwieg eine ganze Weile, dann griff er schließlich zum Telefon und wählte eine Nummer. Sehr gut! Jakob stützte sich mit beiden Armen auf der Empfangstheke ab. Genauer gesagt auf einem Stapel Broschüren, denn aktuell gab es keinen freien Zentimeter. Broschüren, Ordner, sogar ein Laptop lagen herum. Der Aufkleber kam ihm bekannt vor. Dieses Faultier … War das nicht Frau Püschels Laptop?

»Sie geht nicht ran«, sagte El Fish, während Jakob noch das Faultier fixierte. »Vielleicht könnten Sie es in fünf Minu-«, sagte er, doch in dem Moment unterbrach ihn das Klingeln des Telefons. Frau Püschel? El Fish hob ab, grüßte, dann öffnete er die Milchglastür.

»Für dich, Rita«, sagte er.

»Ich habe keine Zeit.«

»Es ist Global Spa/Med.«

Keine zwei Sekunden später griff Frau Knopp nach dem Hörer. »Guten Tag, Knopp hier. Was kann ich für Sie tun?« Ihre Stimme klang hell und sanft, während sie ihre zuckerweißen Zähne zeigte, obwohl das der Anrufer überhaupt nicht sehen konnte. »Ja, selbstverständlich.« Sie schloss die Milchglastür.

»Ich kann es später noch mal probieren, aber jetzt muss ich zum Yoga«, sagte El Fish.

»Na gut, dann warte ich hier.«

»Wie Sie meinen.« Er verschwand im Gang.

Jakob wartete, bis seine Schritte verhallt waren, warf einen Blick auf die Milchglastür, dann öffnete er das Laptop. Wie lautete das Passwort? Er drehte das Gerät um. – »baerentatze29«. – Der Lüfter funktionierte immer noch hervorragend. Sollte er die E-Mails checken? Oder besser den Verlauf? Jakob öffnete den Browser, dann die Chronik – und erstarrte. Die Seite, auf der sie zuletzt gewesen war, kam ihm bekannt vor. Wollte sie etwa verreisen? Aber doch bitte nicht heute! Er starrte auf den Abflughafen. Barcelona! Hastig griff er nach seinem Handy, um Motte anzurufen. Im selben Moment ging die Milchglastür auf.

»Was machen Sie da?«, rief Frau Knopp.

»Ich schaue nur was nach.«

»Das dürfen Sie nicht! Ich werde die Polizei einschalten!«

»Nur die Ruhe, ich habe ihm das erlaubt«, sagte El Fish.

Wo kam der denn auf einmal her? Jakob drehte sich um, konnte kaum glauben, was er da hörte.

»Er sollte etwas für mich recherchieren.« El Fish warf einen Blick auf den Bildschirm. »Einen Flug. Danke, Herr Fink, dass Sie das so schnell erledigt haben.«

»Klar – kein … Gern geschehen.« Jakob nickte El Fish benommen zu, dann stolperte er aus der Halle hinaus, zog sein Handy aus der Tasche und wählte Mottes Nummer. Kein Empfang. Er dachte an sein letztes Telefonat im Olivengarten. »Auf dem Hügel ist der einzige Platz mit gutem Empfang«, hatte Mona gesagt. Ab zum buckligen Olivenbaum.

»Motte, wo bist du?«

»Weißt du doch.«

»Sie ist am Flughafen. Such sie!«

»Wen soll ich suchen?«

»Frau Püschel! Ich suche Mona Püschel! Sie ist die Sängerin, und außerdem ist sie … Egal, zu kompliziert, such sie bitte, und wenn du sie gefunden hast, soll sie mich ganz dringend anrufen.«

»Aber wie stellst du dir das vor?«

»Lass sie ausrufen! Halte das Flugzeug auf! Hauptsache, du findest sie!«

»Ja – okay? Alles klar, dann muss ich aber jetzt –«

»Moment.« Jakob blickte der Gestalt entgegen, die durch den Olivengarten angerannt kam. Das war nicht El Fish. Auch nicht Frau Knopp.

»Herr Fink«, rief sie.

»Frau Püschel!«

»Ich muss Schluss machen. Sie ist hier. Danke trotzdem, Motte!« Hastig steckte Jakob sein Handy weg.

Und da stand sie.

Mona Püschel.

»Lothar sagte, dass Sie nach mir gefragt haben.«

Jakob konnte immer noch kaum glauben, dass sie wirklich da war. »Ich dachte, Sie wollten zum Flughafen.«

»Wollte ich auch. Aber erst wollte ich noch zu mir nach Hause, und bei der Gelegenheit ist mir aufgefallen, dass ich was vergessen hatte.« Sie schwenkte ihren Schlüsselbund.

»Sie sind … Also … Sie haben …« Jakob verstummte. Wo sollte er anfangen?

»Wir waren schon mal beim Du, Mister Balloon«, sagte Mona, und bei der Anrede fühlte er sich auf einmal, als hielte er einen Strauß mit heliumgefüllten Luftballons in den Händen.

»Woher wissen Sie – du –, woher weißt du das?«

»Ramon hat mir erzählt, dass du Flora suchst. Und der weiß es von Luisa.« Mona lehnte sich gegen den buckligen Olivenbaum, Jakob ebenfalls, allerdings von der anderen Seite.

»Woher kennst du Flora?«, fragte er.

»Ich habe zwei Semester in Düsseldorf studiert, bevor ich nach Göttingen gezogen bin. Sie war meine Mitbewohnerin.«

Jakob blickte immer noch nicht durch. »Von dir waren also die ersten drei Karten?«

»Von mir waren die letzten achtzehn.«

Jakob hielt sich an dem Olivenbaum fest, so sehr überrumpelte ihn diese Nachricht. »Und wem gehörte die Katze?«, fragte er irgendwann.

»Die Katze gehörte Flora, und sie hat mit dem Schreiben angefangen. Nach der dritten Karte hatte sie allerdings keine Lust mehr, beziehungsweise hatte sie sich in irgendeinen Typen verknallt, deshalb habe ich übernommen.«

»Unter dem Namen deiner Mitbewohnerin.«

Mona nickte mit leichter Verzögerung.

»Warum hast du mir nie gesagt, dass du nicht Flora bist? Warum diese Geschichte mit der Handverletzung?«

»Das lag an …« Sie brach ab.

»Woran?« Jakob setzte sich auf den Boden, schaute in die hellrosa Blüten.

Mona setzte sich neben ihn. »An meiner Masterarbeit.«

»Was hat die denn damit zu tun?«

»Mein Thema lautete: Die Psychologie der Kommunikation – Kommunikationsformen im Wandel«, sagte Mona.

»Ja und?«

»Dafür brauchte ich Material.«

»Aha.«

»Ich habe jede Menge Kurznachrichten und E-Mails ausgewertet, bei Briefen und Postkaten sah die Lage allerdings äußerst mau aus …«

»Verstehe ich nicht.«

»Ich hatte nicht genug Text. Und zu wenig Zeit. Da kamen mir die Postkarten einfach sehr gelegen.«

»Du hast mich benutzt?«

»Nein. Nur deine Karten.«

»Das kommt doch aufs selbe raus!«

»Ich weiß, das war nicht okay«, sagte Mona leise. »Und es hat mir ja selbst leidgetan. Vor allem, weil ich dir sehr gerne geschrieben habe.«

»Du hast mich hintergangen!«, sagte Jakob scharf. Wenn

er nur daran dachte, wie viele Nächte er wachgelegen hatte, mit den Gedanken ganz bei Flora. Stundenlang hatte er sich ausgemalt, was wäre, wenn … Und natürlich waren da Gefühle gewesen! Oder zumindest Interesse, denn er war ja schon damals Realist. »Das war nicht in Ordnung!«

Mona wurde ernst. »Das weiß ich. Und genau deshalb muss ich mich bei dir entschuldigen. Weißt du, es ging mir damals nicht gerade blendend. Ich habe an meinem Studium gezweifelt, ich hatte Stress mit meinem Freund, weil der ständig alleine um die Häuser ziehen wollte, das war alles nicht so einfach.« Sie schwieg einen Moment. »Ja: Ich habe deine Karten benutzt, aber sie waren auch sehr besonders für mich. Ich habe mich über jede Nachricht gefreut, bin täglich zum Briefkasten gelaufen.«

»Das ist echt unmöglich! Wenn du wüsstest, wie lange ich auf Karte Nummer zweiundzwanzig gewartet habe!«

»Dass ich zu weit gegangen bin, habe ich erst begriffen, als du mir das Lied geschickt hast.«

»Weil du dachtest, ich hätte mich verliebt?«

»War das denn so abwegig? Ich musste den Kontakt abbrechen, so leid mir das damals tat. Ich habe dich sehr gemocht, Mister Balloon. Und es tut mir leid, dass ich mit deinen Gefühlen gespielt habe. Bis heute.«

Jakob schwieg, dachte an die durchwachten Nächte, an seine Gänge zum Briefkasten, an Memento 23, dann beugte er sich nach vorne, zupfte eine hellrosa Blüte aus dem Strauch ab und reichte sie ihr. Mona hatte es nicht böse gemeint. Dass er sich in eine Wunschvorstellung verrannt hatte, war nicht ihre Schuld. Sein Blick ruhte auf der rosa Blüte.

»Eins verstehe ich aber immer noch nicht«, sagte er. »Wieso hast du mein Lied im Gavina gesungen?«

Mona steckte sich die Blüte ins Haar. »Meine Freundin Rosalie wird bald heiraten, und ich bin ihre Trauzeugin«, sagte sie. »Ich singe bei der Trauung ein Lied. Da ich noch nie vor Publikum gesungen habe, wollte ich das üben.«

»Barfuß?«

»Sie heiratet am Strand.«

»Aber warum gerade mein Lied?«, fragte er.

»Weil es perfekt passt.«

»Zu Rosalie?«

»Zu Menschen, die vor einer Veränderung stehen.« Mona lächelte ihr Mittwochslächeln, nein, die Variante, die er nicht ganz einordnen konnte. Jakob ging in Gedanken noch mal seinen eigenen Text durch.

You are the cook of the menu of your life,
but you need more than a pot and a knife.

Du bist der Koch deines Lebensmenüs.
Aber du brauchst mehr als einen Topf und ein Messer.

Jakob schwieg. Sein eigenes Lied – er hatte ewig nicht an den Text gedacht. Es ging darin um einen Menschen, der ein Lokal betritt und ein neues Leben bestellt, weil er mit seinem eigenen nicht zufrieden ist. Ewig kämpft er mit sich und der Speisekarte, dann gibt die Bedienung ihm den Tipp, nach Hause zu gehen und selbst zu kochen, nach eigenem Rezept.

If life is not tasty,
you must change the recipe.

Wenn das Leben nicht schmeckt,
musst du das Rezept ändern.

»Ich glaube, ich habe gerade meinen Glaubenssatz entdeckt«, sagte Jakob.

Mona lächelte ihr Mittwochslächeln, diesmal das Original. »Hey, du hast mir ja zugehört.«

»Man muss sich durchbeißen, auch wenn das Leben hart wie altes Brot ist.« Er schüttelte den Kopf. »Was für ein Blödsinn!« Altes Brot schmeckte nicht und machte die Zähne kaputt – warum sollte man sich auch nur einen Bissen zumuten? Er könnte das alte Brot getrost in den Mülleimer werfen. »Wenn das Leben nicht schmeckt, muss man das Rezept ändern.« Der Satz gefiel Jakob weitaus besser. Verrückt: Er kam in seinem eigenen Lied vor, er, Jakob, hatte ihn selbst formuliert, vor über zehn Jahren!

Er schloss für einen Moment die Augen, sah die letzten Monate im Zeitraffer an sich vorbeiziehen, die letzten Wochen im Schnelldurchlauf, die letzten Minuten in Zeitlupe. Und auf einmal roch er den Geruch nach dem Knuspermüsli seiner Kindheitstage. Vanille und Honig mit einem Hauch von Mandel.

»Ein sehr gutes Motto.« Nicht nur Monas Lippen lächelten. Auch ihre sonnenblonden Haare, die mittelmeerblauen Augen, ihre Lippen, ihr ganzer Körper. Jakob räusperte sich.

»Wie wär's, wollen wir mal zusammen kochen?«, fragte er.

»Wenn wir was mit Käse überbacken, bin ich dabei.«

»Klingt toll.« Er konnte keinen klaren Gedanken mehr fassen, aber das musste er auch nicht. Ohne hinzusehen, griff er in seine linke Hosentasche, beförderte alle Kaffeebohnen ans Tageslicht und ließ sie in seine rechte Hosentasche gleiten. Es waren bestimmt acht Stück oder zehn, aber das war egal. Der schönste Moment des Jahres. Und vielleicht sogar noch mehr …

9. August

Hey, Mister Balloon!

Es hat ja wirklich lange gedauert, aber hier ist sie: Karte Nummer 22! Rate mal, wo ich sitze. Genau – unter dem buckligen Olivenbaum. Da sitze ich und brüte über einer schwierigen Entscheidung: Was sollen wir nächste Woche bloß kochen? Unser Garnelenrisotto war ja ein Traum, ob wir das überhaupt toppen können? Na, wir werden schon was finden! Übrigens steht die Auflage für das Qualitätssiegel nun fest: Ich soll das Programm komplett überarbeiten und im Centro mehr Verantwortung übernehmen. Und die Kündigung muss Frau Knopp auch zurückziehen. Keine Ahnung, ob ich das mache, ich überleg's mir. Oder ich werfe eine Münze! ;) Jetzt freue ich mich aber erst mal auf nächsten Samstag. Vielleicht können wir ja das Lied für Rosalies Hochzeit üben …?

Sonnige Grüße
deine Mona

PS Vergiss deine Gitarre nicht!

16. April

Hallo Mona!

Nicht zu fassen, dies ist meine allerletzte Postkarte an dich. Nummer 64. Vor zehn Jahren hätte mich allein schon der Gedanke fertiggemacht – heute nicht. Ich finde, wir sollten die letzte Karte feiern! Vielleicht mit Motte und Luisa? Lustig übrigens: Ich komme sicher noch vor der Karte an. Vielleicht fische ich sie sogar persönlich aus unserem Briefkasten. :-) Mit »Graf Keilo« ist alles klar, mein Arbeitsvertrag wurde angepasst. Einmal im Monat muss ich nach Düsseldorf, den Rest kann ich von Cadaqués aus erledigen. Du ahnst nicht, wie viele Kaffeebohnen inzwischen die Hosentasche gewechselt haben! Wären sie nicht geröstet, könnten wir in unserem Garten eine Plantage anpflanzen. Ich freue mich auch schon riesig auf unseren Olivenbaum. Und natürlich auf dich!!

Liebe Grüße
Dein Jakob

Ich danke …

… dem dtv-Team, vor allem Esther Böminghaus und Alice Huth

… Bastian Schlück von der Agentur Schlück

… Vero für ihren Marketing-Input

… Andy für seinen unerschütterlichen Lese-Einsatz und seine mehr als hochqualifizierten Kommentare ♥